W0324358

Harald Kiwull · Der dunkle Gast

Dr. Harald Kiwull, aufgewachsen in einem Dorf in Norddeutschland, Studium der Rechtswissenschaft in Hamburg und Freiburg im Breisgau, war nach Tätigkeit als Zivilrichter lange Jahre Vorsitzender Richter einer Strafkammer am Landgericht Karlsruhe. Deutschlandweit wurde er bekannt als Berufungsrichter im sogenannten „Autobahnraser-Prozess“. Über 20 Jahre stellte er in dem von ihm mitbegründeten Verein „Kunst im Landgericht“ in 40 Ausstellungen Werke von mehr als 100 Künstlern aus. Seit seiner Pensionierung lebt Kiwull in Deutschland und Spanien. „Die Trüffel-Connection“ (2016, inzwischen in der 3. Auflage) war in der Startauflage nach nur wenigen Wochen vergriffen. Es folgten 2017 „Knall 2“ und 2019 „Eine Spanische Eröffnung“, 2020 auch als Hörbuch. Mit „Der Dunkle Gast“ legt er jetzt seinen vierten amüsanten und zugleich spannenden Kriminalroman vor.

Harald Kiwull

Der dunkle Gast

Der Richter-Krimi

Mit Illustrationen von
Wolfgang Blanke

LINDEMANNS

Ähnlichkeiten mit lebenden
oder verstorbenen Personen
wären rein zufällig und sind
nicht beabsichtigt.

Natürlich wieder für Zottel

1

Die Sonne verschwand gerade hinter den dunklen, hohen Tannen am Schwarzwaldhang gegenüber und tief hängende, unheimliche Wolkentürme zogen vom Westen herauf. Drüben in der schmalen Senke krochen dunkle Nebelschwaden, merkwürdige, bedrohliche Formen bildend, den Hang hinab in die Niederung. Drei tieffliegende, zerzauste Krähen folgten ihnen laut krächzend. Mit der plötzlichen Dämmerung und dem scharfen Wind war es unangenehm kalt geworden. Ein leichter Regen setzte ein.

Eben hatte ich mich noch angenehm entspannt gefühlt, aber jetzt erfasste mich eine unerklärliche, fast bedrohliche Furcht. Mein linkes Bein begann bei jedem Schritt unerträglich zu schmerzen. Vielleicht hatte ich mir mit der Wanderung über den ganzen Nachmittag doch zu viel zugemutet. Aber weiter unten, jenseits der Lichtung und dem angrenzenden Waldstück, leuchteten schon die Lichter von Bad Herrenalb. Ich hielt an und mein Freund Henner, der mir auf dem schmalen Pfad folgte, stolperte in mich hinein. Wir hatten zusammen die wildromantischen Wege hinauf zur sagenumwobenen Teufelsmühle erkundet.

Ein leises, zischendes Geräusch und eine leichte Berührung an meinem linken Ohr ließen mich zusammenfahren. Hinter mir hörte ich, fast gleichzeitig, ein dumpfes Knirschen und einen überraschten, schrillen, gurgelnden Schrei. Bevor ich mich umdrehen konnte, verspürte ich einen Schlag gegen meine rechte Schulter und gleichzeitig einen heftigen Schmerz.

Mit der linken Hand griff ich nach oben und zuckte bei der Berührung mit dem Gegenstand zusammen. Ich fasste vorsichtig zu, blickte zur Seite und erkannte im Dämmerlicht, dass etwas fest in meiner Schulter steckte. Ein länglicher, sehr dünner schwarzer Metallstab mit seitlichen Plastikfedern an seinem Ende. Ein Pfeil. Jemand hatte mit einer Armbrust auf mich geschossen!

Das ist ja absolut abartig, dachte ich entsetzt. Aber ein weiterer Pfeil, der mich nur knapp verfehlte, riss mich aus meiner Erstarrung.

Weiter unten erkannte ich jetzt zwischen den Bäumen eine Gestalt, die mit großen Schritten auf uns zulief. Ein mächtiger Mann, breitschultrig in einem langen, schwarzen, wehenden Mantel. Ich stolperte zurück. Er kam immer näher.

Jetzt war er dicht vor mir. Ich blickte ihn direkt an. Mir war, als würde jemand mit einer eiskalten Hand mein Herz fassen.

Der Mann hatte kein Gesicht! Eine grauenhafte, leere Fläche mit zwei dunklen, unheimlichen Löchern statt der Augen.

Mit einem Aufschrei erwachte ich und fuhr hoch. Ich tastete zitternd nach meiner Nachttischlampe und knipste sie an. Es war halb drei. Mein Puls raste, der Körper war schweißnass. Ich setzte mich auf und lehnte mich gegen das Kopfende des Bettes. Nur langsam kam ich zur Ruhe.

Seit Wochen plagten mich diese fürchterlichen, erschreckenden Träume. Der Anfang immer sehr entspannt, positiv, das Ende grauenhaft. Den Griff zu den Psychotropfen, die mir mein Ettlinger Hausarzt, allerdings mit dem Ratschlag der dezenten Anwendung, verschrieben hatte, ließ ich nach einem Blick in den umfangreichen, etwas verstörenden Beipackzettel bleiben. Aber in der Folgezeit verzögerte ich immer mehr den Abschluss des Abends und den Beginn meiner Nachtruhe, die sich regelmäßig zur Qual entwickelte. Mein Freund Jan, dem ich von meinem Problem erzählte, gab mir die kluge Beurteilung, dass mein Gemütszustand inzwischen auf diesen Ablauf programmiert sei, und ich müsse die Zwangsläufigkeit durchbrechen. Auf die Frage, wie ich das machen könne, wusste er auch keine Antwort.

Natürlich war mir klar, dass der psychische Defekt mit meinen Erlebnissen in Spanien zusammenhing. Ich hatte dort in den Bergen der Pyrenäen einen mysteriösen Motorradunfall erlitten. Aber diese Erkenntnis half mir auch nicht weiter.

Im Gericht hatte man Rücksicht auf dieses ungeklärte, mich immer noch sehr belastende Ereignis und den von mir vor einem Vierteljahr abgewickelten spektakulären Prozess mit einem hochgefährlichen Angeklagten genommen und mich, natürlich mit meinem Einverständnis, in eine andere Kammer versetzt. Weitab vom Hass der Ganoven in der Strafkammer, die ich über Jahre geleitet hatte: als Vorsitzender einer Berufungskammer in Zivilsachen. Mietstreitigkeiten, Vertragsverletzungen, Streit über Baumängel und so weiter. Alles sehr friedlich und fern der Dramatik einer Strafsitzung. Aber in mir rumorte meine Vergangenheit weiter.

Und ich, ich heiße Maximilian Knall. Genauer gesagt Doktor Maximilian Knall. Richter am Landgericht Karlsruhe und das seit vielen Jahren.

Mit meinen ein Meter sechsundneunzig habe ich mir in der Jugend oft den Kopf angeschlagen, bis ich schließlich begriffen hatte, dass ich aufpassen muss. Aber inzwischen verschafft mir das durchaus Respekt, wenn ich den Gerichtssaal zu Strafsitzungen betrete, in denen ich voll gefordert werde. Oft ganz anders als erwartet, manchmal quälend, aber immer wieder mit überraschenden Entwicklungen auch sehr faszinierend.

In meinem geliebten Spanien schaffe ich es in den Tagen und Wochen des Urlaubs, mich nicht nur räumlich von meinem kriminellen Umfeld zu entfernen. Mit dem Bemühen um ihre Sprache bin ich den Menschen nahe gekommen, fühle mich wohl und habe mir dort über die Jahre, auch mit einem internationalen Freundeskreis, fast so etwas wie ein zweites, friedliches Leben aufgebaut. Fern von den Gewalttaten, Einbrüchen, Überfällen, Bedrohungen und Verdächtigungen, die mich hier, auch außerhalb des Gerichtes, tatsächlich immer wieder getroffen haben und gegen die ich mich zur Wehr setzen musste.

Am späten Nachmittag des darauffolgenden Tages setzte ich mich vor der Gaststätte „Salmen“ in einen der bequemen Korbsessel und begann mich nach einigen Schlucken von dem köstlichen Grauburgunder ganz gut zu fühlen und entspannte mich immer mehr.

Der lange, schöne Sommer wich langsam einem kühlen Herbst, aber heute war noch ein überraschend angenehmer Tag. Fast jeder Platz auf dem Ludwigsplatz war besetzt. Man merkte den Menschen an, dass sie die milden Temperaturen genossen, und einige junge Frauen experimentierten sogar damit, ihre sommerbraunen Schultern mit Spaghettiträgern in der späten Sonne zu zeigen. Ein geschätztes Drittel der Karlsruher Bevölkerung hatte offenbar nach den fünf Regentagen beschlossen, die Fahrräder noch mal aus den Kellern zu holen. Auf der Erbprinzen-Fahrradstraße nebenan drängten sie sich, und die wenigen Autofahrer bereuten, dass sie diese Route genommen hatten.

Ich bestellte mir ein Pilzgericht und einen zweiten Wein und allmählich wurde die Erinnerung an die nächtliche Psychoattacke immer mehr in den Hintergrund gedrängt. Auch der anstrengende Arbeitstag im Gericht war dabei eine große Hilfe und Ablenkung gewesen. Ein Vormittag mit fünfzehn, für mich noch ziemlich ungewohnten, Verhandlungen und der Anschluss daran, mit Nachberatungen über Stunden hinweg.

Das Ganze war schon eine große Umstellung für mich. Heraus aus dem Strafrecht mit seinen intensiven und zum Teil aber auch nervenaufreibenden Verhandlungen über den ganzen Tag oder mehrere Tage hinweg zu dieser Fließbandabwicklung. Ein Termin nach dem anderen, und eine Karawane mit Dutzenden von Rechtsanwälten, und das alles in drei Stunden. Verfahren, die natürlich alle schriftlich umfassend vorbereitet und beraten worden und die damit nur noch mit einigen Formalien abzuwickeln waren. Oft zur größten Verblüffung der Parteien, die erwartungsvoll in ihrer Sonntagskleidung erschienen und selbstverständlich erwarteten, dass ihr Problem ausführlich erörtert werden würde. Und die dann schon nach wenigen Minuten wieder von ihrem Anwalt aus dem Gerichtssaal gezogen wurden.

Ich hatte übrigens die sogenannte Bärenkammer übernommen, die so benannt wurde, weil mein Vorgänger, Karl Zipperer, in jeder

der vielen Verhandlungen die Ellbogen auf den Richtertisch gestützt und die Hände wedelnd nach beiden Seiten ausgebreitet hatte, eben wie ein Bär, der damit seine Emotionen anzeigt. Dazu fragte er regelmäßig nach links – zum Klägeranwalt – und rechts – zur Beklagtenseite –: „Ist noch etwas vorzutragen?“, ohne eigentlich eine Antwort zu erwarten. Und es hielt sich hartnäckig das Gerücht, dass der Anwalt, den er dabei zuerst ansah, den Prozess verlieren würde. Das wiederum veranlasste einige fast dazu, bei seinem suchenden Blick unter dem Tisch in Deckung zu gehen.

Auf Grund dieser speziellen Verhandlungsstrategie waren die Ärmel seiner Richterrobe an den Ellenbogen mit der Zeit immer dünner geworden und schließlich, ein Jahr vor seiner Pensionierung, auf beiden Seiten endgültig durchgewetzt.

Zipperer erschien es jedoch abwegig, für die paar Monate noch eine neue Robe zu kaufen. Also benutzte er – selbst ist der Mann – seinen Bürotacker, um die Löcher zu verschließen. Das führte dazu, dass bei seinen wedelnden Armbewegungen zunehmend ein geheimnisvolles Klingeln ertönte und eine fast weihevolle Stimmung entstand. Manche Anwälte erschienen dadurch tatsächlich etwas eingeschüchtert.

Von drüben vom Ludwigs winkte mir eine junge Frau aus einer Gruppe heraus zu, und ich erkannte in ihr eine Sozialarbeiterin, bei deren Einstellung in die Bewährungshilfe ich vor Kurzem mitgewirkt hatte. Neben meiner Strafrichtertätigkeit war ich über viele Jahre hinweg als Referent des Präsidenten auch dafür zuständig gewesen. Ich empfand den Kontakt zu dieser Personengruppe als sehr positiv. Kreative, empfindsame Menschen, zu jeder Tages- und Nachtzeit bereit zu unendlichen Diskussionen – aber auch, sich gegen die Ungerechtigkeit in der Welt einzusetzen.

Mehrere junge Kolleginnen und Kollegen, von denen ich nur einen etwas näher kannte, drängten sich von der Erbprinzenstraße her durch den schmalen Gang zwischen den Tischen an mir vorbei. Erfreulicherweise, ohne mich zu beachten.

„Nie und nimmer Werkvertragsrecht!“, blaffte eine von ihnen in einem äußerst hässlichen gelbgrünen Kostüm den dünnen großen Mann neben sich an, der aber nur ein schnaubendes Geräusch von sich gab, die Augenbrauen hochzog und sich nach vorne durchdrängelte. Das hätte mir noch gefehlt: ein Austausch von juristischen Spitzfindigkeiten in der Abenddämmerung nach zwei Glas Wein.

Es wurde langsam etwas kühler. Einige der Ludwigsplatzbesucher hatten sich bereits verzogen. Ich beschloss zu zahlen und den Heimweg anzutreten. Heute Morgen war ich mit der Straßenbahn von Ettlingen aus in die Stadt gefahren, weil mein Auto wieder einmal die übertriebene Anfälligkeit seiner Elektrik gezeigt hatte. Eben ein typisch italienisches Sensibelchen. Trotzdem liebte ich den alten, roten Lancia H.P.Executive natürlich von Herzen.

Kurz bevor ich den Marktplatz und die Straßenbahn S 11 erreichte, überlegte ich es mir anders und bog ab in Richtung Schloss. Inzwischen hatte die Dämmerung eingesetzt. Trotz der nun herbstlichen Temperaturen fühlte ich mich mit meinem ziemlich unrichterlichen Parka ganz wohl.

Als ich durch den Torbogen des Schlosses ging, kam mir eine junge Frau mit grün gefärbten, kurzen Haaren und einem großen silbernen Ring in der Nase entgegen. Sie lächelte mir zu, was ich allerdings nicht erwidern konnte, weil sie zwei aggressiv knurrende Biester mit sich führte, die an ihren Leinen zerrten. Schwarzweiß gesprenkelte Köter, denen die sklavenjagenden Vorfahren aus den dunklen, hasserfüllten Augen sprangen. Ich versuchte, sie nicht anzusehen, weil ich mal gehört hatte, dass man dann verloren war. Fast schon vorbei, warf ich unwillkürlich aber doch einen kurzen Blick zurück, was ich sofort bereute, denn das eine der breitmäuligen Ungeheuer machte einen Satz in meine Richtung und stieß dabei ein grässliches tiefes Knurren aus. Die Frau reagierte zu meinem Glück überraschend kraftvoll und schaffte es tatsächlich, das Tier zurückzuhalten. Vermutlich ein Resultat ständiger Wiederholungen.

Ich dachte darüber nach, dass es sicher hilfreich wäre, die Hundesteuer massiv zu erhöhen, um Menschen zweimal überlegen zu lassen, ob sie sich einen Kampfhund anschaffen. Wenn die Haltung einer solchen Kampfmaschine genauso teuer wäre wie die eines Kleinwagens, wäre der Spuk bald vorbei. Beim Weitergehen überlegte ich mir, dass es vielleicht doch etwas übertriebene strafrichterliche Gedanken waren, die ich da hatte.

Ebenso wie bei dem anderen Vorschlag, den ich mal im Kollegenkreis vertreten hatte. Dass man nämlich die Politessen oder Hilfspolizisten mit kleinen Hämmerchen ausrüsten könnte, mit denen sie den Falschparkern auf den Fahrradwegen oder in zweiter Reihe einen kräftigen Schlag auf den Kotflügel versetzen sollten. Ich war sicher, dass in Nullkommanichts für Disziplin gesorgt wäre. Meine Kollegen fanden mich allerdings keiner Antwort würdig, und ich war damals auch nicht sicher, ob ich diese Überlegungen ernst gemeint hatte.

Gerade hatte ich den kleinen See in der Mitte des Schlossgartens erreicht und setzte mich gemütlich auf eine Bank mit prächtigem Blick auf das nicht weit entfernte Karlsruher Schloss.

Ich lehnte mich zurück. Schloss die Augen. Die Hunde gingen mir nicht aus dem Kopf, und mir fiel eine Wanderung ein, die ich einmal vor Jahren in den Bergen von Spanien gemacht hatte. Ein herrenloser, großer, sehr magerer Hund schloss sich mir an. Es war sehr heiß, und als ich ihm aus einem noch etwas mit Wasser gefüllten Blechfass mit meinen zur Kelle geformten Händen zu trinken gab, war für ihn wohl klar, dass er gerettet war, und er mit mir seine Zukunft verbringen würde.

Wenig später näherten wir uns einem einsamen Gehöft, aus dessen geöffneten Toren zwei riesige, schwarze Hunde unter lautem Gekläff heraus- und auf uns zusprangen. Ich dachte, erfreulicherweise habe ich ja einen Begleiter, der mich verteidigen wird. Dieser aber kniff tatsächlich den Schwanz zwischen die Beine ein und verschanzte sich hinter mir. Die Ungetüme galoppierten weiter auf uns zu, und ich dachte, mein letztes Stündlein hätte geschlagen.

Da fiel mir ein, was mir eine alte Frau Tage vorher auf einer Bank am Meer in Alcossebre erzählt hatte, als einige Hunde an uns vorbeiliefen. Ich müsse nämlich nur, für diese gut erkennbar, Steine vom Boden aufheben und damit drohen. Auch die größten

Hunde würden daraufhin Reißaus nehmen. Das Werfen mit Steinen auf herrenlose Hunde sei in Spanien absolut üblich, und die meisten von ihnen hätten schon äußerst schmerzhafte Erfahrungen damit gemacht.

Also bückte ich mich, hob zwei dicke Steine auf und schwenkte sie in Richtung der Angreifer. Diese stoppten tatsächlich abrupt und beschränkten sich auf wütendes Gebell aus der Ferne. Die grenzenlose Bewunderung meines vierbeinigen Begleiters war ihm deutlich anzumerken.

Mein Auto hatte ich in einem Dorf am Rande des Naturparks abgestellt. Als ich dorthin zurückkehrte, drängte sich der Hund immer näher an mich. Ihm schwante Böses, und ich fühlte mich schauderhaft. Es war ausgeschlossen, ihn mitzunehmen. Wirklich unmöglich.

In einem Laden besorgte ich zwei große Dosen Hundefutter, ließ sie öffnen und schüttete sie dem Hund in einer Hofeinfahrt auf den Boden. Er stürzte sich gierig darauf – und ich davon. Stieg hastig in mein Auto und brauste weg.

Über Wochen wurde ich die sehr intensive Erinnerung und mein schlechtes Gewissen nicht los. Auch heute, nach Jahren, denke ich ab und zu an ihn. Aber ich glaube, dass kann nur jemand verstehen, der Tiere liebt.

Es war jetzt fast ganz dunkel geworden. Die Schlosskulisse spiegelte sich aber noch im ruhigen Wasser des Sees. Die riesigen Bäume ragten in den schwarzen Nachthimmel empor. Kein Mensch in der Nähe. Absolute Stille.

Vielleicht durch die Gedanken an meinen spanischen Begleiter fing ich wieder an, darüber nachzudenken, was mir vor Monaten in den Bergen der Pyrenäen passiert war.

Nach dem Unfall war ich mit einem Hubschrauber in ein Krankenhaus nach Barcelona geflogen worden und einige Tage später nach Karlsruhe. Mein Kopf war nach Angaben der Ärzte in Deutschland wieder vollkommen in Ordnung, und auch das Bein konnte ich nach der dreiwöchigen Reha wieder zunehmend normal einsetzen.

Etwas verstört hatte mich die Mitteilung der spanischen Policia, die ich über die Karlsruher Kriminalpolizei erhielt, dass das Motorrad bei der Überführung zur kriminaltechnischen Untersuchung spurlos verschwunden war. Das kam mir immer noch sehr merkwürdig vor, aber es war vielleicht besser, darüber doch nicht nachzudenken.

Langsam wurden die Temperaturen wirklich ziemlich unerfreulich. Ich machte mich auf den Heimweg. Aber erneut bog ich vom Weg zum Marktplatz und meiner Straßenbahn ab. Vielleicht hatte ich einfach Angst, mich meinem Bett und dem nächsten Albtraum zu nähern. Meine Gerichtsverhandlung hatte heute, an einem Freitag, stattgefunden. Das Wochenende lag vor mir, ich konnte mir Zeit lassen.

Eine Viertelstunde später stieg ich die drei Stufen hinunter in meine Lieblingskneipe in der Altstadt. Wie immer fühlte ich mich an diesem Ort sicher davor, irgendeinem Kollegen zu begegnen.

Es schien sich nichts verändert zu haben, seitdem ich vor vielleicht einem Jahr zuletzt hier gewesen war. Die gleichen Gestalten wie immer – die „Wohnsitzlosen", wie ich sie für mich selbst immer nannte – saßen um die halbkreisförmige Theke herum und begrüßten mich mit Gemurmel, als hätten wir uns erst gestern gesehen. Auch Olga wirkte unverändert, lächelte mir zu und hielt sofort ein Glas für mich unter den Zapfhahn. Nur Karl fehlte auf der Sitzbank gegenüber. Aber sein Mischlingshund Merlin, jetzt allein, saß auf dem gemeinsamen Stammplatz und sah mich traurig an. Offenbar setzte er die langjährige Tradition seines Herrn fort, neben dem er jahrelang hier gesessen hatte, Die Runde akzeptierte ihn ohne seinen Herrn und sorgte offenbar auch für ihn. Im Hintergrund saß im Halbdunkel ein Paar an einem Tisch, das die Köpfe zusammensteckte. Aber auch von ihnen war nichts Nennenswertes zu hören.

Die unaufdringlichen Herrschaften in der Runde taten mir gut. Ich wollte weder über meine berufliche Veränderung philosophieren noch hatte ich Lust, darüber zu brüten, was mir in der Vergangenheit passiert war. Ich wollte einfach nur ein bisschen abschlaffen.

Aber kaum hatte ich ein paar Schlucke aus meinem Bierglas getrunken, war es mit der Ruhe vorbei. Die Eingangstür ging auf und zwei Frauen in lautem Gespräch miteinander kamen herein. Verblüfft über diese hier eher ungewohnten Gäste schaute die ganze Runde misstrauisch zur Tür, und ich erkannte zwei der Bewährungshelferinnen aus der Gruppe vom Ludwigsplatz, darunter die eine, die mir zugewinkt hatte.

Als sie die Ruhe bemerkten, verstummten sie schlagartig und schauten sich etwas irritiert im Gastraum um. Als sie mich erblickten, steuerten sie, ohne zu zögern, auf mich zu.

„Herr Doktor Knall, was machen Sie denn hier?“, erkundigte sich die Ältere. Und, als ich nicht gleich antwortete: „Dürfen wir uns zu Ihnen setzen?“

Ohne meine Reaktion abzuwarten, kletterten die beiden auf die Barhocker rechts und links von mir.

Es war nicht zu übersehen, dass sie ziemlich angeheitert waren. Sie hatten wohl schon angefangen, das Wochenende gebührend einzuläuten. Lena Lautz, groß, schlank, sportlich, legte mir zu meiner Verblüffung ihren Arm um die Schultern und grinste mich an. Ich kannte sie seit vielen Jahren und schätzte sie wegen ihrer vorzüglichen Arbeit. Wir hatten ein ganz gutes Verhältnis zueinander, aber fern von Vertraulichkeiten. Sabine Maiser, klein, fröhlich, etwas rundlich, hatte mich beim Einstellungsgespräch überrascht mit ihrer sehr kreativen Art, an Probleme heranzugehen. Sicher eine Bereicherung für die Bewährungshilfe.

So nett und interessant die beiden waren, so hatte ich mir den abendlichen Ausklang hier nicht vorgestellt. Als meine rechte Nachbarin mich auch noch auf den Unfall in Spanien ansprach und mich dabei neugierig ansah, reichte es mir. Ich zahlte und verabschiedete mich höflich, aber knapp von den beiden, die mir etwas frustriert hinterhersahen.

Als ich langsam die Steigenhohlstraße am Vogelsang hinaufging, hörte ich auf einmal eine schöne, leise Melodie. Hinter hohen Büschen, rechts von mir, konnte ich eine geöffnete Terrassentür sehen, durch die ein schmaler Lichtstreifen auf eine Rasenfläche fiel.

Und ich erkannte die melancholische Stimme von Cesária Évora mit ihrem „Cabo Verde“. Einen Augenblick blieb ich stehen, lehnte mich an einen Baum und schloss die Augen. Vielleicht sollte ich das als Zeichen nehmen: Einen Koffer packen und einen Flug auf die Kapverdischen Inseln buchen.

„... und die sie verlassen müssen, weinen.“ Die letzten Töne verklangen: Ich ging weiter.

Zu meiner Überraschung war weiter oben die Straßenlaterne in Ordnung gebracht worden und warf den schwarzen Schatten des großen Baumes im Vorgarten auf die weißen Wände und den Eingang des schönen alten Hauses, in das ich vor einiger Zeit eingezogen war. Im Erdgeschoss hatte ich nach meiner Trennung und einer etwas speziellen Phase in einem Hotel eine große, gemütliche Wohnung mit stuckverzierten Decken und einem Wintergarten gefunden. Über mir war lediglich eine weitere Wohnung, deren Mieter ich noch nicht kennengelernt hatte, und der den Herbst in seinem Bungalow in Florida zubrachte. Ich bewohnte das Haus zurzeit allein.

Während ich den schmalen Weg durch den kleinen Garten auf die Haustür zuging, erwischte mich auf einmal die Erinnerung daran, dass ich hier vor einiger Zeit niedergeschlagen worden war. Absolut passend dazu ließ mich ein raschelndes Geräusch hinter mir erschrocken herumfahren. Ich musste erleichtert lachen. Ein kleiner Igel rannte eilig durch die vertrockneten Blätter über den Weg und verschwand unter einem Busch.

„Na, du solltest dich langsam mal um dein Winterquartier kümmern!“, murmelte ich ihm hinterher und zog meine Schlüssel aus der Tasche.

Aber nach zwei Schritten blieb ich erneut abrupt stehen. In der halbgeöffneten Haustür direkt vor mir, ein paar Meter entfernt, stand regungslos eine dunkle, schmale Gestalt, offenbar genauso erschrocken wie ich. Das Gesicht unter einer schwarzen Wollmütze im Schatten kaum zu erkennen.

„Hallo ...“, fasste ich mich und wollte gerade einen Schritt vorgehen.

Doch da sprang dieser Mensch bereits mit einem Satz zur Seite, rannte schnell den mit Kies bestreuten, schmalen Gartenweg neben dem Haus entlang, dann mit einem Satz über den niedrigen Zaun zum Nachbargarten und hinaus auf die Straße.

„He, stopp! Bleib stehen!“, rief ich dem Kerl nach, was den offenbar nicht kümmerte. Ich hatte den Eindruck, dass er noch beschleunigte.

Nur ganz kurz zögerte ich. Aber schon einen Augenblick später rannte ich hinterher.

Mit meiner Größe bin ich nun nicht gerade der Sprinter-Typ, aber durch mein regelmäßiges Lauftraining bin ich ganz gut in Form. Außerdem war ich sicher, dass ich den späten „Besucher“ überwältigen könnte, wenn ich ihn nur zu fassen bekäme, da nur mittelgroß, eher zierliche Gestalt, gewiss kein Athlet, aber tatsächlich ziemlich flott. Ich lief so schnell ich konnte, mobilisierte alle Kräfte.

Ich schaffte es tatsächlich, auf der leicht ansteigenden Straße etwas näher an den Flüchtenden heranzukommen. Aber ich merkte, dass mein Bein wieder anfing zu schmerzen und dass ich das Tempo nicht mehr lange durchhalten würde. Ich schrie ihm hinterher: „Bleib stehen!“

Oben bog er nach links und lief den Vogelsangweg hinunter, sah kurz zu mir zurück und wechselte die Straßenseite, lief jetzt neben der hohen Hecke, der Begrenzung des Friedhofs. Ich folgte, so schnell ich konnte.

Die Gestalt machte einen Schwenker und verschwand im Schatten der hohen Bäume.

Ich sah sie nicht mehr, überlegte und versuchte zu erkennen, wohin sie sich gewendet hatte.

Leider war ich einen kurzen Augenblick unaufmerksam und stieß mit dem rechten Fuß gegen den Bordstein auf der anderen Straßenseite. Ich stolperte einige Schritte vorwärts und konnte gerade noch mit Mühe einen Sturz verhindern.

Ich schaute auf. Der Kerl war verschwunden. Ich lief hinunter zur Durlacher Straße. Rechts und links war niemand zu sehen. Der Mensch war weg. Vollkommen außer Atem lehnte ich mich gegen die kühle Steinwand der Alexiuskapelle im Einmündungsbereich.

Nach einiger Zeit fühlte ich mich wieder einigermaßen und da ich jetzt sowieso nichts mehr ausrichten konnte, betrachtete ich gedankenverloren die massiven Steinkreuze neben der Kapelle. Sühnekreuze für zwölf hingerichtete Ettlinger Ratsherren. Folgen eines Streites über den Geruch eines Schweinestalls. Und die Kapelle hinter mir diente einmal zur Unterbringung von Pestkranken. Mein eigenes Problem schien mir dann doch eher unbedeutend und ich hinkte die Straße hinauf.

Was war das für eine Person gewesen? Der Mieter von oben natürlich nicht. Der wäre nicht davongelaufen. Aber der Typ war ins Haus hineingekommen. Und ich war absolut sicher, dass ich abgeschlossen hatte.

Als ich die Beleuchtung im Hausflur anknipste, bemerkte ich etwas verblüfft ein weißes zusammengeknicktes Stück Papier, das halb unter meiner Wohnungstür steckte. Ich schloss auf, machte das Licht in der Wohnung an und hob das Blatt vom Boden auf.

Ich faltete es auseinander und blickte voller Entsetzen darauf. Mit einem schwarzen Filzstift geschrieben stand da, in feiner, exzellent geschwungener Schrift: „Du bist tot!"

Das Papier fiel mir aus der Hand und schwebte elegant in einem Halbkreis wie ein Segler zu Boden.

2

Erstaunt sah ich auf die Uhr. Es war Viertel nach neun. Ich war in der Nacht nicht ein einziges Mal aufgewacht, kein Nachtmahr, kein gesichtsloser Bogenschütze und keine Verfolgungsjagd hatten mich geplagt. Ich fühlte mich tatsächlich gut ausgeschlafen.

Entspannte Tage und dann nächtliche Geisterjagd, Albtraum am Abend und anschließend eine friedliche Nacht. Die menschliche Psyche bleibt ein Rätsel. Aber vielleicht war es einfach nur ein Anzeichen dafür, dass ich doch ganz schön stabil war.

Diese Überlegung gefiel mir recht gut. Und eigentlich sollte ich mir, nach den vielen Jahren der strafgerichtlichen Tätigkeit und den sich daraus ergebenden Nebeneffekten, ein dickes Fell zugelegt haben. Zwar kam es nie zu direkten körperlichen Angriffen von Verurteilten auf meine Person. Aber Drohgesten, unerfreuliche anonyme Briefe, nächtliche Anrufe oder auch zerstochene Reifen waren auch eine deutliche Sprache. Und im Gerichtssaal selbst bedurfte es manchmal kräftiger Reaktionen, um nicht das Zepter aus der Hand zu geben.

Darüber hinaus war mir in meiner Vergangenheit auch einiges mehr passiert. Es gab Vorfälle, die wohl nichts mit der Tätigkeit am Gericht zu tun hatten. Ich war angegriffen und überfallen worden. Mein Urvertrauen, dass man unversehrt durchs Leben gehen kann, war ziemlich beeinträchtigt.

Die Tür zu meiner Wohnung hatte ich am Abend zuvor nicht nur abgeschlosssen, sondern zusätzlich noch eine kleine Kommode davorgeschoben, was mir jetzt am sonnigen Morgen ein bisschen peinlich war. Eben doch nicht der furchtlose John Wayne.

Auf dem Boden lag immer noch die beklemmende Mitteilung, die ich jetzt in eine Klarsichthülle hineinschob. Aber fast mehr als der Inhalt selbst irritierte mich, dass sie unter meiner Wohnungstür gesteckt hatte. Der Täter war also trotz der verschlossenen Eingangstür ins Haus gekommen.

Mein unbekannter Mitbewohner aus dem Stockwerk über mir war in Amerika. Er war erst vor wenigen Wochen, während meiner Reha, eingezogen und offenbar sogleich verreist. Ein männlicher Single. So hatte es mir mein Vermieter jedenfalls in einer Notiz mitgeteilt.

Ich rief bei der Polizei an und ließ mich mit dem Kriminaldauerdienst verbinden. Man versprach mir, trotz Wochenende, sofort jemand vorbeizuschicken, der das Schloss der Haustür auf Aufbruchsspuren untersuchen und den Zettel mitnehmen würde.

Während ich wartete, dachte ich über die Worte auf dem Zettel nach. Eigentlich gar keine Drohung, eher eine Feststellung. Allerdings eine nicht zutreffende. Also eine unwahre Tatsachenbehauptung, wie man es vielleicht juristisch ausdrücken würde. ‚Ist so was strafbar?', überlegte ich mir. Na ja, natürlich wollte mir der Autor Angst machen und mir drohen. Aber erwartet man nicht von einer derartigen Kampfansage auch eine kräftige, sozusagen brutale Schrift? Seltsam.

Und bei der Erinnerung an den nächtlichen Sprinter vor mir rumorte irgendein Gedanke in meinem Kopf. Aber ich konnte ihn nicht fassen.

Während die beiden etwas missmutigen Herren von der Kripo mit ihren silbernen Metallkoffern sich mit dem Schloss der Haustür beschäftigten, schaffte ich es, meinen Bekannten Eberhard von der Lancia-Werkstatt zu erreichen und ihn zu überreden, nach meinem Auto zu sehen.

Als ihm im letzten Jahr wegen sich häufenden Überschreitungen der zulässigen Höchstgeschwindigkeit ein Fahrverbot drohte, hatte ich ihm einige Ratschläge gegeben. Natürlich besaß er auch einen Lancia, aber ein extrem sportliches Modell. Und das ließ sich offenbar nur mit entsprechender Geschwindigkeit fahren. Ein bisschen hatte ich ihm helfen können, nachdem er mir aber vorher hoch und heilig versprechen musste, sich in Zukunft einigermaßen angepasst zu verhalten. Er war mir sehr dankbar. Wie er mir erklärte, hätte er einen Monat ohne Auto psychisch nicht überstanden.

Die Schlossexperten zogen mit dem Drohschreiben ab, nachdem sie mir erklärt hatten, es seien keine Einbruchspuren festzustellen, sie hätten aber eine Anzahl von Fingerspuren gesichert. Meine hatten sie mir vorher ebenfalls abgenommen.

„Höchstwahrscheinlich mit einem Originalschlüssel geöffnet", sagte der eine, und sie würden von sich hören lassen. Ich blieb mit meiner Ratlosigkeit zurück.

Eberhard war erfolgreicher und brachte meinen Italiener dazu, wieder anzuspringen. Er wehrte meinen Fünfzig-Euroschein ab und sprang mit der Bemerkung: „Man liebt sie, oder man liebt sie nicht!", in seine Sportschüssel und brauste davon.

Ich setzte mich in meinen breiten, bequemen Holzsessel, vor Jahren selbst entworfen und gebaut. Mein Lieblingsplatz neben dem schwarzen Bücherregal über die ganze Wand. Wie sollte ich auf die nächtliche Drohung reagieren? Ich hatte wenig Hoffnung, dass die Herren von der Kripo irgendwelche Feststellungen treffen könnten, die mir weiterhelfen würden. Vielleicht der Einbau eines Panzerriegelschlosses über die gesamte Breite der Wohnungstür? Doch ein bisschen überdimensioniert? Abgesehen davon: Mit der Sicherheit in der Tiefschlafphase war es ja auch nicht getan. Ich lehnte den Kopf zurück und schloss die Augen.

Der Aufenthalt in Spanien hatte meine Erinnerung an die intensiven und belastenden Verhandlungstage und an den arroganten Angeklagten nicht abmildern können. Fast hasserfüllt hatte er mich angesehen, als er gesichert mit Handschellen und Fußfesseln, die nur kleine Schritte zuließen, begleitet von zwei stämmigen Wachtmeistern aus dem Gerichtsaal geführt wurde, nachdem ich ihn zu einer mehrjährigen Haftstrafe verurteilt hatte. Kristeva, ein äußerst gefährlicher Gewaltverbrecher.

Nicht nur die Gerichtsverhandlung selbst war sehr spannungsvoll und außerordentlich nervenaufreibend gewesen. Auch vorausgegangen waren schon dramatische Ereignisse. Es war mir gelungen, zwei prozessentscheidende Belastungszeugen aus seinem direkten Umfeld zur Aussage zu bewegen, dies bis zum Beginn der Verhandlung zu verheimlichen und damit ihren Boss, den Angeklagten, auszutricksen. Und der hatte fest damit gerechnet, als freier Mann den Gerichtssaal zu verlassen.

Das alles war erst ein paar Monate her. Der Kerl war nicht gut auf mich zu sprechen. Das war klar. Aber wäre ihm eine solche doch eher harmlose Überraschung zuzutrauen?

Jedenfalls würde ich am Montag in der Vollzugsanstalt Bruchsal anrufen, mich nach ihm und nach irgendwelchen Auffälligkeiten erkundigen. Interessant wäre vielleicht auch, ob er schon Besuch empfangen durfte und falls ja, ob und wer bereits dagewesen war. Einen Augenblick überlegte ich, selbst hinzufahren und einen Kontakt herzustellen. Aber, was sollte das bringen? Abgesehen davon, dass er den wahrscheinlich verweigern würde.

Vielleicht wäre es trotzdem nicht falsch, sich mal näher mit dem mysteriösen Mitbewohner des Hauses zu beschäftigen, überlegte ich. Er war nach der Notiz des Vermieters ungefähr vier Wochen nach Abschluss meines großen Verfahrens eingezogen – oder eben doch nicht.

Den Vertrag hatte der zukünftige Mieter mit der Begründung ständiger Reiseverpflichtungen ohne persönlichen Kontakt abgewickelt. Er akzeptierte den recht hohen Mietpreis. Was den Vermieter offenbar veranlasste, sämtliche Bedenken zurückzustellen. Er hatte also einem vollkommen unbekannten Menschen seine Wohnung vermietet. Diese ungewöhnliche Abwicklung machte mich schon etwas nachdenklich. Ich wusste nicht einmal, wie er heißt. Am Eingang neben seiner Klingel steckte immer noch das leere Blatt. Allerdings, auch mein Name war dort nicht zu lesen. Ich wollte verhindern, dass man mich so ohne Weiteres findet. Auch in den Telefonbüchern suchte man mich vergeblich. Ich beschloss, ein bisschen Nachforschungen zu betreiben. Was war das für ein Kerl, und wo steckte er wirklich?

Der Wettergott hatte uns noch einmal einen schönen Tag spendiert. Als ich mich am Bundesverfassungsgericht vorbei dem Restaurant „Badische Weinstuben" am Botanischen Garten über den schmalen, mit Kies bestreuten Weg näherte, sah ich Jan schon von Weitem. Er war in ein angeregtes Gespräch mit einer hübschen, dunkelhäutigen Bedienung vertieft. Drüben vor dem historischen, gläsernen Palmenhaus lag lang ausgestreckt auf einer Bank ein Mann mit roten Socken in der Sonne, in dem ich einen Kollegen zu erkennen glaubte. Eingerahmt auf beiden Seiten von großen, bunten Dahlienbüschen. Ein Bein hatte er seitlich auf die Lehne hochgelegt. Offenbar eine etwas vorgezogene Mittagspause. Ein durchaus romantisches Bild. Aber ein Angeklagter, der von ihm vielleicht am Vortag gerade erst verurteilt worden war, hätte das wohl eher nicht ganz so empfunden.

Außer meinem Freund waren kaum Gäste im Biergarten unter dem wundervollen Eisengewölbe des alten Wintergartens. Als ich gerade einen Augenblick überlegte, ob die Bezeichnung als Biergarten bei einer Weinstube überhaupt zulässig war, hatte er mich schon gesehen und winkte mir zu. Jan ist ein lieber, alter Freund von mir, verhinderter Jurist und Privatdetektiv. Wir kennen uns viele Jahre, und er war mir schon oft eine große Hilfe. Auf ihn konnte ich mich absolut verlassen. Er kam mir einige Schritte entgegen und umarmte mich herzhaft. Wir hatten uns seit meiner Reha noch nicht getroffen.

„Mensch, Maximilian, schön dich zu sehen. Du siehst gut aus!" Er hielt mich auf Armeslänge vor sich und strahlte mich an. „Zeitweise hatte ich wirklich Sorge um dich. Beängstigende Nachrichten kamen da aus Spanien. Ich dachte", er zwinkerte mir zu, „es ist aus mit dir."

„Ehrlich, es gab Augenblicke, da war ich auch dieser Meinung", lächelte ich schwach zurück. „Aber so ist es mir lieber!"

Wir setzten uns und bestellten Kaffee. „Ich habe es doch wirklich verdient, in Ruhe gelassen zu werden, findest du nicht?", sprach ich weiter. „In den letzten Jahren bin ich des Öfteren bis an die Schmerzgrenze geplagt worden. Aber dann sind wieder die Ereignisse über mich hereingebrochen. Zuerst für mich vollkommen rätselhaft, aber schließlich hat sich dann ja", ich tippte ihm auf den Arm, „auch mit deiner Hilfe alles aufgeklärt."

Tatsächlich hatte Jan, den ich immer über die neuesten Entwicklungen informierte, aktiv Hilfe geleistet und mir ein „bedarfsgerechtes" Päckchen, ein kleines Sortiment von Einbruchswerkzeugen, nach Spanien geschickt, das mir sehr nützlich gewesen war.

Nach einer Weile musterte er mich etwas misstrauisch. „Was ist los? So ganz der Alte bist du doch nicht. Hast du wieder Probleme?"

Er kannte mich wirklich gut. In meinem Kopf rumorten tatsächlich der gestrige Abend und die unerfreuliche Mitteilung. Sein Blick war auffordernd.

„Eigentlich wollte ich dir nichts davon erzählen. Ich wollte unser erstes Wiedersehen nicht verderben. Und es ist vielleicht auch ganz harmlos." So wirklich glauben konnte ich das allerdings selbst nicht.

Ich zögerte. „Als ich gestern ziemlich spät nach Hause kam, stand mir in der Eingangstür ein Einbrecher gegenüber." Jan sah mich entsetzt an, sagte aber nichts.

„Ich habe versucht, ihn zu schnappen, aber ohne Erfolg. Und eine drastische Mitteilung war unter die Wohnungstür geschoben." Jetzt musste ich doch kurz leer schlucken. „Mit eleganter Schrift wurde mir mitgeteilt: ‚Du bist tot!' "

Jan wiederholte erschrocken: „Du bist tot?" Und dann: „Das solltest du ernst nehmen. Du hast dir in deinem Beruf eine Menge Feinde gemacht, und dann dein unruhiges Leben in der Vergangenheit. Der Einbrecher, hast du ihn erkannt? Kannst du ihn beschreiben?"

Ich schüttelte mit dem Kopf. „Nein. Es war zu dunkel. Schlank, mittelgroß. Das ist alles."

Er zögerte etwas: „Wenn ich so darüber nachdenke, war es vielleicht gut, dass ich durch das juristische Examen gefallen bin. Sonst müsste ich heute womöglich auch so üble Folgen in Kauf nehmen."

Gespielt empört gab ich zurück: „Na, du bist mit deiner Schnüffelei auch einigen ganz schön auf die Zehen getreten."

Er zog nur die Schultern hoch als Erklärung.

Nachdem ich ihm einige Fragen zu meinem jetzigen Zustand beantwortet hatte, kam er auf meinen Unfall in Spanien zu sprechen. Ich war vor etwa zweieinhalb Monaten, nachdem ich den Strafprozess gegen Kristeva abgeschlossen und das Urteil geschrieben hatte, zu meiner Freundin Paquita nach Alcossebre gereist und hatte mit ihr eine Motorradtour in die Pyrenäen unternommen. Dort in den Bergen war dann das Unglück passiert.

„Ich kann dir nicht genau sagen, was geschehen ist. Es ging rasend schnell." Ich konzentrierte meine Gedanken auf die erlebten Momente. „Ein scharfer Knall. Das Hinterrad brach aus. Ich stürzte, das Motorrad flog über die Leitplanke und ich dagegen. Aufgewacht bin ich im Hubschrauber, der mich nach Barcelona ins Krankenhaus gebracht hat."

Ich machte eine Pause.

„Naja, und danach: Krankenhaus in Karlsruhe und Reha im Schwarzwald."

Als Jan immer noch nichts sagte, mich nur mitleidig ansah: „Ich habe wirklich keine Ahnung, was den Unfall verursacht hat. Natürlich habe ich darüber nachgedacht, ob dort in den Bergen auf mich geschossen wurde. Wäre ja auch nicht ganz abwegig nach meiner ‚Kollision' mit diesem brutalen Verbrecher, den ich für lange Zeit in den Knast geschickt habe. Weißt du, der hatte sich bei Prozessbeginn absolut sicher gefühlt. Hat mich nur höhnisch angegrinst, bis ich dann die Belastungszeugen aus seinem Umfeld präsentiert habe."

„Und jetzt komme ich ins Spiel." Jan hatte sich im Korbsessel aufgerichtet und ich blickte ihn fragend an. „Ich habe davon gehört, dass das Motorrad auf der Überführung zur kriminaltechnischen Untersuchung in Barcelona verschwunden ist." Als ich zur Bestätigung nickte, fuhr er fort: „Ich halte es für absolut notwendig aufzuklären, was in den Bergen passiert ist. Du musst doch wissen, auf was du dich einzustellen hast. Wenn es tatsächlich ein Anschlag war, dann ist es damit natürlich nicht erledigt. Dann bist du weiter in Gefahr und kannst auf das nächste Attentat warten! Das muss geklärt werden!"

Als ich ihn doch etwas ergriffen ansah, setzte er mit energischer Stimme fort: „Ich habe für nächste Woche einen Flug nach Valencia gebucht. Ich werde versuchen aufzuklären, was passiert ist."

Einen Augenblick starrte ich ihn nur an. Jan war schon immer mal wieder für eine Überraschung gut – aber so ein abwegiger Plan?

„Jan, was soll denn der Unsinn. Du sprichst doch kein Wort Spanisch. Wie soll das denn funktionieren? Außerdem glaubst du wirklich, irgendjemand ist dort bereit, mit dir zusammenzuarbeiten?"

Er lehnte sich lässig zurück. „Du wirst dich wundern. Ich habe eine hilfreiche Begleitung." Er schmunzelte. „Eine sehr hübsche noch dazu."

Mir schwante Böses. Jan schaffte es immer wieder, sich zu verlieben. Ganz unvermittelt, so von jetzt auf nachher. Und regelmäßig ging das schief, und ich musste ihn wieder aufbauen.

„Nein, keine Angst", versuchte er, mich zu beruhigen. „Es ist eine rein geschäftliche Vereinbarung."

Jan erzählte weiter, dass eine Studentin seit ungefähr drei Monaten bei ihm arbeite. Immer am Samstagvormittag für vier Stunden. Postbearbeitung, Telefonate und Ähnliches.

„Sie ist Spanierin, spricht ausgezeichnet Deutsch und studiert im Rahmen von diesem Förderprogramm Erasmus für zwölf Monate beim KIT, also beim Karlsruher Institut für Technologie. Marisa kommt aus Valencia und fliegt nächste Woche zum Geburtstag ihrer Großmutter nach Spanien. Und, jetzt kommt es", er machte eine dramatische Pause, „ihr Vater ist dort Kommissar bei der Nationalpolizei, der Cuerpo Nacional de Policía. Sie hat schon mit ihm telefoniert. Wir treffen uns." Er sah mich stolz an, als wäre es allein seine eigene Leistung. „Und zum Geburtstag der Großmutter bin ich jetzt auch eingeladen."

Eine Weile konnte ich nichts sagen. Ich mochte Jan sehr und fühlte mich wohl in seiner Gesellschaft. Eine alte und intensive Freundschaft, wichtig für mich, für mein Lebensgefühl. Freundschaft und Familie. Stellenwert? Frustrationen? Einen Augenblick war ich mit meinen Gedanken weit weg.

„Jan, du beeindruckst mich wieder mal. Ich glaube zwar nicht, dass du in Valencia etwas klären kannst, der Polizei selbst ist es ja auch nicht gelungen. Aber vielleicht ist es einen Versuch wert."

Natürlich würde es mich brennend interessieren, ob dort in den Bergen tatsächlich jemand auf mich geschossen hatte. Aber ich war definitiv skeptisch, ob er, als Deutscher, in Spanien irgendetwas zustande bringen konnte.

Jan schob mir die Speisekarte zu und brachte mich damit zurück in die Gegenwart.

Zwei Stunden später schlenderte ich über den schmalen "Blauen Strahl", aus weit über eintausend Majolika-Fliesen, der vom Schlossturm des Karlsruher Schlosses zur Keramik-Manufaktur führt, quer durch den Schlossgarten hinüber zu dem alten Gebäude. Das Wetter war immer noch prächtig, aber auch wieder mit einer dezenten Andeutung von Sommerabschied in der Luft. Auf dem kurzgeschorenen Rasen der weiten Grünflächen lagerten Gruppen von fröhlichen, jungen Leuten unter hohen Bäumen, Mütter schoben miteinander plaudernd Kinderwagen über die Wege, die Hundebesitzer blickten stolz ihren über den Rasen springenden Hunden hinterher und drüben am Schlossgartensee schien es, als ob vier schweigende, weißhaarige Herren nebeneinander auf einer Bank, mit den in die Sonne gewandten Gesichtern die Erinnerung an sommerliche Jugendtage zurückzubringen versuchten. Eine friedliche, gelöste Stimmung, die mir guttat, frei von unheilvollen Mitteilungen.

Jan hatte sich nach einem Blick auf seine Uhr plötzlich und ziemlich aufgeregt davongemacht mit der etwas undurchsichtigen Begründung, er habe noch eine wichtige Verabredung und dem verräterischen Abschiedsgruß: „¡Hasta luego!", „Bis dann!". Meinem überraschten, fragenden Blick wich er aus, und schon war er weg. Vermutlich wartete irgendwo in einem Café seine „hilfreiche Begleitung" auf ihn.

Ich hatte mich schon früher mit ihm darüber unterhalten, dass meiner Meinung nach die effektivste und angenehmste Methode, eine Sprache zu erlernen, zweifellos die Freundschaft – oder auch mehr – zu einer charmanten Muttersprachlerin ist. Jetzt drängte sich mir der Verdacht auf, dass Jan diesen Ratschlag ernst genommen hatte.

Über sein Interesse an der spanischen Sprache hatte er oft mit mir gesprochen und mich dafür bewundert, dass ich mich seit Jahren damit beschäftigte, sie zu erlernen. Immer hatte er mit großem Interesse zugehört, wenn ich ihm von meinen Reisen auf die iberische Halbinsel erzählte. Von den wunderbaren und intensiven Kontakten mit vielen, oft auch ganz einfachen Menschen, deren Freude ich spürte, wenn sie merkten, dass ich mich um ihre Sprache bemühte. Diese Begegnungen sind immer ein Geschenk, ganz weit entfernt von flüchtigen, touristischen Bekanntschaften im Vorübergehen. Er erklärte mir, er sei immer nur an Freundinnen geraten, die für die Urlaubstage Frankreich, Italien oder den Norden mit England und Skandinavien vorzogen. Aber das müsse geändert werden. Und das schien ihm ja jetzt zu gelingen.

Ich hatte vor, in der Majolika für den Geburtstag meiner Kollegin und lieben Freundin, der Staatsanwältin Samantha, eine Keramikfliese mit dem Sternzeichen Skorpion zu kaufen.
Sie war mir vor noch gar nicht so langer Zeit ans Herz gewachsen. Zierlich und vital, eine Kämpferin für die Gerechtigkeit – und attraktiv noch dazu.

Als ich am Rand des Schlossparks den Ahaweg überquerte, stoppte ich abrupt. Rechts von mir, etwa zwanzig Meter entfernt, parkte ein silberner Mercedes und durch die Frontscheibe konnte ich undeutlich etwas erkennen, was so aussah, als wäre eine Person im Auto, deren Kopf regungslos auf dem Lenkrad lag. Jemand mit blonden Haaren. Einen Augenblick zögerte ich, dann trat ich neben das Auto, bückte mich etwas und blickte hinein. Vollkommen starr saß auf dem Fahrersitz eine Frau, den Oberkörper nach vorn gekrümmt, die Arme herabhängend. Die seitlichen Haare verdeckten ihr Gesicht. Einen Augenblick befürchtete ich, sie wäre tot, aber plötzlich fingen ihre Schultern an zu zucken, als würde sie weinen. Auf mein Pochen an die Seitenscheibe reagierte sie zuerst nicht. Ich richtete mich auf und überlegte kurz, ob ich die Frau in Ruhe lassen sollte. Aber mit der Person war irgendetwas nicht in Ordnung, das war offensichtlich, und sie brauchte vielleicht Hilfe. Ich klopfte erneut, etwas heftiger. Sie richtete sich langsam auf und drehte mir ihr Gesicht zu. Mit Augen voller Tränen, die Spuren auf ihren gebräunten Wangen hinterlassen hatten, blickte sie mich an. Ein ausdrucksstarkes, intelligentes Gesicht, eine schöne Frau. Sie wischte sich mit der rechten Hand die Tränen ab und ließ die Seitenscheibe etwas herunter.

„Herr Knall, was machen Sie denn hier?“, fragte sie mit stockender Stimme.

Bevor ich antworten konnte, ließ sie den Motor an und startete ihr Auto. Schnell beschleunigend fuhr sie die Straße hinunter, bog vorn nach rechts in die Willy-Brandt-Allee ein und war verschwunden.

Vollkommen verblüfft schaute ich ihr hinterher.

Während ich irritiert die paar Schritte bis zur Majolika weiterging, versuchte ich mich auf das Gesicht zu konzentrieren. Ich kannte die Frau, ebenso wie sie mich, und ich war sicher, nicht nur flüchtig. Aber es musste lange her sein, und mein schlechtes Personengedächtnis war mir wieder einmal keine große Hilfe. Irgendwie verursachte das Grübeln auch ein unangenehmes Gefühl, eine vage, eher unerfreuliche Erinnerung.

Ich setzte mich vor dem Museum der Majolika auf eine Steinbank, lehnte mich gegen die Wand des über einhundert Jahre alten Gebäudes und schloss die Augen. Wer war diese Frau? Einen Augenblick blieb ich noch in der Nachmittagssonne sitzen. Das war schon eine äußerst eigenartige Begegnung. Sitzt diese Frau dort weinend im Auto, etwas abseits der Stadt und braust davon, als der Richter Knall auftaucht, an den sie sich offenbar ohne Probleme erinnert.

Meine Gedanken drifteten jedoch zunehmend ab und blieben bei der wechselhaften Geschichte des Museums hängen. Einige der Künstler, die hier über die Jahre gestalterisch tätig geworden waren, hatte ich auch mit „Kunst im Landgericht“ ausgestellt. Eine wesentlich erfreulichere Erinnerung als eine Frau, die bei meinem Anblick auf- und davonrast.

3

Nachts um Viertel nach vier wieherte laut mein Handy. Erschrocken fuhr ich hoch. Den grässlichen Ton hatte ich schon die ganze Zeit verändern wollen. Einen Augenblick musste ich mich orientieren. Ich blickte noch einmal auf die Uhr. Tatsächlich, Viertel nach vier und noch dazu am Sonntag. Das Display zeigte keine Nummer. Ich starrte auf das Telefon, drückte dann auf die rote Taste und das nervige Geräusch verstummte.

Mein Kollege Sebastian Knorze, der sich mein Telefon vor zwei Tagen kurz ausgeliehen hatte, fand es offenbar besonders witzig, mich durch ein Pferd wecken zu lassen. Ich habe nichts gegen Pferde. Im Gegenteil, ich erinnere mich gern zurück an wunderbare Ausritte im Schwarzwald mit meiner Reitlehrerin vor vielen Jahren, aber dieses ungewöhnlich kehlige, tiefe Röhren am Telefon, noch dazu am frühen Morgen? Grenzwertig.

Er hatte mich nach seiner Aktion unauffällig angerufen, sich über meine Reaktion halbtot gelacht und oberschlau angefügt, das Pferd sei offenbar verunsichert und verärgert gewesen. Es gibt schon eigenartige Menschen – und spezielle Richter eben auch. Innerlich hatte ich entschieden, dass meine Beziehung zu Knorze damit beendet war. Leider war ich noch nicht dazu gekommen, das Signal wieder abzuändern.

Nicht mit mir, dachte ich schlaftrunken. Meine Nummer hatte ich nur meinen engeren Bekannten gegeben, und die würde ich beim Anruf erkennen. Außerdem würden sie mich kaum um diese Zeit anrufen. Vielleicht nur ein Zufall.

Ich legte mich zurück.

Gerade war ich wieder ein bisschen eingeschlafen, als die schrecklichen Töne mich erneut weckten. Ich zwang mich, ruhig zu bleiben und streckte mich nur ein bisschen. Der Knorze würde mich doch wohl nicht aus der Fassung bringen.

Wieder „anonym". Ich beendete das Anrufsignal und schaltete das Gerät ganz aus. Nach einem Blick auf die Uhr vergrub ich mich wieder in mein Kissen. Plötzlich packte mich eine Erinnerung im Halbschlaf, so unmittelbar und intensiv, dass ich unwillkürlich mit dem Arm neben dem Bett auf den Boden fasste. Aber ich griff vergeblich nach dem kalten Metall einer Schneide und dem Schaft. Keine Axt neben meinem Bett.

Es war vor Jahren gewesen, mein lieber Münchener Freund Robbi hatte mich überraschend an den Chiemsee eingeladen. Gemeinsam mit einer Gruppe von Bekannten besaß er dort eine alte Villa, das heißt, sie war von ihnen auf Dauer gemietet worden. Ein wunderschönes, ockerfarbenes Haus mit zwei Geschossen und einem markanten Turm auf der rechten Seite. Über Jahrzehnte war nichts am Haus gemacht worden. Ein bisschen vergangene Pracht, alles ziemlich heruntergekommen, aber mit starker Ausstrahlung. In jedem der vielen Räume ein hoher Kachelofen mit wunderbaren Fliesen in unterschiedlichen Farben, Badezimmer mit Blechbadewannen und unglaublichen, goldfarbenen Wasserhähnen. Sprossenfenster, von deren braunem Holz die Farbe abblätterte. Und ein großer, ungepflegter Garten hinunter zum See. Niemand fühlte sich offenbar für die Pflege verantwortlich. Die Vermieterin war inzwischen verstorben, und die Erbengemeinschaft kümmerte sich nicht.

Ich war schon früher einmal zu einem Grillfest mit seinen Freunden dort gewesen, aber diesmal wollte er mich ganz kurzfristig unbedingt allein dort treffen. Am Telefon war er bei seiner Einladung etwas geheimnisvoll gewesen und hatte gesagt, er könne zwar nur den Abend bleiben und müsse dann nach München zurück, aber ich könne sehr gerne im Haus übernachten.

Ich traf nach ihm ein. Im großen Wohnraum im Erdgeschoss auf einem Holztisch waren diverse, köstliche Leckereien vorbereitet, und nach unserer Begrüßung öffnete er, ohne zu fragen, sofort einen Champagner. Es war ein kühler Herbsttag, und er hatte offenbar einige Zeit zuvor im Kachelofen, der eine angenehme Wärme ausstrahlte, ein Feuer angemacht.

Robbi füllte die Gläser. Wir stießen an und setzten uns. Er trank seines rasch aus und goss es erneut voll. Ich wartete ab und wir tauschten Belanglosigkeiten aus. Mir war klar, er wollte irgendetwas von mir, aber er würde schon damit herausrücken.

Mit dem zweiten prostete er mir schließlich zu, räusperte sich, blickte mir in die Augen und sagte: „Bei mir ist bei einer Routineuntersuchung etwas sehr Schlimmes festgestellt worden."

Entsetzt sah ich ihn an. Ich wusste nicht, was ich dazu sagen sollte.

„Ja, mein Lieber. Es ist aus mit mir!" Er trank sein Glas aus und schwieg einen Augenblick. Ich wollte aufstehen und zu ihm gehen, um ihn in den Arm zu nehmen, aber er hielt mir abwehrend die Hand entgegen und sprach nach einer Pause weiter: „Warte noch, bitte!"

Ich sank auf meinen Stuhl zurück.

Eine spezielle Überprüfung sei angesetzt worden, um die Diagnose endgültig abzuklären, und jemand habe ihm dazu gesagt: „Wenn dabei eine zweite Untersuchung notwendig wird, ist es wirklich ernst!"

Er schnaufte. „Bis zum Termin hat es eine Woche gedauert, und du kannst dir denken, wie ich mich gefühlt habe. Ein schrecklicher Zustand. Ich fing an, mir Gedanken darüber zu machen, ob ich verbrannt werden will."

Er schwieg wieder einen Augenblick.

„Also, als die Untersuchung vorbei war, hat die Ärztin sich die Computerausdrucke angesehen. Ich saß ihr ziemlich fertig gegenüber. Dann verschwand sie, ohne ein Wort zu sagen, und sprach im Nebenraum mit einem Kollegen."

Ich merkte, dass sich Robbi zusammennehmen musste, um weiter zu sprechen. „Als sie mit einem – wie ich fand – ziemlich bedenklichem Gesicht zurückkam, sagte sie: ‚Also in einer Woche sehen wir uns wieder, zur zweiten Überprüfung' und verschwand."

Er war auf dem Stuhl zusammengesunken. Intensive Erinnerungen an diesen Moment kamen wohl wieder hoch.

Ich fühlte mich hilflos, konnte nichts sagen.

Er war ziemlich leise geworden. „Ich bin in der Woche fast jeden Tag auf dem Hauptfriedhof spazieren gegangen. Abartig. Ich weiß. Ja, und dann kam der Tag. Das war gestern Morgen."

Er stand auf und streckte mir sein Glas entgegen. „Du bist der Richtige für diesen Augenblick, Maximilian!"

Wir stießen an und Robbi nahm einen großen Schluck. „Ich werde nicht sterben! Ich kann weiterleben. Ich bin glücklich. Und ich wollte, dass du mit mir diesen Augenblick teilst."

Er sei vollkommen fertig im Anschluss an die zweite Untersuchung zur Besprechung der Diagnose gegangen und habe statt einer Begrüßung gleich gesagt: „Ich kann mir denken, es sieht böse aus. Wie lange lebe ich noch?"

Die Ärztin habe ihn vollkommen verblüfft angesehen und gefragt: „Wie kommen Sie denn darauf?"

„Na ja, die zweite Überprüfung. Das wird doch wohl nur gemacht, wenn es wirklich schlimm ist?"

Robbi zögerte. Einen Augenblick konnte er nicht weitersprechen. Die Erinnerung machte ihm sichtlich zu schaffen.

Schließlich sprach er weiter: „Die Medizinerin hat mich kopfschüttelnd angesehen und dann geantwortet: ‚Das machen wir immer so. Sie können vollkommen beruhigt nach Hause gehen. Sie haben eine spezielle Normvariante ohne Krankheitswert.‘ "

Wie unter Druck atmete ich aus. Jetzt hielt es mich nicht mehr auf meinem Stuhl. Ich sprang auf und umarmte ihn, hielt ihn fest mit meinen Armen. Ich glaube, wir hatten beide Tränen in den Augen.

Es wurde anschließend ein unglaublich lustiger, fast irrealer Abend. Robbi lief mit seinen Erinnerungen an die vergangenen Jahre zu einer fantastischen Form auf. Ich konnte mich kaum halten vor Lachen. Immer neue Gemeinsamkeiten tauchten aus den fast schon verschwundenen Zeiten auf. Unglaublich. Es war wie bei manchen Beerdigungen, wenn die Trauer einer fast übertriebenen, übersteigerten Fröhlichkeit weicht.

Schließlich wurden wir ruhiger und ernster, und er begann über die Geschichte des Hauses zu erzählen. Draußen war es inzwischen längst dunkel geworden. Ein Wind war aufgekommen. Man hörte die Geräusche am Haus. Wir waren beide nicht mehr nüchtern. Der Wein aus der Wachau schmeckte wunderbar. Der große Raum wurde außer durch das Feuer im Kamin nur spärlich von einigen Kerzen erleuchtet, die Robbi angezündet hatte, nachdem zweimal für einige Zeit der Strom ausgefallen und es plötzlich finster geworden war. Später würde er mit dem Fahrrad hinüber zur Station und dann mit der Bahn nach München fahren.

„Am Kriegsende, April oder Mai 1945, haben sich hier in den Räumen unheimliche Geschichten abgespielt. Nazi-Geschichten!"

Verblüfft sah ich ihn an.

„Die verstorbene frühere Eigentümerin des Hauses, Angela Schwarze, war eine ziemlich große Nummer bei den Nazis. Gebietsleiterin in der NS-Frauenschaft." Er schenkte uns erneut Wein ein. „Ich habe sie vor vielen Jahren kennengelernt. Sie war gestürzt, in München auf der Straße. Und da das genau vor mir passierte, habe ich ihr aufgeholfen. Ihr Knie war aufgeschlagen. Nichts Dramatisches, aber ich führte sie in ein Café, ließ mir ein Pflaster geben und versorgte die Wunde. So kamen wir ins Gespräch." Er lächelte in sich hinein. „Eine noch im Alter unheimlich charmante Frau. Bedauerlicherweise war ihr Gedankengut nach wie vor das eines Nazis. Ja, und so bin ich übrigens mit meiner Freundesgruppe an dieses Haus gekommen."

Er berichtete weiter, dass er sie anschließend immer wieder mal getroffen und sich jeweils lange mit ihr unterhalten habe. „Nachdem sie die Scheu vor mir verloren hatte, fing sie an, über ihre Vergangenheit zu sprechen. Ich glaube, sie musste irgendwie einiges loswerden. Mit dem Gedanken, dass sie einfach eine bemitleidenswerte alte Frau war, wurde ich so ein bisschen zu ihrem Beichtvater."

Im Raum war es inzwischen ziemlich düster geworden.

Sie hatte ihm ihre Laufbahn beschrieben. Ganz ungewöhnlich in jener Zeit. Denn dass Frauen so etwas wie eine Karriere machten, wurde nicht unbedingt gern gesehen. Man hielt sie eher klein.

Brave Mütter mit vielen Kindern sollten sie sein. Ihr Erfolg war vielleicht darauf zurückzuführen, dass ihr Ehemann ein SS-General war. Und damit kam Robbi auch auf das Haus zu sprechen.

„In den letzten Kriegstagen hatte sich hier eine ziemlich braune Gruppe versammelt. Der SS-General und einige ziemlich bekannte Kumpane. Es war eine üble Mannschaft. Sie hat mir damals ein paar Namen zugeflüstert"

Am späten Abend sei sie aufgrund eines Streits aus dem Raum geschickt worden. Darüber habe sie sich unheimlich geärgert und deswegen an der Tür gelauscht. Von drinnen hörte sie dann einige heftige Wortfetzen, die sie verstehen konnte. Mehrere wollten sich nach Argentinien oder Chile absetzen und hatten das auch schon geregelt. Andere, zu denen auch ihr Mann gehörte, wollten bis zum letzten Blutstropfen kämpfen. Er habe dann gedroht, er werde die anderen wegen Fahnenflucht anzeigen. Ihr werdet gehängt!, habe er geschrien. Und dann gab es ein lautes Gerumpel, und danach sei alles auf einmal ganz still gewesen.

Zwei untere Dienstgrade seien plötzlich aus dem Raum gestürzt, hätten sie gepackt und mit einem Auto abtransportiert. Natürlich habe ihr niemand gesagt, was passiert sei und warum ihr Mann nicht zu ihr gekommen sei. Mehrere Tage habe man sie in München in einer Wohnung gefangen gehalten. An einem Morgen sei die Wache auf einmal verschwunden, und sie konnte die Wohnung verlassen, ohne dass sie jemand aufgehalten habe.

Rundherum ein riesiges Durcheinander. Das Kriegsende.

Robbi warf einige Holzstücke in den Kamin und goss unsere Gläser erneut voll.

„Erst nach einer Woche schaffte sie es, an einem Abend wieder hierher zu kommen. Die ganze Zeit hatte sie sich riesige Sorgen um ihren Mann gemacht, war ohne irgendeine Nachricht von ihm. Und hatte die Hoffnung, hier einen Hinweis auf seinen Aufenthaltsort zu finden."

Er nahm einen Schluck und hielt kurz inne.

„Sie kam hierher, vielleicht eine Nacht wie heute, öffnete mit Mühe die Eingangstür, die bereits damals immer klemmte."

Robbi war schon immer ein guter Erzähler. „Sie ging also in das Haus hinein und wollte, aus welchem Grund auch immer, zuerst in den oberen Räumen nachsehen. Auf den ersten Stufen blickte sie hoch, und da hing ihr Mann, der SS-General, schräg oberhalb des breiten Treppenabsatzes in voller Uniform am Deckenhaken der großen, alten Hängelampe aus Kupfer."

Robbi fixierte einen Punkt in Richtung des weiträumigen Hausflures und des Treppenhauses, sein Finger folgte diesem Punkt, und unwillkürlich sah ich ihm nach.

Ich fühlte mich gar nicht gut, während Robbi wieder ansetzte:

„Es ließ sich natürlich nie klären, was passiert war – ob er sich selbst aufgehängt hatte. Immerhin lag ein umgekippter Stuhl auf dem Absatz. Aber Frau Schwarze war überzeugt davon, dass man ihn umgebracht hatte. Niemand war damals an der Aufklärung interessiert. Und alle Teilnehmer der nächtlichen Runde blieben verschwunden. Alle Anstrengung von ihr, sie, auch im Ausland, aufzufinden, blieben vergeblich."

Mit düsterem Gesichtsausdruck berichtete Robbi fast flüsternd über äußerst sonderbare Ereignisse, die sich anschließend über viele Jahre hier im Haus ereignet hatten. Er schaffte es tatsächlich, eine ziemlich unheimliche Stimmung zu erzeugen. Das Gebäude habe ein spezielles, nächtliches Eigenleben entwickelt. Immer wieder gab es in späten Stunden unerklärlichen Lärm, ein Knirschen, Schaben und Gepolter. Sogar ein Gutachter wurde einmal – allerdings ohne Ergebnis – bemüht. Eine Bewohnerin der Erbengemeinschaft sei verrückt geworden. Und um Mitternacht würde man ab und zu den SS-General die Treppe hinauf- und hinuntermarschieren hören. Niemand habe es länger als ein paar Tage im Haus aushalten können.

„Sei mal still", wisperte er plötzlich und blickte hinüber zur Tür zum Flur. „Hörst du das?"

Der Wind war stärker geworden, irgendwo schlug ein Fensterladen immer wieder gegen die Hauswand, und tatsächlich waren draußen im Flur Geräusche zu vernehmen, wie Schritte auf knarrenden Holzdielen. Ich fuhr zusammen, fasste mich aber dann, sprang auf und riss die Tür auf. Nichts. Im trüben Licht der Kupferlampe nur das Treppenhaus.

Unwillkürlich blickte ich nach oben zum Treppenabsatz, aber darüber baumelte natürlich niemand. Kein General. Mensch, Knall, dachte ich, reiß dich zusammen.

Ich ließ mich wieder in meinen Stuhl sinken, nahm einen großen Schluck und goss mir nach. Ich fühlte mich doch ziemlich unbehaglich. Robbi betrachtete mich mit einem schiefen Grinsen. „Und deswegen habe ich aufgehört, hier zu übernachten!"

Eine halbe Stunde später verschwand er mit einem lapidaren „Schlaf gut!", weit nach vorn über den Lenker gebeugt, gegen den Wind kämpfend, auf seinem Fahrrad in der Dunkelheit. Vorher hatten wir es noch gemeinsam geschafft, den hin und her schlagenden Fensterladen zu befestigen.

Zurück im dunklen, großen Haus stieg ich mit ziemlich gemischten Gefühlen über die Treppe hinauf zu den Schlafzimmern. Robbi hatte mir einen Schlafsack und eine Wolldecke auf einem der Betten gerichtet, in einem Raum umgeben von einer sehr gewöhnungsbedürftigen schwarzen Tapete mit gelben Blümchen aus den Fünfzigerjahren und zwei Fenstern zur Vorderseite des Hauses. Weil schon vorher immer wieder der Strom, wohl infolge des Sturmes, ausgefallen war, hatte ich meine Taschenlampe aus dem Auto geholt.

Inzwischen bereute ich, dass ich hier im Haus geblieben war. Aber mein Plan war es gewesen, an den Folgetagen Fahrradtouren um den See zu unternehmen.

Natürlich fiel das Licht der Nachttischlampe gerade wieder aus, als ich in den Schlafsack kroch. Mein hochgestellter LED-Strahler warf einen Lichtkegel an die fleckige Decke. Alles nicht gerade gemütlich. Ich beschloss, das Licht anzulassen und versuchte, zur Ruhe zu kommen, einzuschlafen. Aber immer wieder drängte sich mir die Vorstellung von dem im Treppenhaus hängenden SS-Generals auf, sein Zustand nach einer Woche, als seine Frau ihn fand. Schauerlich. Und dazu das immer stärker werdende Jaulen des Sturmes um das Haus herum und unklare, dumpfe Töne von irgendwoher. Kurzum: an Schlaf nicht zu denken.

Plötzlich krampfte sich alles in mir zusammen. Wieder hörte ich diese Schritte auf knarrendem Holzboden. Einen Augenblick horchte ich erschrocken, kroch aber dennoch aus meinem Schlafsack, packte die Taschenlampe und riss die Tür auf. Natürlich nichts zu sehen im scharfen Strahl. Ich schlich hinunter, leuchtete in das große Wohnzimmer und dann in die angrenzende Küche. Niemand. Aber beruhigt war ich nicht.

Ich öffnete eine schmale Tür neben dem Herd. Eine kleine Abstellkammer mit einem hohen Regal auf der gegenüberliegenden Seite, gefüllt mit einigen verstaubten Konserven, Gurkengläsern und unklaren Päckchen.

Aber dann fiel der Schein meiner Lampe auf die blinkende Schneide einer großen Axt, die rechts an der Wand lehnte. In einer Abstellkammer! Egal, ich packte den dunklen, etwas gebogenen, langen Holzgriff. Ein ganz schön schweres Gerät. Ich hob es hoch und hielt es vor mich. Eigenartig. Dieses Ding zu haben tat meinem Selbstbewusstsein offenbar ziemlich gut. Ich fühlte mich deutlich besser.

Wenig später lag ich wieder in meinem Schlafsack, hatte rechts neben dem Bett meine Hand auf dem Boden am Griff der Axt. Ja, etwas grotesk. Aber so fiel ich wenigstens in einen allerdings ziemlich unruhigen Schlaf in dieser alten Villa mit der bizarren NS-Vergangenheit. Für die Folgetage suchte ich mir eine Pension.

Ich hatte gerade nach einer zweiten Tasse Kaffee die nächtlichen Erinnerungen einigermaßen verarbeitet, als mein Handy wieder anfing zu lärmen. Obwohl der Anrufer auch jetzt „anonym" war, nahm ich das Gespräch entgegen. Auf mein „Hallo" war Schweigen am anderen Ende. Ich wartete einen Augenblick und rief, schon etwas wütend, erneut „Hallo!". Gerade wollte ich die Verbindung beenden und den roten Knopf drücken, als eine leise Frauenstimme „Knall?" sagte. „Herr Knall, sind Sie das?"

„Wer ist denn da?", fragte ich ziemlich unwillig zurück.

Wieder einen Augenblick keine Antwort. Die Anruferin zögerte, räusperte sich. „Herr Knall, Sie müssen mir helfen." Ich hatte den Eindruck, sie nahm sich mühsam zusammen. „Ich bin verzweifelt."

Verblüfft starrte ich auf mein Telefon. Immer noch war mir vollkommen unklar, mit wem ich sprach und wollte gerade ansetzen, etwas zu erwidern.

„Ich bin es, Ana Tobogen. Wir haben uns gestern getroffen. Im Schlosspark."

Richtig! Ana Tobogen, Ana mit einem N hieß die Frau, an die ich mich gestern noch nicht so richtig hatte erinnern können. Aber, was um Himmels Willen, wollte die von mir? Und abgesehen davon war sie es offenbar, die mich in der Nacht mehrfach geweckt hatte. Allerdings, für das schreckliche Geräusch konnte sie ja nichts.

Eigentlich wunderte ich mich darüber, dass sie irgendwie aus meinem Gedächtnis verdrängt worden war. Vielleicht hatte ihr abruptes Verschwinden damals etwas damit zu tun.

Übergangslos setzten sich die Teile wieder deutlich vor meinen Augen zusammen. Es war viele Jahre her. Ich hatte beruflich mit ihr zu tun gehabt. Sie war einige Male Schöffin in meiner Strafkammer gewesen. Nicht besonders lange, vielleicht in zwei oder drei Terminen, aber sie hatte mich durch ihre Intelligenz, ihr Einfühlungsvermögen und natürlich auch durch ihr Aussehen beeindruckt. Und dann gab es damals diese große Jubiläumsveranstaltung „Zwanzig Jahre Kunst im Landgericht" mit einem anschließenden Fest. Ich hatte mit ihr getanzt, sogar ein bisschen geflirtet, ein wunderbarer Abend. Es war klar, wir mochten uns, zumindest aus meiner Sicht, und ich hatte mir anschließend Gedanken darüber gemacht, wie unsere Beziehung sich wohl weiter entwickeln würde. Die Schöffin und der Richter, auch nicht ganz unproblematisch.

Am darauffolgenden Mittwoch hatte ich eine Strafsache zu verhandeln, zu der sie auch eingeteilt worden war. Ich freute mich darauf, sie wieder zu sehen. Es ging um das Mitglied einer Motorradgang. Drogen, Körperverletzungen, Überfälle und einiges mehr. Eine aufwendige, schwierige Verhandlung mit umfangreicher Vorbereitung.

Um neun Uhr war der Schwurgerichtssaal bis auf den letzten Platz gefüllt. Natürlich die üblichen Zuhörer, aber auch Pressevertreter in der ersten Reihe und ein Block von Motorradrockern in der letzten. Staatsanwältin Schmitt war an ihrem Platz, und der Angeklagte sollte gerade aus dem Zellentrakt des Landgerichtes vorgeführt werden. Ich wollte beginnen. Aber Schöffin Tobogen war nicht da. Sie war nicht zum Termin erschienen.

Frau Kuch, meine Geschäftsstellenbeamtin, versuchte erfolglos, sie telefonisch aufzutreiben. Schließlich wurde der Ersatzschöffe informiert, der dann auch, nach Stunden, erschien. Das Ganze brachte nicht nur meine Planung vollkommen durcheinander. Aber auch wegen der Gemeinsamkeit des vergangenen Wochenendes war ich über ihr Nichterscheinen sehr irritiert, ja, sogar wütend.

Die Sitzung erstreckte sich dann mit mehreren Verhandlungstagen über drei Wochen, und ich kam nicht dazu, mich um ihr Ausbleiben zu kümmern.

Meine späteren Nachforschungen ergaben schließlich, dass sie angeblich ohne eine Vorankündigung ins Ausland verzogen war und ich ließ es dann auf sich beruhen.

Vielleicht hatte ich deswegen die Erinnerung an sie und ihren Namen verdrängt. Meine Psyche hatte ihr diesen befremdlichen Abschied wohl doch mehr übelgenommen, als es mir bewusst gewesen war.

„Frau Tobogen, Sie überraschen mich ziemlich. Haben Sie mich heute Nacht angerufen?“, fragte ich etwas unwillig.

„Bitte verzeihen Sie mir.“ Ihre Stimme klang unsicher. Sie zögerte. „Nach unserem Treffen ist mir klar geworden, dass Sie der Einzige sind, der mir helfen kann.“ Das hörte sich etwas pathetisch an, aber ich hatte den Eindruck, dass sie sich mühsam beherrschte, um nicht erneut zu weinen.

Als ich nicht gleich antwortete, stieß sie heftig hervor: „Ach, lassen wir es. Es tut mir leid, dass ich Sie gestört habe.“

„Jetzt beruhigen Sie sich“, reagierte ich, bevor sie das Gespräch beenden konnte. „Um was geht es denn?“

Sie brauchte offensichtlich einen Augenblick, denn es gab eine kurze Pause. „Herr Knall, ich bin in einer großen Notlage. Ich weiß nicht, wie ich mich verhalten soll. Als Schöffin bei Ihnen habe ich erlebt, wie Sie an Probleme herangehen. Sie haben mich beeindruckt. In einigen hoffnungslos verzwickten Verfahren haben Sie Lösungen herausgearbeitet, Klarheit geschaffen, Beweisergebnisse erzielt, die mich überrascht haben."

Nach einem Augenblick setzte sie hinzu: „Und wir hatten damals ein besonders gutes Verhältnis zueinander. Es war etwas mehr als nur das Dienstverhältnis. Oder?" Ihre Stimme klang jetzt ziemlich selbstsicher. Sie hatte offenbar wieder Oberwasser bekommen. „Und deswegen habe ich mich getraut, Sie anzurufen. Mitten in der Nacht ..., es tut mir leid, das kam in der Verzweiflung."

Einen Augenblick lang wollte ich das Gespräch abbrechen. Das Ganze war ja wirklich nach den vielen Jahren ein starkes Stück. Aber irgendetwas hinderte mich daran. „Okay. Und was ist das Problem? Und was soll ich dazu beitragen?"

Sie wirkte richtig erleichtert, als sie antwortete: „Am Telefon kann ich nicht darüber sprechen. Können wir uns treffen? Wie wäre es morgen Abend im ‚Rih', in der Waldstraße? Um sieben?"

Nach dem Gespräch setzte ich mich in meinen Holzsessel und lehnte den Kopf gegen die Lehne. Hatte ich mich da auf irgendwas eingelassen? Ich hatte ja nun genug eigene Probleme und auch eigentlich keine Veranlassung, mich mit denen von Tobogen zu beschäftigen. Vor allem, nachdem, was ich schon mit ihr erlebt hatte. Und natürlich drohten mir Schwierigkeiten, wenn ich sie treffen würde. Neben ihrem eigentlichen Problem, auf das ich gespannt war, auch weil sie eine ziemlich attraktive Frau und sich ihrer Wirkung auf Männer absolut bewusst war.

Aber ... ich wollte wissen, was damals passierte war, und es reizte mich auch zu erfahren, was diesmal dahintersteckte. Ihre Aufregung ließ ein wirkliches Problem vermuten. Und das Vertrauen auf meine Fähigkeiten und ihre Komplimente schmeichelten mir natürlich. Aber vielleicht war es auch nur „Honig ums Maul schmieren".

4

Präsident Ingo Bickert legte lächelnd die „Badischen Neuesten Nachrichten“ zur Seite, als ich am Montag in der Frühe bei ihm eintrat. Das Vorzimmer war nicht besetzt gewesen. Wir kennen uns schon sehr lange, auch mit vielen Jahren gemeinsamer Arbeit für „Kunst im Landgericht“, und es war schön zu sehen, dass er sich über mein Kommen freute. Trotzdem war mir etwas unwohl bei dem, was mich zu ihm getrieben hatte.

„Hallo, Herr Knall, guten Morgen. Und, wie war Ihr Einstieg in das Zivilrecht? Am vergangenen Freitag haben Sie doch verhandelt. Ich hoffe, Sie waren zufrieden, und es hat Ihnen Spaß gemacht.“

Ich zögerte mit der Antwort. „Deswegen bin ich hier.“ Und als er mich erstaunt ansah, setzte ich fort: „Mir geht diese Art der Verhandlungen ziemlich auf die Nerven. Alles viel zu friedlich. Kein Drama. Keine Überraschungen. Kein Wunder, dass die Aktendeckel grau sind. Ich vermisse die Dynamik der Strafsitzungen, in denen ‚das Leben tobt'. Die Psychologie der Verhandlung. Die eigentümliche, ganz spezielle Verbindung, die zu Zeugen und manchmal auch zum Angeklagten möglich ist. Die intensive Kontrolle und Hinterfragung der eigenen Wahrnehmung. Die ergebnisorientierte Zielstrebigkeit, die erforderlich ist, um ein Verschleppen des Prozesses zu verhindern.“

Bickert betrachtete mich mit hochgezogenen Augenbrauen nach meinem Monolog.

Nach einer kurzen Pause fuhr ich fort. „Ich glaube, lange halte ich das nicht aus. Ich muss zurück.“

Vollkommen sprachlos sah er mich an. Dann hielt es ihn nicht mehr auf seinem Bürosessel. „Knall, was soll denn der Unsinn? Sie müssten doch wirklich zufrieden sein, dass wir Sie aus der Schusslinie genommen haben nach all dem, was passiert ist." Er wedelte mit der Hand vor seinem Gesicht. „Und noch dazu mit dieser unklaren Sache in Spanien. Seien Sie bloß friedlich." Er ließ sich wieder in seinen Stuhl fallen. „Außerdem, Menschenskind, Sie sollen hier im Landgericht verantwortungsvoll Ihre Arbeit erledigen. Das können Sie auch mit grauen Akten. Und da geht es nicht nur um Geld, sondern um Schicksale, um Existenzen, um Individuen."

Etwas peinlich berührt sah ich ihn an.

„Knall, Sie haben hier in der Vergangenheit immer wieder ein ziemliches Durcheinander angerichtet. Ihre Kollegen machen geduldig ihre Arbeit und bei Ihnen bricht regelmäßig ein kriminelles Chaos aus. Jetzt beschäftigen Sie sich mal friedlich eine Zeitlang mit dem eher ruhigen Fahrwasser des Zivilrechts. Sie wissen, die meisten hier sind der Auffassung, dass diese Arbeit juristisch sehr viel anspruchsvoller ist. Zeigen Sie erst mal, dass Sie dem gewachsen sind."

Ich sackte ein bisschen in mich zusammen. Er hatte natürlich vollkommen recht.

„Es tut mir leid. Ich nehme alles zurück, werde mich ohne Murren mit den grauen Akten beschäftigen.

Er lächelte und hob beide Hände. "Ich weiß, Sie machen hier wie dort Ihre Arbeit. Also bleiben Sie locker. Und irgendwann können Sie sicher wieder zu Ihren geliebten roten Akten."

Zerknirscht erhob ich mich. Aber noch bevor ich bei der Tür war, rief er mir nach: „Apropos, friedlich die Arbeit machen – was ist denn da wieder bei Ihnen im Gange?" Und als ich mich verblüfft umdrehte: „Ich habe einen Anruf von der Kripo bekommen, von Kommissar Nielsen, dass die Spurensicherung am Wochenende von Ihnen angefordert wurde, wegen einer Drohung? Genaueres wusste er nicht." Er sah mich fragend an.

Kurz zusammengefasst erzählte ich ihm die Geschichte von der abendlichen Mitteilung, behielt aber die vergebliche Verfolgung für mich. „Ich glaube, das braucht man nicht ernst zu nehmen. Ein schlechter Scherz", versuchte ich, ihn zu beruhigen.

Bickert sah mich ziemlich zweifelnd an, aber mir schien, dass es ihm sehr recht war, das Ganze so zu beurteilen. Er hatte scheinbar wirklich genug von dem Durcheinander, das sich in meinem Umfeld immer wieder ereignete.

Nachdem ich seine Bürotür geschlossen hatte, dachte ich: ‚Na, hoffentlich stimmt meine maßvolle Einschätzung.' Mit meiner tatsächlichen Gefühlslage stimmte sie jedenfalls nicht überein.

Außerdem ärgerte ich mich, dass Nielsen sich eingemischt und getratscht hatte. Wir mochten uns nicht besonders. Mein früherer Verbindungsmann, Kommissar Haken, war befördert worden und an seine Stelle Nielsen getreten, und der akzeptierte mich überhaupt nicht.

Leider war ich irgendwie selbst dafür verantwortlich, dass er sozusagen ein wachsames Auge auf mich hatte. Vor einiger Zeit beschuldigte man mich tatsächlich, in Stade eine Sparkasse überfallen zu haben. Er war damals der dort zuständige Kriminalbeamte und der festen Überzeugung, in mir den Täter gefunden zu haben. Einen Richter! Im Rahmen der Ermittlungen kam er dann in den Süden, verliebte sich unglücklicherweise in eine Justizangestellte und ließ sich nach Karlsruhe versetzen.

Die Verdächtigung stellte sich natürlich als vollkommen hanebüchen heraus. Und mit einer gewissen Schadenfreude hörte ich, dass seine Beziehung nach einem halben Jahr in die Brüche gegangen war. Aber jedes Mal, wenn ich mit ihm zu tun hatte, gab es Ärger.

Auf dem Gerichtsflur traf ich auf zwei junge Richter im intensiven Gespräch mit Frau von Hühnlein. Sie ist meine Vertreterin, und ich vertrete sie, aber wir mögen uns nicht besonders. Sie hat die merkwürdige Angewohnheit, während eines Gespräches ein Bein anzuwinkeln und den Fuß nach hinten an die Wand zu stellen. Das übt, im Zusammenhang mit den für eine Richterin eher ungewöhnlich kurzen Röcken, eine gewisse Faszination auf meine männlichen Kollegen aus. Die drei beachteten mich natürlich nicht, als ich vorüberging.

Die Unterhaltung mit Bickert hatte mich schon nachdenklich gemacht. Eigentlich war sie doch ziemlich erstaunlich, meine Vorliebe für das Strafrecht. Die Beschäftigung mit üblen Straftätern, mit ihren oft schrecklichen Taten, mit dem Leid der Opfer. Es gab wirklich friedlichere Wege, durchs Berufsleben zu marschieren.

Die Nachfrage des Präsidenten veranlasste mich, zum Telefon zu greifen, als ich wieder an meinem Schreibtisch saß. Die Auskunft der kriminaltechnischen Untersuchungsstelle versetzte mich ziemlich in Erstaunen. Am Zettel mit der Todesdrohung waren, außer meinen, noch andere Fingerspuren gefunden worden, die aber niemand zugeordnet werden konnten. Nach Einschätzung des Experten handelte es sich aber mit hoher Wahrscheinlichkeit um weibliche Abdrücke. Der Polizeipsychologe hatte sich auch kurz die Schrift angesehen und war ebenfalls der Meinung, dass sie wohl von einer Frau stammte.

Vollkommen verblüfft lehnte ich mich in meinem Bürosessel zurück. Ja natürlich! Jetzt wurde mir klar, was mir dauernd im Kopf herumgespukt war. Die Person hatte sich wie eine Frau bewegt! Das war es, was mir eigenartig vorgekommen war. Mein Einbrecher war eine Frau – und zwar dem Laufverhalten nach noch dazu eine ziemlich junge.

Das Ganze wurde immer rätselhafter. Allerdings fühlte ich mich auch ein bisschen erleichtert. Eine weibliche Bedrohung konnte ich eigentlich nicht besonders ernst nehmen.

Den ganzen Tag hatte ich mich mit den ungeliebten grauen Akten beschäftigt. Ich blickte auf die Uhr und legte seufzend das dritte Sachverständigengutachten zum Einsturz des Treppenhauses eines sechsstöckigen Neubaus aus der Hand. Achtundneunzig Seiten! Natürlich würde die Gegenseite zurückschlagen mit hundert und acht Seiten ... Aber was blieb mir übrig. Ich hatte doch ganz bewusst diesen Beruf ergriffen, und eigentlich war ich damit auch zufrieden. Die Worte von Bickert rumorten in meinem Kopf herum. Abseits des Strafrechts sollte ich mich doch wirklich gut fühlen nach all dem, was mir passiert war, auch mit hunderten von Seiten zum Zusammenbruch einer Treppe.

Gerade griff ich wieder zur Akte, als es an der Tür klopfte. Und noch bevor ich reagieren konnte, stürmte Staatsanwältin Samantha Schmitt herein und ließ sich in den Sessel mir gegenüber fallen. Ihre schwarzen Haare hatte sie zu einem Knoten hochgebunden. Sie trug ein lässiges Leinenjacket, darunter: alles schwarz. Wieder einmal fielen mir ihre ungewöhnlich schön geschnittenen, vollen Lippen auf, eine attraktive Frau.

„Na, Maximilian, du siehst ja so grau aus wie deine Akten", sprudelte sie fröhlich hervor. „Ich dachte, du bist wieder auf dem Damm?" Sie lehnte sich bequem zurück und streckte ihre Beine lang von sich.

Die speziellen Sprüche von Schmittchen war ich natürlich gewöhnt, aber dieser Auftakt nach der ziemlich langen Zeit, in der wir uns nicht gesehen hatten, gefiel mir nicht besonders. Ich hatte mal eine Freundin, die mir jedes Mal, wenn sie mich sah, mitteilte, ich würde grün im Gesicht aussehen. Und komischerweise fühlte ich mich anschließend auch immer so. Irgendwann erklärte ich ihr, dass sie ihre negativen Farbinterpretationen gefälligst für sich behalten sollte. Der Mensch will gelobt werden, und auch wenn er weiß, dass nicht viel dran ist, gefällt es ihm besser als das vielleicht wahre Gegenteil.

„Mensch Samantha, halte dich zurück mit kernigen Sprüchen", blaffte ich sie an, aber dann zog ich doch die Mundwinkel hoch. Wir kennen uns seit vielen Jahren. Gemeinsamer Kampf für die Gerechtigkeit. Trotz all der Bedrohungen immer eine gute Zeit. Samantha überzeugte immer mit intensivem Interesse, den Straftätern ihre Taten nachzuweisen. Eine immense Hilfe im Gerichtssaal. Vor einiger Zeit hatte sie mir in einer Notlage sehr geholfen. Im „Pirat" in Leopoldshafen, der längst der Vergangenheit angehört, hatten wir uns danach mehrmals bis in die Nacht hinein wunderbar unterhalten.

„Was treibt dich zu mir? Willst du auch zum Zivilrecht wechseln?"

Sie blickte mit gespieltem Entsetzen zur Decke. „Eigentlich wollte ich dich auf ein Bier abholen und ein bisschen über deine aufregende Vergangenheit aushorchen."

Ich blickte auf die Uhr. Die Zeit war schnell vergangen.

„Geht leider nicht. Ich habe nachher eine Verabredung. Eine etwas merkwürdige Verabredung."

Samantha musterte mich neugierig. „Was meinst du damit?"

Ich überlegte einen Augenblick. „Kannst du dich an eine Schöffin Ana Tobogen erinnern? Schon ziemlich lange her."

Sie schüttelte den Kopf. „Sagt mir nichts. Die Namen der Schöffen bekommt man ja als Staatsanwalt kaum mit. Was ist mit ihr?"

Ich erinnerte sie an den Prozess gegen diesen Motorradrocker vor Jahren, dessen Beginn sich endlos verzögert hatte, weil eine Schöffin nicht erschienen war. „Das war die Schöffin Tobogen. Du warst als Sitzungsvertreterin der Staatsanwaltschaft eingeteilt."

Samantha nickte nachdenklich. „Das war eine üble Sache damals. Was ist mit der Frau?"

Ich erzählte ihr die Geschichte der nächtlichen Störungen und des morgendlichen Anrufs samt Verabredung am Abend.

Da sie offenbar ohne Verständnis dafür war, sagte sie: „Mit dieser Frau, die damals Riesenprobleme verursacht hat, willst du dich beschäftigen? Und außerdem, Knall, du ziehst das Chaos wirklich ein bisschen an. Vielleicht solltest du zu der Verabredung lieber nicht hingehen."

Ich begann, Samantha vom eigenartigen Ausscheiden der Tobogen aus dem Schöffendienst zu erzählen. „Von einem Tag auf den anderen war sie dann verschwunden. Alle Nachfragen waren umsonst. Ich hatte die Sache auch längst vergessen." Ich wedelte mit den Händen. „Und jetzt ist sie wieder aufgetaucht. Schon merkwürdig."

Und weil ich schon damit angefangen hatte, erzählte ich ihr auch, wie ich sie getroffen hatte, eine weinende Tobogen im Mercedes bei der Majolika. „Ich soll ihr helfen. Ich sei der Einzige, der das könne. Sie sei in einer Notlage."

„Also wirklich. Das darf doch nicht wahr sein, Knall. Du kennst die Frau gar nicht. Du wirst wieder in irgendwas hineingezogen. Hast du eigentlich nichts aus deiner Vergangenheit gelernt?" Sie funkelte mich aufgeregt an.

Ehrlicherweise hatte ich die ganze Zeit schon denselben Gedanken im Kopf. Warum sollte ich mich um die Tobogen kümmern? Aber seltsamerweise hatte ich ihr gegenüber ein schlechtes Gewissen. Hatte ich sie zu Unrecht so ganz aus meiner Erinnerung verdrängt? Sie tat mir eben leid. Und ich fühlte mich ihr gegenüber auch irgendwie verbunden.

„Ich werde mir mal anhören, was sie zu erzählen hat. Dann kann ich immer noch entscheiden", versuchte ich, Samantha zu beschwichtigen. Die schüttelte wieder mit dem Kopf und schlug die Augen hoch.

Eine halbe Stunde später saß ich im „Rih" auf der ledernen Bank an der Rückseite des Raumes, direkt am Fenster, mit Blick auf die Waldstraße. Carmelo, der Wirt, hatte mir nach einer herzlichen Begrüßung einen Pinot Grigio gebracht. Im Lokal waren nur wenig Gäste. Auf der anderen Seite des Raumes saß Samantha allein an einem Tisch und studierte die Zeitung. Sie machte dabei einen fast auffällig unauffälligen Eindruck. Ab und zu grinste sie zu mir herüber. Sie hatte sich nicht davon abhalten lassen, mich zu begleiten, sich aber vor dem Einbiegen in die Waldstraße von mir getrennt, um dann nach mir das Lokal zu betreten.

„Mein lieber Maximilian, das werde ich mir nicht entgehen lassen", hatte sie verkündet. Eben manchmal ein ausgesprochener Sturkopf. Und ihr Bier, das sie eigentlich mit mir trinken wollte, hatte sie auch schon vor sich. Aber eigentlich gefiel es mir auch, dass ich nicht allein war bei dem, was mich erwartete. Wer weiß, wofür ein neutraler Beobachter gut war.

Es war schon Viertel nach sieben. Langsam wurde ich genervt. Sollte die Tobogen es sich anders überlegt haben? Ich blickte hinaus auf die Straße. Allmählich wurde es dunkel. Aber da kam sie. Sehr eilig, von der Kaiserstraße her.

Im Eingang sah sie sich um. Schlank und elegant stand sie kurz da in einem hellen, ziemlich langen Mantel. Trotz der Dämmerung draußen trug sie eine Sonnenbrille. Ich war aufgestanden, als sie hereinkam, und sie bemerkte mich sofort. Nachdem ich ihr aus dem Mantel geholfen hatte, nahm sie ihre Brille ab und setzte sich mit dem Rücken zum Lokal mir gegenüber. Schmittchen hatte sie ziemlich neugierig angestarrt, fand ich.

Es war ja schon lange her, aber Ana Tobogen beeindruckte mich erneut durch ihr schönes, ausdrucksvolles Gesicht und ihre intensiv blauen Augen. Allerdings lagen jetzt dunkle Schatten unter ihnen. Es ging ihr nicht gut. Das war deutlich zu sehen.

Ich bestellte auch für sie einen Wein. Sie trank einen Schluck, blickte mich kurz an und dann vor sich auf den Tisch. Ich wartete ab. Plötzlich sah sie traurig auf, schüttelte den Kopf, zögerte einen Augenblick und machte dann Anstalten aufzustehen.

„Ich ... Es hat keinen Zweck. Ich hätte wegbleiben sollen. Sie können mir auch nicht helfen."

Sie griff ihren Mantel, den ich auf den Nebenstuhl gelegt hatte, aber bevor sie gehen konnte, hatte ich sie schon am Arm gepackt. „Jetzt laufen Sie doch nicht davon! Setzen Sie sich wieder. Erzählen Sie mir doch erst mal von Ihrem Problem. Vielleicht kann ich Sie zumindest beraten."

Einen Moment hatte ich das Gefühl, sie wollte meine Hand abschütteln. Aber dann schien sie sich umzubesinnen und setzte sich wieder.

„Verzeihen Sie. Ich weiß nicht, was Sie von mir halten müssen. Erst heule ich Ihnen im Schlosspark etwas vor, lasse Sie dann stehen, und jetzt renne ich schon wieder davon." Sie sah mich mit einem schiefen Lächeln an. „Wenn Sie genug von mir haben – ich könnte es verstehen."

Ich legte meine Hand auf ihren Arm. „Immer mit der Ruhe. Entspannen Sie sich. Ich habe mich wirklich gefreut, Sie heute zu treffen, und wir sitzen doch hier ganz gemütlich." Ich sah sie an. „Wenn Sie mir irgendwas sagen wollen, höre ich Ihnen gerne zu. Aber ich bin auch zufrieden, wenn wir uns nur ein bisschen über alte Zeiten unterhalten. Wir haben uns ja eine Ewigkeit nicht gesehen. Es gibt sicher einiges zu erzählen."

Sie atmete tief durch, lehnte sich zurück und nahm einen großen Schluck aus ihrem Weinglas.

„Ja wirklich. Es ist Jahre her, dass ich als Schöffin assistierte und –", sie machte eine Pause, „Ihnen davongelaufen bin."

Sie lächelte mich an, und ich war schon ziemlich erstaunt darüber, wie schnell sie sich offenbar erholt hatte.

Um in ruhigerem Fahrwasser zu bleiben, brachte ich das Gespräch auf unsere gemeinsamen Gerichtssitzungen und einige Verhandlungen, die uns damals auch psychisch sehr in Anspruch genommen hatten. Ihr unrühmliches Ausscheiden erwähnte ich lieber nicht. Ana Tobogen ließ sich auf das Ganze ein und steuerte Randepisoden bei, die ich längst vergessen hatte.

Nach einiger Zeit wurde sie wortkarg und hörte mir auch nicht mehr richtig zu. Ich bestellte noch zwei Weine und wartete schweigend ab.

Da ging scheinbar einiges in ihr vor. Sie richtete sich im Stuhl auf. „Herr Knall, ich bedanke mich, dass Sie bereit waren, mich heute zu treffen." Als ich eine abwehrende Handbewegung machte: „Nein wirklich. Ich bin Ihnen dankbar, und ich weiß, ich kann Ihnen vertrauen. Aber es ist alles nicht einfach für mich. Ich weiß nicht, wie ich anfangen soll."

„Mit dem Anfang", machte ich einen eher schlechten Scherz.

Etwas verlegen sah ich aus dem Fenster hinaus auf die Straße.

Mir wurde flau. Schräg gegenüber, im Eingang des Sportgeschäftes, stand eine schlanke Gestalt in schwarzen, engen Hosen und einem grauen Pullover, die Kapuze weit über den Kopf gezogen, das Gesicht im Schatten. Aber diese Figur, die kannte ich doch. Ich war sicher: Das war die Frau, die mir den Tod an den Hals gewünscht und mir dann davongelaufen war. Und außerdem hatte diese Person eine Kamera mit einem Teleobjektiv auf das Fenster vor mir gerichtet, direkt auf mich.

Einen Augenblick konnte ich es nicht fassen. Dann schreckte ich hektisch hoch, stieß dabei fast mein Weinglas um, rannte quer durch das Lokal zur Tür. Aus dem Augenwinkel sah ich, dass Samantha aufgestanden war und mir fragend nachblickte.

Die Type gegenüber musste schon durch das Fenster gesehen haben, dass ich aufgesprungen war, denn als ich die Tür aufriss, rannte sie bereits die Waldstraße in Richtung Kaiserstraße davon.

Ich war jetzt richtig wütend, mir reichte es. Gleichzeitig kam ich mir etwas lächerlich vor, dass ich wieder einer Frau hinterherrannte. Vielleicht sollte ich mich doch besser darauf konzentrieren, mit meiner schwarzen Robe mit Samtkragen würdevoll durch die Gänge des Landgerichtes zu schreiten. Aber diesmal würde ich mich nicht abhängen lassen. Sie war jetzt ungefähr hundert Meter vor mir, bog nach rechts in den Passagehof ab, und war weg. Ich hetzte, so schnell ich konnte, um die Ecke. Etwas knallte in mein Gesicht und mir wurde schwarz vor den Augen.

„Knall, Mensch, Knall!“ Ich schlug die Augen auf, und direkt über mir sah ich das besorgte Gesicht von Schmittchen. „Hast du Schmerzen? Du blutest!“ Sie hielt meinen Kopf vorsichtig mit ihren Händen.

Samantha zauberte mit einer Hand ein weißes Stofftaschentuch hervor und tupfte mir gegen die rechte Schläfe. „Kannst du aufstehen?“

Ich rappelte mich hoch. „Verdammt noch mal! Jetzt habe ich die Schnauze voll! Es reicht!“, stieß ich hervor. Ich blickte die Straße hinunter, aber die wehrhafte Läuferin war natürlich wieder verschwunden.

„Was war denn los?“ Samantha versuchte, mich zu stützen. Aber ich wehrte ab. Ich war so sauer, dass ich nicht mal antworten wollte. Ihr Taschentuch hielt ich an meinen Kopf gepresst.

Als wir wieder ins „Rih“ kamen, blickten mir die wenigen Gäste neugierig entgegen. Einige waren aufgestanden. Ich hatte offenbar eine ziemliche Aufregung verursacht. Mein Tisch am Fenster war leer. Kaum hatten wir uns gesetzt, kam Carmelo zu uns. „Maximilian, alles in Ordnung? Was war das denn?“ Er schaute mich mitleidig an. „Kann ich was für dich tun? Brauchst du einen Arzt? Soll ich Euch irgendwas bringen?“

Als ich zu allem den Kopf schüttelte, sprach er weiter: „Die Frau, die hier mit dir gesessen hat, gab mir diese Nachricht.“ Er zog einen Zettel aus der Tasche seiner Schürze hervor und gab ihn mir: ‚Morgen um 14:00 Uhr in den Badischen Weinstuben im Schlossgarten? Wenn Sie mögen.‘

Ziemlich verdutzt sah ich auf die beiden Sätze. Samantha, die den Text mitgelesen hatte, schüttelte ihren Kopf.

„Eigenartige Person. Verschwindet so ohne Weiteres. Und ganz schön kurz angebunden scheint sie auch. Ich denke, die will was von dir. Gehst du da hin?“

Ohne zu antworten, tippte ich einige Male auf die Wunde. Aber es hatte offenbar aufgehört zu bluten. Ich sagte: „Ich wasche es dir aus“, und wollte das Tuch einstecken.

„Quatsch. Gib her!“ Samantha nahm es mir ab. „Die Wunde solltest du desinfizieren lassen.“ Ihr Blick war immer noch besorgt. „Ich glaube, ich bringe dich in die Notaufnahme.“ Nach dem Einschieben des Taschentuches fügte sie mit einem Lächeln noch hinzu: „In Erinnerung an alte Zeiten.“

Tatsächlich war es noch gar nicht so lange her, dass sie in der Notaufnahme des Städtischen Klinikums eingeliefert worden war, und ich an ihrem Bett gesessen hatte. Sie war nach einem Strafverfahren, in dem sie als Staatsanwältin tätig wurde, von zwei Komplizen des Angeklagten zusammengeschlagen worden.

„So ein Unsinn. Ich fühle mich prächtig. Ich habe Pflaster zu Hause.“

Als ich aufstand, wurde mir kurz schwindlig, ich musste mich am Stuhl festhalten. Samantha war gleich zur Stelle. „Ich fahre dich! Keine Widerrede!“

Eine halbe Stunde später lag ich, perfekt verarztet, bequem auf meiner schwarzen Ledercoach mit dem Kopf auf der Lehne der einen Seite und den Beinen über das andere Ende hinausragend, denn das Möbel war meiner Länge nicht gewachsen. Samantha hatte mir eine bunte Decke übergelegt, in meinem Kühlschrank mit Erfolg nach einem Weißwein gesucht und mir auch ein Glas auf den Tisch neben mich gestellt.

„Mensch, Knall, wir haben schon einiges miteinander erlebt. Oder?“ Sie hob mir mit einem entzückenden Lächeln ihr Glas entgegen. Ihr Leinenjackett und auch die Schuhe hatte sie ausgezogen, den zweiten Sessel zurechtgerückt und es sich auf demselben bequem gemacht.

Ich wollte mich gern auf diese entspannte Stimmung einlassen, aber in mir rumorte es. Was wollte diese ziemlich sportliche, aggressive Frau von mir? Hatte sie überhaupt mich fotografiert oder eher meine Gesprächspartnerin? Und die, was hatte die mit mir vor? Vielleicht wäre es besser, jeden Kontakt abzubrechen. Aber irgendwie war das was für den Strafrichter in mir. Außerdem war ich wütend, wirklich wütend.

Ich streckte ihr mein Glas hin und während sie eingoss fiel mein Blick auf das Bücherregal gegenüber und das kleine Päckchen in Geschenkpapier.

Ich sprang auf, verschüttete dabei beinahe den Wein und ging zum Regal.

„Samantha, ich habe es fast vergessen. Du hast doch heute Geburtstag!"

Sie zog unwillig die Mundwinkel herunter. „Knall, du weißt ganz genau, dass ich Geburtstage und das ganze Drumherum hasse. Lass mich damit in Ruhe!"

Ich ließ mich nicht beirren und gab ihr das kleine Päckchen, das sie zögernd auswickelte.

„Du musst zugeben, ein süßes Tierchen."

Sie betrachtet die kleine Keramikfliese mit ihrem Sternzeichen und musste lächeln. „Sehr lieb trotzdem, dass du daran gedacht hast."

„Ist dir eigentlich klar, dass dein Lebensweg sich vollkommen verändert hätte, wenn du einen Tag früher geboren worden wärst?"

Sie sah mich verblüfft an.

„Na, ja, der 23.10. wäre noch Waage. Da wärst du mit Sicherheit Richterin geworden. Aber als Skorpion bist du natürlich besser in der Staatsanwaltschaft aufgehoben!"

Ich griff zu meiner etwas verstaubten Gitarre, die neben dem Regal gestanden hatte.

Sie stöhnte. „Bitte nicht jetzt noch „Happy Birthday!"

Ich stimmte die Gitarre kurz und legte los mit meinem Leib- und Magenlied. Ein uralter Song aus dem amerikanischen Süden. Ein Häftling in einem Gefängnis denkt über sein begrenztes Leben nach und immer um Mitternacht fällt das Licht des vorbeifahrenden Zuges durch die Gitter in seine Zelle und auf ihn selbst: „The Midnight Special".

5

Keine roten Socken drüben vor dem Palmenhaus. Der Kollege hatte heute offenbar andere Pläne. Das Wetter war wieder wunderbar. Die Blätter der Bäume im Botanischen Garten erstrahlten in prächtigen Herbstfarben. Die üblichen Mütter waren mit ihren Kinderwagen unterwegs. Ich war etwas zu früh, deswegen ließ ich mich auf ‚seiner' Bank nieder. Ein herrliches Plätzchen in der Sonne mit dem Blick über die bunten Pflanzen hinweg hinüber zum Verfassungsgericht und dem Schloss. Vielleicht konnte ich mich hier noch ein bisschen entspannen.

Ich hatte den ganzen Morgen im Landgericht redlich versucht, mich auf die Termine des übernächsten Freitags zu konzentrieren, und die Arbeit lenkte mich auch ab, aber immer wieder kam doch die Erinnerung an das gestrige Wettrennen hoch. Die Wunde am Kopf machte mir erfreulicherweise kaum noch Probleme.

Samantha hatte kurz mit besorgtem Gesicht durch die von ihr nur zu einem Spalt geöffnete Tür geblickt, war aber gleich wieder abgezogen, als sie den hohen Stapel von grauen Akten vor mir sah und ich ihr beruhigend mit der Hand abwinkte.

Zwischendurch merkte ich, dass meine Gedanken dauernd abschweiften. Ich war im Augenblick ziemlich ungeeignet für juristische Feinarbeit. Deswegen war ich fast dankbar, als es Zeit wurde, die Akten zuzuschlagen.

Hier im Schlossgarten drängte sich mir auf, wie es wäre, alles hinter sich zu lassen und in den geliebten spanischen Süden zu starten. In ein entspanntes Leben in diesem kleinen Ort am Meer, ohne fein geschriebene Todesdrohungen, Wettrennen mit sportlich aggressiven Weibsbildern oder Treffen mit Ex-Schöffinnen und weiteren Problemen am Horizont.

Mein Freund Wolfgang kam mir in den Sinn. Er hatte seinen Job als Lehrer an den Nagel gehängt, ein Segelboot gekauft und war damit jahrelang über die Meere gegondelt. Ein herrliches Leben hatte er geführt und in seinem Buch „Aussteigen“ prächtig davon erzählt.

Aber, wenn ich so in mich hineinhorchte, musste ich etwas ernüchtert feststellen, dass ich wohl doch nicht der in den Sonnenuntergang galoppierende Cowboy war. Sondern eben ein Jurist. Vielleicht mit einigen Ecken und Kanten und auch mit einer Bereitschaft, sich auf Dinge einzulassen, vor denen meine Kollegen schaudernd zurückgeschreckt wären.

Mit diesem durchaus passenden Gedanken im Kopf schlenderte ich hinüber zu den „Badischen Weinstuben“.

Obwohl immer noch zu früh, sah ich Ana Tobogen schon von Weitem mit dem Rücken zu mir sehr aufrecht an einem Tisch im Biergarten sitzen. Sie hatte einen Wein vor sich und las in einem Buch. Einen Augenblick blieb ich stehen und betrachtete sie. Ihr blondes Haar hatte sie mit einer hellbraunen Spange festgesteckt. Der Kragen der engen Lederjacke, in der gleichen Farbe, war hochgeschlagen und verdeckte zum Teil ihren schlanken Hals. Eine wirklich attraktive Rückseite.

Vielleicht hatte sie gespürt, dass ich sie anblickte, denn sie drehte sich zu mir herum und stand auf.

„Offenbar haben Sie den Angriff gut überstanden.“ Sie lächelte. „Eben ein harter Kerl!“

Sie ging die paar Schritte auf mich zu, fasste mich zu meiner Überraschung an beiden Oberarmen und küsste mich rechts und links auf die Wangen.

Trotz dieses herzlichen Empfangs sah ich ihr an, dass es ihr nicht gut ging. Sie war sehr blass und hatte versucht, die Schatten unter den Augen mit Schminke abzudecken. Trotzdem bemühte sie sich, positiv zu wirken. Wir setzten uns, und ich bestellte mir einen großen Kaffee. Mir war nicht so recht klar, wie ich mich ihr gegenüber verhalten sollte. Deswegen wartete ich erst mal ab.

„Ich konnte gestern nicht bleiben, als Sie so plötzlich losrannten. Mir war richtig schlecht. Ich glaube, ich hatte eine Angstattacke." Sie sah mich entschuldigend an. „Das passiert in letzter Zeit häufig." Sie war jetzt auf ihrem Stuhl zusammengesunken und sah richtig bemitleidenswert aus. „Was war da eigentlich?"

Ich überlegte, was ich ihr erzählen konnte. Sie hatte ihre eigenen Probleme. Warum sollte ich sie weiter belasten?

„Ich habe gesehen, dass mich jemand von der anderen Straßenseite aus fotografieren wollte. Es gab ein paar eigenartige Fotos von mir in der Presse, und ich wollte den Fotografen zur Rede stellen." Nach einer Pause schloss ich an: „Dass er mich gleich zu Boden schlägt, hatte ich natürlich nicht erwartet."

Sie sah mich etwas zweifelnd an, gab sich aber damit zufrieden.

„Außerdem, es geht doch um Sie. Warum wollten Sie mich treffen?"

Sie hatte sich wieder aufgerichtet und versuchte ein Lächeln. „Wollen wir uns nicht duzen, Herr Knall? Wir kennen uns doch schon viele Jahre." Als ich nicht gleich antwortete, sah sie mich etwas unsicher an. „Ich weiß, mit großer Unterbrechung."

Etwas verdutzt, aber nicht unglücklich über den Themenwechsel, reagierte ich: „Gern!" Ich streckte ihr die Hand hin. „Maximilian!"

„Ana, mit einem N", strahlte sie mich jetzt an und ergriff meine Hand mit festem Griff.

Wieder einmal war ich erstaunt über den schnellen Wechsel ihrer Emotionen.

„Mit einem N – ziemlich ungewöhnlich", versuchte ich, die Stimmung weiter zu entspannen.

„Meine Mutter ist Spanierin, aus Valencia. Ihre Eltern leben auch noch dort. Sie hat meinen Vater, einen Deutschen, geheiratet, und ich bin hier geboren und aufgewachsen. Aber das spanische Ana mit nur einem N musste es sein. Und mein Mann ist ...", sie zögerte, „war auch Deutscher."

Ich sah sie fragend an, aber sie reagierte nicht. Ihre Fröhlichkeit war vollkommen verflogen. Langsam reichte es mir etwas mit dem ständigen Wechsel der Gefühle.

Vielleicht zu direkt fragte ich: „Und, was ist mit ihrem Mann? Lebt er nicht mehr?"

Sie sah mich etwas hilflos an. „Darüber kann ich jetzt nicht sprechen."

Ich schüttelte den Kopf. „Ana, so geht das nicht. Du willst irgendetwas von mir. Dann musst du schon damit herausrücken, mit mir sprechen. Was sollen die Geheimnisse?"

Einen Augenblick blieb sie ganz starr sitzen, dann gab sie sich offensichtlich einen Ruck, nahm ihre Handtasche, die sie über die Stuhllehne gehängt hatte und öffnete sie.

Sie zögerte wieder, nahm dann aber etwas heraus, blickte kurz darauf und reichte es mir. Ihre Hand zitterte.

Es war ein weißer, unverschlossener Umschlag. Da von ihr keine weitere Erklärung kam, nahm ich ihn. Ich öffnete die Hülle und zog den Inhalt, ein kräftiges Blatt heraus. Ein Foto in Postkartengröße. Eine Aufnahme, auf der im Halbdunkel ein breites Bett zu sehen war und darauf eine schlafende Frau, zugedeckt mit einer hellen Decke, dem Fotografen zugewandt. Ein schwacher Lichtschein vom Fenster gegenüber, dessen Vorhang nicht ganz zugezogen war, fiel auf das Gesicht, die weiße Schulter und auf einen nackten Arm, der entspannt seitlich über den Körper gelegt war. Auf den ersten Blick fast romantisch. Aber irgendetwas an der Situation beunruhigte mich. Es drängte sich einem geradezu auf, dass es sich um eine heimliche, nächtliche Aufnahme gegen den Willen der Schlafenden handelte. Mir war nicht klar, ob es die Lichtverhältnisse waren oder die unmittelbare Nähe des Fotografen zu der arglosen Frau.

Vielleicht war es ein Produkt meiner etwas unübersichtlichen und auch gefährlichen Vergangenheit, aber es wirkte ganz unmittelbar und stark so, dass da neben dem Bett eine heimlich eingedrungene Person dieses Foto machte. Ihr Gesicht war im Halbschatten, aber ich konnte sie erkennen. Es war die Frau, mit der ich hier zusammensaß, es war Ana. Ich drehte das Foto um. Auf der Rückseite stand in schwarzen Druckbuchstaben: „Bald".

Die Kombination aus Foto und die drohende Mitteilung wirkten eindeutig erschreckend. Ich sah mir erneut die Vorderseite an.

Kein Zweifel, es war Ana. Ich blickte auf und sah sie an. Mit vorgebeugtem Oberkörper hatte sie mich die ganze Zeit beobachtet, lehnte sich aber jetzt mit einer hilflosen Handbewegung wieder im Stuhl zurück.

„Das Foto lag vor drei Tagen in diesem Umschlag ohne Aufschrift in meinem Briefkasten." Sie stockte. „Ich lebe allein in meinem Haus. Maximilian, bei mir war jemand nachts an meinem Bett und hat mich fotografiert! Da ist einer lautlos eingedrungen und stand direkt neben mir, hätte mich berühren können. Und ich habe nichts gemerkt. Das ist doch schrecklich! Grauslich!"

Nach einem kleinen Moment sagte sie leise: „Schon früher, vielleicht einen Monat vorher, hatte ich morgens, als ich aufstand, einige Male das Gefühl, dass etwas in der Wohnung verändert worden war, und ich habe immer einen so eigentümlichen, unangenehmen Duft im Raum gerochen. Irgendwie widerlich. Aber ich glaubte, er kommt von außen. Einmal kam ich abends nach Hause, und da war so was wie der Abdruck eines Körpers auf meinem Bett, auf der weichen Decke. Ich dachte, ich spinne, ich bilde mir das ein. Aber dann kam dieses Foto! Maximilian, was soll ich nur tun?"

Sie schlang die Arme um sich. Ihr Gesicht war jetzt ganz blass geworden. „Am nächsten Tag habe ich gleich die Schlösser auswechseln lassen. Und ich lasse das Licht an. Aber ich fühle mich trotzdem nicht sicher. Ich schrecke dauernd zusammen. So wie gestern im Rih."

Sie zögerte einen Augenblick.

„Außerdem ... das ist nicht alles."

Ich steckte die Aufnahme zurück in den Umschlag und legt ihn vor Ana auf den Tisch. „Bist du bei der Polizei gewesen? Und was heißt: Das ist nicht alles?"

„Ich kann nicht zur Polizei." Sie vermied es, mich anzusehen.

Einen Augenblick wusste ich nicht, was ich dazu sagen sollte. „Du kannst nicht zur Polizei? Was soll das denn bedeuten? Natürlich kannst du zur Polizei! Jemand ist in dein Haus eingedrungen. Das ist eine Straftat!"

Eine ganze Weile reagierte sie nicht. Schließlich nahm sie den Umschlag, legte ihn zurück in ihre Tasche und blickte mich an. „Es ist eine ... lange Geschichte, die vor neun Jahren begann." Sie schien sich zu konzentrieren. „Es ist lange her. Aber vor ein paar Wochen ging es irgendwie weiter. Das Ganze fing wieder an. Irgendwer macht mich vollkommen fertig. Und ich weiß nicht, was er von mir will."

Etwas überrascht sah ich sie an. „Was war vor neun Jahren und was fing wieder an?"

Sie versuchte ein Lächeln. „Kannst du dich daran erinnern, bis wann ich als Schöffin im Gericht gearbeitet habe?"

Ich überlegte. So genau wusste ich es nicht mehr, aber etwa so lange konnte es her sein. Mir fiel mein Erstaunen über ihr Verschwinden wieder ein. „War es vor neun Jahren, als du so plötzlich verschwunden bist?"

Mein Ärger von damals kam wieder hoch. „Ich fand es ziemlich, nennen wir es mal, unerfreulich von dir damals. Kein Wort, keine Nachricht!" Etwas verärgert über mich selbst versuchte ich, ruhig zu bleiben. „Es war ja nicht nur die Arbeit, bei der wir zusammen waren. Und geduzt haben wir uns damals, glaube ich, auch schon – beim Tanzen."

Ich nahm mich zusammen. Es war doch wirklich ausreichend Zeit seitdem vergangen und viel passiert. Ich sollte es längst überwunden haben. Trotzdem erstaunlich meine Aufregung und auch, dass ich sie zuerst nicht erkannt hatte. Ich sollte mich mal mit meiner Psyche beschäftigen.

„Ich habe vor ungefähr zehn Jahren geheiratet", sprach Ana weiter. „Es war am Anfang ganz wunderbar. Berti, Berthold, war liebenswert, immer höflich und freundlich, ein idealer Ehemann."

Sie hatten sich vor der Heirat nur ziemlich kurz gekannt. Aber das war beiden egal. Ana war verliebt und sah kein Risiko.

„Ungefähr nach einem halben Jahr veränderte er sich. Er wurde nervös. Beachtete mich immer weniger und vergaß unsere Verabredungen. Nachts kamen dubiose Anrufe, und er musste dann auch manchmal irgendwo hinfahren. Mitten in der Nacht. Mir gegenüber wurde er laut. Ich bekam Angst vor ihm."

„Was machte er denn beruflich?“, unterbrach ich sie.

„Er erzählte mir, er hätte Betriebswirtschaft studiert und würde freiberuflich für eine ausländische Firma arbeiten. Wenn ich Genaueres wissen wollte, wich er mir aus. Er saß dauernd in seinem Büro am Laptop, aber wenn ich ins Zimmer kam, klappte er den Computer zu.“

„Noch mal zurück zum Anfang. Als wir uns kennenlernten, warst du also schon verheiratet? So, wie es sich zwischen uns entwickelte, hätte ich schon erwartet, dass du mir das sagst.“ Diese Information empfand ich nun schon etwas kränkend.

„Aber abgesehen davon: Das hast du dir bieten lassen?“

„Na ja, ich war selbst finanziell ausreichend versorgt, und es musste mich nicht unbedingt interessieren, womit er sein Geld verdiente. Außerdem hatten wir beide vereinbart, dass wir uns unsere Freiheit lassen.“ Sie ging nicht auf meinen Vorwurf ein, sondern fuhr fort damit, dass sich mit den Spannungen, die aufkamen, sich das Verhältnis der beiden verständlicherweise änderte. Sie wollte genauer wissen, was er macht und was ihn so plagte. Sie hatte zudem die Vermutung, dass er ein Verhältnis angefangen hatte.

„Irgendwann kam es dann zu einem Riesenkrach, bei dem er ausgerastet ist und mich geschlagen hat. Ich bin gegen die Tischkante gestürzt, das Blut lief mir das Gesicht herunter. Er brachte mich sogar ins Krankenhaus. Und das Schlimmste war, dass irgendwer die Polizei informiert hatte, und die wollte dann von mir die Einzelheiten der Verletzung wissen. Sie machten dabei Anspielungen über meinen Mann und haben auch mit ihm gesprochen.“

Jedenfalls trennten sie sich anschließend. Berti sei schon vorher immer wieder für einige Tage nach Hamburg gefahren, und dann blieb er ganz dort.

Nun doch eingenommen von ihrer Erzählung sah ich sie ratlos an. „Und was hat das alles damit zu tun, dass du so ein Foto bekommst und nicht zur Polizei gehen willst?“

Sie antwortete nicht. Blieb ganz starr sitzen. Einen Augenblick hatte ich den Eindruck, sie würde mir nichts mehr sagen.

Schließlich kam wieder etwas Leben in sie. „Kurz nach dem Wochenende, an dem euer Fest war, und wir getanzt haben, ist Berti verschwunden. Am Dienstagmorgen war ein gemeinsamer Bekannter mit ihm in Hamburg verabredet. Als Berthold ihm nicht öffnete, rief er ihn an und hörte das Telefon innen läuten. Das fand er verdächtig und hat die Polizei gerufen. Die haben die Tür öffnen lassen."

Sie machte eine Pause. „Berti war nicht in der Wohnung – aber dafür Blut auf dem Boden in der Küche, ziemlich viel Blut."

Erschrocken sah ich sie an. „Und wo war Berthold. Ist er wieder aufgetaucht?"

Sie zog die Schultern hoch. „Er blieb verschwunden, bis heute. All die Jahre kein Lebenszeichen. Vielleicht ist er tot." Ohne eine Pause zu machen, redete sie weiter. „Noch am gleichen Abend hat mich die Karlsruher Kripo verhaftet und nach Hamburg gebracht. Sie wussten ja, dass wir wenige Tage vorher diese Auseinandersetzung gehabt hatten."

„Das reicht doch nicht für einen Haftbefehl", regte ich mich auf.

„Die Polizei hat unsere Vermögensverhältnisse überprüft, und es kam leider hinzu, dass es eine Risikolebensversicherung zu meinen Gunsten gab. Berti hatte sie kurz vorher ziemlich überraschend abgeschlossen. Eine hohe Versicherung bei gewaltsamem Tod oder Tod durch Unfall. Es war seine Idee gewesen. Ich sollte in Zukunft keine Sorgen haben, wenn ihm etwas passiert." Einen Augenblick blickte sie nachdenklich vor sich hin. „Es war schon etwas eigenartig. Aber er hat mich beruhigt, und ich habe es akzeptiert."

Ich wollte etwas fragen, aber sie stoppte mich, indem sie mir ihre Handfläche entgegenstreckte. „Und jetzt kommt es. Sozusagen als Höhepunkt der polizeilichen Ermittlungen: Ein Zeuge hatte mich angeblich am Montag in Hamburg gesehen, und die Polizei ging davon aus, dass die Tat in der Nacht von Montag auf Dienstag begangen wurde."

Das war alles schon sehr kompliziert. „Die Polizei war also der Meinung, du hättest etwas mit dem Verschwinden zu tun?"

„Natürlich. Und noch viel mehr, sie behaupteten, ich hätte ihn umgebracht und fragten mich, wo die Leiche sei. Sie setzten mich ziemlich unter Druck." Sie fing an zu weinen.

Ich legte mitleidig den Arm auf ihre Schulter. „Warst du denn überhaupt in Hamburg an diesem Tag?"

Sie entzog sich mir und blickte einen Augenblick auf ihre Hände auf dem Tisch. Dann flüsterte sie, ohne mich anzusehen: „Nein, ich war nicht dort. Ich war hier in Karlsruhe."

Etwas irritiert blickte ich sie an, aber sie reagierte nicht.

Nun ist man als Strafrichter natürlich einigermaßen erfahren, die Unwahrheit von der Wahrheit zu unterscheiden. Und lässt sich auch weder durch attraktive Zeuginnen noch weibliche Angeklagte beeinflussen. Man wird geschult, Lügen- und Wahrheitssignale zu erkennen, und die jahrelange Tätigkeit mit verlogenen Menschen, deren Schwindel im Gerichtssaal dann eben oft widerlegt wird, schafft schon eine solide Grundlage dafür.

Einen Augenblick schweiften meine Gedanken ab. Vor einigen Jahren hatte eine Tagung in der Richterakademie in Trier stattgefunden über eben dieses Thema, und dazu mit einer täglichen Selbsterfahrungsgruppe. Eine überraschende Dynamik hatte sich in diesen zwei Wochen entwickelt. Und dort traf ich sie wieder ... meine Freundin Felicitas aus Studententagen. Eine schöne Zeit ... Lüge, Wahrheit und die Liebe, eindrucksvolle Tage!

Ich hakte noch mal nach: „Du bist wirklich an diesem Wochenende nicht in Hamburg gewesen?"

Jetzt hatte sie sich innerlich wohl wieder geordnet, denn sie blickte mich offen an. „Nein, wirklich nicht. Auch die Kriminalpolizei konnte ich schließlich überzeugen. Eine Zeugin hier hat es bestätigt."

Eine alte Freundin hatte gegenüber der Polizei bezeugt, dass sie an diesem Montag zusammen einen Ausflug gemacht hätten.

„Die Bullen waren misstrauisch, aber sie entließen mich aus der Haft. Ich sollte lediglich in Deutschland bleiben. Aber mir war danach die Lust dazu vergangen, und ich bin zu meinen Großeltern nach Spanien gefahren."

Unvermittelt hakte Ana ihren Arm bei mir ein und lächelte mich an. „Verschwunden sozusagen. Ich hatte auch kein Interesse mehr am Schöffendienst. Der war mir nach dem ganzen Drama egal. Du verstehst das doch sicher? Ich wollte nur weg."

Ich verstand es natürlich überhaupt nicht und fand es außerdem ziemlich verantwortungslos. Und außerdem misstraute ich ihr. Gelegenheitslügner kann man ziemlich schnell durchschauen, aber bei den Profilügnern ist das schon schwieriger. Wie ich Ana einordnen sollte, war mir zwar unklar, aber irgendetwas war da faul. Und ihre plötzlichen Stimmungswechsel hatten mich erneut ziemlich überrascht.

Ich wusste nicht recht, wie ich weiter mit ihr umgehen sollte. Vermutlich wäre es besser, den Kontakt abzubrechen.

Sie musste meine Gedanken erraten haben. „Maximilian, wirklich, es tut mir furchtbar leid, dass ich dir Probleme gemacht habe. Ich war damals in einer üblen Situation. Du musst dir vorstellen, ich wurde wie eine Verbrecherin nach Hamburg transportiert und dort in einer Zelle eingesperrt. Dann die Vernehmungen. Schrecklich!" Sie blickte mich Mitleid heischend mit ihren schönen, nun tränenfeuchten Augen an.

Ich spürte, dass ich schon wieder schwach wurde. „Aber wieso sollte das alles dich hindern, jetzt zur Polizei zu gehen? Die haben dich doch laufen lassen und waren dann wohl schon der Auffassung, dass du mit der ganzen Sache nichts zu tun hast." Ihre Augen wurden noch größer.

„Und außerdem ist das Ganze doch schon ewig her."

„Nein, Maximilian, ich kann wirklich nicht zur Polizei. Wirklich nicht. Du musst es mir einfach glauben."

Langsam platzte mir der Kragen. „Glauben? Warum soll ich dir glauben? Wir kennen uns doch fast gar nicht." Ich wurde lauter. „Und wie sollte ich dir helfen können, wenn ich nicht einmal weiß, was dein Problem ist?" Ich stand auf. „Es tut mir leid, aber ich muss jetzt wieder ins Gericht."

Ich wollte ins Restaurant hineingehen um zu bezahlen. Ana sprang auf, eilte mir nach und stellte sich mir in den Weg. Sie packte mit beiden Händen meine Oberarme. Einige Gäste schauten etwas irritiert. „Bitte, Maximilian. Es fällt mir schwer, aber ich werde dir jetzt alles sagen. Bitte, setz dich wieder."

Einen Augenblick überlegte ich, ob ich mich losmachen und das ganze Problem hinter mir lassen sollte. Aber dann ging ich doch zurück und ließ mich wieder auf meinem Stuhl nieder. Leider. Wie oft habe ich das hinterher bereut!

Also winkte ich stattdessen der Bedienung und bestellte etwas missmutig, und ohne Ana zu fragen, zwei Viertel Grauburgunder. Ich hatte den Eindruck, das würde mir vielleicht guttun. Der Nachmittag war schon vorgerückt und meine Rückkehr ins Büro und eine weitere sinnvolle Beschäftigung mit der zusammengebrochenen Treppe erschien ziemlich fernliegend und auch eher hoffnungslos.

Ana reagierte mit einem dankbaren Lächeln, wurde aber gleich wieder ernst. „Es ist viel schlimmer. Ich wollte dir nicht alles sagen, weil du mir dann überhaupt nichts mehr glauben wirst. Und das wäre ganz furchtbar."

Sie griff wieder zu ihrer Handtasche. „Ich zeige dir noch was." Sie kramte darin herum und zog eine durchsichtige kleine Plastikhülle hervor, verharrte mit dem Blick kurz darauf, sah mich unsicher an und gab sie mir.

Darin war ebenfalls ein Foto. Ich hielt den Umschlag etwas unschlüssig in der Hand und nahm es dann aber heraus. Das Papier hatte ein ungewöhnliches, quadratisches Format und war ziemlich weich. Keine normale Fotografie. Auf der etwas unscharfen, ziemlich verblassten, schwarz-weißen Abbildung war in schräger Sicht darauf der Eingangsbereich eines großen, alten Gebäudes zu sehen, wohl ein Stadthaus, denn rechts und links daneben waren Geschäfte integriert. Die Perspektive wirkte so, als sei die Aufnahme von einer erhöhten Position aus gemacht worden.

Das Foto war ziemlich klein. Aber vor der Tür konnte man eine Gestalt mit einem dunklen Mantel erkennen, die offenbar gerade das Haus verließ. Die Eingangstür hinter ihr war noch nicht ganz geschlossen. Eine Person mit langen Haaren. Das Gesicht war dem Fotografen zugewandt, aber nicht besonders gut zu erkennen. Wohl eine Frau. Ich versuchte, es genauer zu beurteilen, hob das kleine

Blatt näher vor meine Augen. Es war eine Frau und, ich prüfte erneut, es könnte tatsächlich Ana sein. Mit einem Vergrößerungsglas wäre das vielleicht besser zu erkennen gewesen.

Ich sah sie an und fragte. „Ja und? Bist du das?“ Und als sie nickte: „Wo ist das? Was soll ich damit?“

„Das ist das Haus, in dem Berthold wohnte. Dort im dritten Stock.“

„Das Haus in Hamburg? Das bist du dort vor seiner Wohnung?“ Ich überlegte einen Augenblick. „Aber warum zeigst du mir das? Was hat das mit seinem Verschwinden zu tun und damit, dass du nicht zur Polizei gehen kannst? Und woher hast du das Foto?“

Ana vermied es, mich anzusehen. Nervös knetete sie ihre Hände. Schließlich überwand sie sich. „Ich habe dich angelogen. Ich war an dem Tag doch in Hamburg.“

Einen Augenblick war ich sprachlos. Ich schüttelte fassungslos meinen Kopf. „Du hast mich angelogen? Und die Polizei auch? Und warum erzählst du es mir jetzt? Und woher stammt die Aufnahme?“ Ich wusste gar nicht, wo ich mit meinen Fragen anfangen und aufhören sollte.

Sie zeigte auf das Foto. „Sieh dir mal die Auslagen des Geschäftes neben dem Eingang an.“

Ich nahm mir das Foto erneut vor. Einige Meter rechts neben der Haustür war ein Laden mit einem großen Schaufenster zu erkennen. Seitlich vor dem Zugang stand auf dem Gehsteig ein Drehständer mit diversen Zeitschriften. Auf den ganz oben eingeordneten Zeitungen waren die schwarzen Buchstaben einer Schlagzeile zu sehen. Zu klein, um sie lesen zu können.

Ich versuchte, die Schrift zu entziffern. Das war nicht möglich. Zu winzig.

Ana hatte mich gespannt beobachtet. Jetzt war sie wieder mit den Innereien ihrer Handtasche beschäftigt. Schließlich zog sie ein Etui hervor und reichte es mir. Darin tatsächlich ein kleines Vergrößerungsglas mit goldfarbener Einfassung und einem kurzen Stil. Verblüfft sah ich sie an, nahm mir aber gleich wieder das Foto vor. Die Frau vor der Tür war tatsächlich Ana. Etwas jünger, mit anderer Frisur, aber eindeutig. Dann versuchte ich, die Schrift zu lesen. Mühsam entzifferte ich: „Sisyphus auf der …“ Danach war das Blatt umgeschlagen.

Ich legte die Aufnahme und die Lupe auf den Tisch und sah sie fragend an.

„Das war die Schlagzeile einer Tageszeitung genau an diesem Montag.“ Sie lachte nervös. „Und ich genau daneben!“

Es passiert nicht oft, dass mir die Worte fehlen. Was würde sie mir noch alles gestehen? Ich nahm einen großen Schluck von meinem Wein. „Du warst also vor seinem Haus. Genau zu der Zeit, zu der er verschwunden ist. Hast du was damit zu tun? Warst du in seiner Wohnung? Hast du ihn umgebracht?“

Sie fasste mit erstaunlich festem Griff meine beiden Hände. „Maximilian. Ich war dort. Ich habe dich angelogen und die Polizei damals auch. Aber du musst mir jetzt glauben. Ich habe nichts mit seinem Verschwinden zu tun, wirklich nicht!“ Sie stockte. „Aber, wenn die Polizei dieses Foto bekommt … Was meinst du, was die machen? Dann bin ich dran. Die verhaften mich sofort – und meine Freundin auch.“

Sie ließ meine Hände wieder los. „Jetzt weißt du, warum ich keine Anzeige machen kann. Und auch, warum ich deine Hilfe brauche.“

Sie schwieg und sah mich flehend an. Das Ganze wurde mir langsam etwas unheimlich. Wollte da gerade eine Mörderin mit schönen traurigen Augen, dass ich ihr helfe? Und welche Hilfe überhaupt?

Schließlich fragte ich: „Und woher hast du das Foto?“ Bevor sie antworten konnte, redete ich weiter: „Wenn die Polizei das auch bekommen hätte, wärst du längst verhaftet.“ Ich fixierte sie. „Ist das wirklich alles? Oder kommt jetzt die Fortsetzung deiner Geschichte?“

Sie griff meine beiden Hände und schüttelte mit dem Kopf.

Ich beschloss, ihr zunächst mal zu glauben, entzog ihr aber meine Hände. Ich versuchte, sachlich zu bleiben. „Also, da will jemand was von dir! Und zwar: ‚Bald‘!“

Ana führte ihr Weinglas zum Mund, setzte es aber wieder ab ohne zu trinken. Einen Augenblick schwieg sie.

„Das ist alles." Sie sah mich etwas unsicher an. „Fast alles."

„Ana, jetzt reicht es mir aber!", platzte ich heraus. „Hältst du mich für einfältig, ein bisschen blöd vielleicht? Was willst du mir noch erzählen? Was hast du noch auf Lager? Mir reicht es!"

„Es ist alles die Wahrheit." Sie nahm die Hülle mit dem Foto und steckte sie wieder in ihre Tasche. „Es ist schlimm. Ich weiß nicht, was dahinter steckt ... Diese Aufnahme habe ich vor einer Woche auch im Briefkasten gefunden." Sie fing an zu weinen. „Aber der Terror fing schon zwei Wochen vorher an. Ein Brief war unter meine Haustür geschoben und in dem stand nur: ‚Berthold!' "

Ich sah sie kopfschüttelnd an. Von den Zeugenaussagen im Gericht war ich ja einiges gewohnt, aber Ana mit ihrer Fortsetzungsgeschichte übertraf wirklich alles.

Nach einem Augenblick fuhr sie mit leiser Stimme fort: „Ich wollte das zuerst auch überhaupt nicht beachten. Aber jetzt diese beiden Fotos! Ich habe Angst!"

Sie umklammerte meine rechte Hand. „Maximilian, du musst mir helfen!"

6

Mit geschlossenen Augen saß ich in meinem Büro im Sessel, die Lehne ganz zurückgestellt, den Kopf nach hinten angelehnt und die Füße seitlich auf dem Schreibtisch platziert. Draußen war es inzwischen ziemlich dunkel geworden. Ich hatte kein Licht angemacht. Nach dem Treffen mit Ana war ich ins Gericht gegangen. Irgendwie hatte ich den Gedanken, ich könnte mich dort besser entspannen und konzentrieren. Das Treffen mit ihr und all diesem Hin und Her hatte mich ziemlich mitgenommen. Mein Abschied war etwas kurz und wortkarg gewesen. Nach einigen Metern hatte ich mich noch einmal zu ihr umgedreht. Sie stand immer noch dort vor den „Badischen Weinstuben" und blickte mir bedrückt und hilflos hinterher. Ich fühlte mich überhaupt nicht gut. Ließ ich sie im Stich?

Mir war schon klar, dass sie in einer ziemlich schlimmen Situation war. Vielleicht auch in Gefahr. Aber was sollte ich da schon bewerkstelligen? Wir hatten uns nicht darüber unterhalten, was sie eigentlich von mir verlangte, wie ich ihr helfen und was hätte ich tun können. Natürlich war ich nicht in der Lage, sie zu beschützen. Und eine Kontaktaufnahme mit der Polizei? Da hatte sie wahrscheinlich recht, das würde für sie nicht besonders gut ausgehen.

Der Gedanke an ihre fast hoffnungslose Lage beunruhigte mich. Wie sollte sie allein mit diesem schattenhaften Gegner, dessen Absichten sie nicht kannte, fertig werden? Sie hatte mir erzählt, dass sie niemand hatte, dem sie vertraute und an den sie sich wenden könnte. Deswegen sei sie ja zu mir gekommen.

Ich war innerlich ziemlich unruhig, und irgendwie musste ich mir eingestehen, dass sie mir nicht nur leidtat, sondern dass das Rätsel mich auch reizte. In der Vergangenheit war es mir doch immer wieder gelungen, Probleme mit Erfolg anzugehen. Gerade die früheren Zeiten und was ich mitgemacht hatte, sollten mich warnen. Oft war alles nur mit viel Glück gut ausgegangen.

Und wieso sollte ich die Verantwortung für irgendwas übernehmen, was wahrscheinlich in Anas Vergangenheit zu finden war? Außerdem hatte sie mich ständig belogen, und ob die letzte Version die richtige war? Meine Hand würde ich dafür auch nicht ins Feuer legen. Also beschloss ich, dass das Ganze nichts mit mir zu tun hatte – nicht mein Problem! Sie musste allein damit fertig werden. Zur Not eben doch zur Polizei gehen und die Suppe auslöffeln, die sie sich eingebrockt hatte.

Andererseits ... es war schon eigenartig, dass irgendeine Geschichte von vor vielleicht zehn Jahren jetzt überraschend und ziemlich drastisch wieder aus der Versenkung auftauchte. Gerade durch die eher unklaren, fragmentarischen Aktionen wirkte alles auch besonders bedrohlich. Das eine vage Wort auf dem Zettel. Der nächtliche Besuch, der von diesem heimlichen Gast ohne Weiteres, sozusagen nebenbei, mit dem Foto demonstriert wurde und natürlich Schrecken auslöste. Diese andere, etwas eigenartige Aufnahme vom Eingang des Stadthauses in Hamburg, mit der klipp und klar dokumentiert wurde: „Ich habe dich schon vor Jahren beobachtet“ und: „Ich kenne dein Geheimnis!“

Ich versuchte erneut, mich zu entspannen von der Begegnung mit Ana und mich von ihren Problemen zu lösen. Meine Gedanken wanderten in meiner eigenen Geschichte zurück: auch in Hamburg, schon Jahre her. Eine unangenehme Erinnerung. Ich hatte ewig nicht mehr daran gedacht, an diese Zeit und auch an das Foto.

Nach Kindheit und Jugend auf dem Dorf und der Schule in Stade genoss ich mein erstes Semester in der großartigen Stadt. Hatte das Gefühl, dass ein neues, interessantes, aufregendes Leben beginnt. Die Juristerei an der Uni machte mir Spaß, viele neue Bekannte, ein wunderbarer Anfang. Faszinierend die mit der neuen

Freiheit verbundene Bereitschaft, sich auf Beziehungen einzulassen und auch die Möglichkeiten dazu. Nicht mehr eingebunden zu sein in den häuslichen Familienbereich, sondern unabhängig mit der Studentenbude im Stadtteil Bergedorf. Eine neue Freiheit.

In der Mensa hatte ich sie kennengelernt. Wiebke. Groß, schlank, blond. Ein ausdrucksvolles, hübsches Gesicht mit grünen Augen. Eine absolute Traumfrau mit unglaublichen Bewegungen. Wirklich sehr attraktiv. Es war mir vollkommen unklar, was sie an mir fand.

Zwei, drei Wochen trafen wir uns immer wieder, zogen halbe Nächte durch die Kneipen, führten fantastische Gespräche. Wir flirteten, sie strahlte mich an. Ich war verliebt. Schon bei unserer zweiten Verabredung schenkte sie mir ein Foto von sich. Ihr Gesicht schräg von der Seite fotografiert, beim Blick aus einem Bullauge des Turmes der Sankt-Petri-Kirche auf die Altstadt von Hamburg.

Sie war keine Studentin, sondern arbeitete in einem Büro in der Innenstadt, erzählte kaum etwas von ihrer Arbeit. Auch sagte sie mir nicht, wo sie wohnt. Wir trafen uns immer zuverlässig am vereinbarten Treffpunkt. Nach und nach argwöhnte ich, dass sie vielleicht verheiratet war. Aber ich fragte sie nicht. Ich genoss es so, wie es war. Und es war wunderbar. Das Studentenleben hatte großartig begonnen.

Aber schließlich wurde ich doch unruhig und tatsächlich war sie einverstanden, als ich ihr vorschlug, einen Abend bei mir in meiner Studentenbude zu beenden. Ich hatte dieses Zimmer im Souterrain, besser Keller, eines alten Hauses mit kleinem Duschbad und Kochecke durch Glück bekommen. Ein Kommilitone wechselte nach Kiel und hatte mir den Kontakt zum Vermieter verschafft.

Alles hatte ich prächtig vorbereitet. Der Raum war perfekt gereinigt, das Bad glänzte nur so. Auf dem Schreibtisch am Fenster stand sogar ein Blumenstrauß. Und natürlich war das Bett frisch bezogen, und der Wein im Kühlschrank.

Nach einem Brokkoli-Auflauf und ein paar Getränken in der Gaststätte „Klimperkiste“ im Zentrum fuhren wir spätabends mit der S-Bahn nach Bergedorf. Ich war ziemlich aufgeregt. Wiebke wirkte absolut lässig.

Sie bewunderte meine Behausung, die Blumen, die prächtigen Segelposter an den Wänden. Der Wein schmeckte ihr vorzüglich und die Stimmung war entspannt. Meine Umarmung und die Küsse erwiderte sie liebevoll. Schließlich fragte sie mich, ob sie kurz mein Bad benutzen könnte und verabschiedete sich dahin mit einem langen Kuss.

Aufgeregt machte ich es mir auf dem Bett bequem und zog den Pullover über den Kopf. Ich überlegte hin und her und zog dann auch meine Jeans aus.

Ich hatte den Eindruck, es dauerte endlos, aber schließlich öffnete sich die Tür zum Badezimmer, und sie kam heraus. Vollkommen nackt. Entsetzt starrte ich sie an. Wiebke war ein Mann!

Nach dem kurzen und ziemlich verstörenden Abschied spät in der Nacht habe ich Wiebke nie wieder gesehen. Offenbar mied sie die Plätze, von denen sie wusste, dass ich sie gern aufsuchte. Aber es lag auch daran, dass das Drama damals im herbstlichen Hamburg mit diesem Abend noch nicht vorbei sein sollte.

Jedenfalls war mein Verhältnis zu Frauen, meine Unbefangenheit bei neuen Kontakten seit diesem Tag über lange Zeit gestört. Ich glaube, es dauerte fast ein Jahr, bis ich wieder einigermaßen entspannt auf das andere Geschlecht zugehen konnte.

Ungefähr eine Woche nach diesem Abend besuchte mich überraschend Henner, mein alter Freund aus Schultagen. Er studierte zu diesem Zeitpunkt in Berlin. Natürlich erzählte ich ihm die ganze Geschichte. Er hörte mir einfühlsam zu. Das tat mir gut. Er kannte eine urige Cocktailbar, in die er mich führte und immer wieder dazu animierte, weitere Getränke auszuprobieren. Auch nach der Rückkehr in meine kleine Wohnung – wir hatten vereinbart, dass er bei mir übernachten würde – prostete er mir mit einem weiteren Bier zu. Ich hatte den Eindruck, er wollte mir helfen, meinen Schmerz mit Alkohol zu betäuben.

Spät in der Nacht, ich war schon ziemlich betrunken, sah er mich etwas traurig an, zog einen Brief aus seiner Jacke und reichte ihn mir mit den Worten: „Den hat mir deine Mutter für dich gegeben."

Vollkommen erstaunt nahm ich ihn. Er war schon geöffnet. Ich zog zwei Blätter heraus, studierte das erste Schreiben. Absender: Kreiswehrersatzamt Stade. Trotz meines Zustandes war mir sofort klar, dass das nichts Gutes bedeuten konnte. Ich konzentrierte mich auf den Inhalt des Schreibens, was nicht so einfach war. Mir wurde mitgeteilt, ich hätte mich am übernächsten Ersten in der Theodor-Körner-Kaserne in Lüneburg zur Ableistung meines Wehrdienstes einzufinden. Auf dem zweiten Blatt wurde ich angewiesen, diverse Dinge zum Dienstantritt mitzubringen.

Fassungslos ließ ich den Brief sinken.

Und so endete, jedenfalls für lange Zeit, mein großartiges, aber kurzes Studentenleben in Hamburg. Meine „neue Freiheit".

Als ich mit meinen Gedanken wieder aus der Vergangenheit zurückkehrte und gerade noch dabei war, darüber nachzudenken, was wohl aus Wiebke geworden war, und ob ich irgendwo noch das Foto von ihr aufbewahrte, wurde nach einem kurzen, kräftigen Pochen die Tür aufgerissen und das Licht blendete mich.

„Na, Maximilian, hat man dir die Wohnung gekündigt und du verbringst deine Nächte ab jetzt hier?", frotzelte Samantha ziemlich laut und setzte sich, ohne auf meine Antwort zu warten, mir gegenüber an den mit Akten vollgeladenen Tisch an der gegenüberliegenden Wand. „Dein Auto steht noch im Hof, und da habe ich messerscharf geschlossen, dass du dich hier vergraben hast. Du hast doch etwa nicht geglaubt, du kommst davon, ohne mir von deinem Treffen zu erzählen?" Sie beugte sich vor und sah mich auffordernd an. „Also schieß los! Ich bin sehr gespannt. Wie war es mit der Schöffin?"

Sie hatte offenbar bis vor Kurzem in einer Strafsitzung verhandelt, denn sie war sehr elegant in einen schwarzen Hosenanzug mit einer weißen Bluse gekleidet. Noch dazu mit einem dicken, geflochtenen Zopf weit über den Rücken. Wirklich eindrucksvoll. Wobei ich bezweifelte, dass der Angeklagte, nachdem sie im Gerichtssaal wahrscheinlich sehr energisch eine Strafe gefordert hatte, das auch so empfand.

Ich musste lächeln. Ihr Anblick entspannte mich. Sie war wirklich eine besonders liebe Freundin und noch dazu sehr intelligent. Vielleicht kam sie gerade im richtigen Augenblick, und wahrscheinlich würde es mir guttun, ihr die ganze Geschichte zu erzählen. Eine Idee könnte ich jetzt ebenfalls gut gebrauchen und schließlich hatte sie ja den Anfang des Dramas miterlebt.

Also begann ich meinen Bericht und versuchte dabei genau, die einzelnen Abschnitte des Gespräches mit Ana nacheinander aufzugliedern, damit sie auch meine unterschiedlichen Empfindungen während des Treffens nachvollziehen konnte und um die erstaunliche Lügenfolge zu verdeutlichen. Samantha riss immer wieder die Augen auf und wollte mich unterbrechen, aber ich winkte ihr ab.

„Am Ende bin ich dann ziemlich unfreundlich abgezogen und hab sie da stehen lassen. Jetzt fühle ich mich überhaupt nicht gut", schloss ich.

Samantha schüttelte immer wieder den Kopf. Das Ganze hatte ihr offenbar doch ein bisschen die Sprache verschlagen. Dann setzte sie an: „Hör zu, das ist wirklich Anas Angelegenheit, und nicht deine. Du kennst sie kaum. Als Schöffin ist sie ohne Nachricht einfach verschwunden. Und was jetzt dahintersteckt, kannst du erst recht nicht beurteilen."

Offenbar hatte Samantha gemerkt, dass ich bei den Schilderungen mit mir selbst nicht besonders zufrieden war. Daher schloss sie noch eindringlich an: „Ich habe dir gleich gesagt, lass die Finger davon. Du neigst dauernd dazu, Schwierigkeiten anzuziehen. Und jetzt bist du schon wieder dabei. Es ist wirklich nicht dein Problem."

Ihr Versuch, mich in meiner zurückhaltenden, neutralen Haltung zu unterstützen, gefiel mir eigentlich nicht besonders.

„Mensch, Schmittchen, sie ist doch in einer grauenhaften Lage. Wenn ihr etwas passiert, ich würde mir ewig Vorwürfe machen." Nervös stand ich auf. „Wir wissen nicht, was mit Berthold passiert ist. Jedenfalls etwas Schreckliches. Vielleicht wurde er umgebracht.

Und dann läuft ein Mörder noch frei herum. Und es liegt doch nahe, dass alles, was jetzt passiert ist, mit der alten Geschichte zu tun hat. Und dann ist sie in großer Gefahr!"

Samantha verdrehte die Augen. „Ja, und? Was nun? Versuch doch mal bitte, deine Möglichkeiten einzuschätzen. Du hast nämlich keine!" Sie zeigte mit dem Finger auf mich. „Knall, du bist kein Polizist! Du bist Richter! Vielleicht solltest du das mal endlich begreifen."

Gerade als ich antworten wollte, klingelte das Telefon. Ich blickte auf meine Armbanduhr. Normalerweise wäre ich nicht mehr im Dienst gewesen.

Etwas unwillig griff ich nach dem Hörer. „Ja, hallo?"

Eine dunkle Männerstimme, irgendwie etwas verzerrt, antwortete nach einer kurzen Pause: "Knall, sind Sie das?"

Diese unhöfliche Anrede gefiel mir nicht besonders. „Wer will das wissen? Wer spricht?"

„Knall, bleib von der Tobogen weg! Sonst bekommst du einen Riesenärger! Ich warne dich. Wir machen dich fertig! Halt dich fern von ihr! Wir beobachten dich!"

Bevor ich reagieren konnte, knackte es in der Leitung und das Gespräch war beendet. Fassungslos starrte ich einen Augenblick auf den Hörer und legte ihn dann zurück auf die Ablage.

Samantha hatte mich gespannt beobachtet. „Wer war das? Wer hat dich angerufen?"

Einen Augenblick fehlten mir tatsächlich die Worte, dann schüttelte ich mit dem Kopf. „Keine Ahnung. Aber wirklich etwas seltsam." Nachdenklich sah ich sie an. „Da will jemand, dass ich mich von Ana Tobogen fernhalte. Sonst würde ich Ärger bekommen. Sie würden mich fertig machen. Die Stimme war eigenartig."

Sie sprang auf. „Das darf doch nicht wahr sein! Ist dir klar, dass man dich wegen dieser Tobogen beobachtet! Mir scheint, du steckst schon mitten im Schlamassel drin. Und außerdem, das ist ein starkes Stück. Eine Unverschämtheit!" Samanthas Stimme klang empört. „Da bedroht jemand einen Richter!" Sie lief aufgeregt hin und her. „Gleich morgen werde ich durch die Polizei feststellen lassen, woher der Anruf kam. Das werden wir doch mal sehen!"

„Setz dich wieder hin, bitte“, beruhigte ich sie. „Klar, der Anruf hat mir nicht besonders gefallen. Schon ein bisschen erschreckend. Aber als Richter ist man einiges gewohnt. Du als Staatsanwältin doch auch.“

Samantha ließ sich auf ihren Stuhl fallen.

„Und es stimmt“, musste ich feststellen, „dass ich offenbar im Schlossgarten beobachtet worden bin. Ich habe nichts davon bemerkt.“ Ich zögerte. „Jetzt kann ich darüber spekulieren, ob der Anrufer hinter der Tobogen her war, und ich kam eben dazu. Oder er folgte von vornherein mir.“ Ich wurde immer nachdenklicher. „Aber der Kerl hat auch noch meine Telefonnummer hier im Gericht ... Das spricht doch dafür, dass er es von vornherein auf mich abgesehen hatte, aber gleichzeitig offenbar auch auf Ana. Wird langsam ziemlich rätselhaft das Ganze! Dabei habe ich sie doch erst vor Kurzem wiedergetroffen.“

Samantha hatte mir mit besorgtem Gesicht zugehört. „Maximilian, du musst zur Polizei. Das ist jetzt kein Spielchen mehr.“

Sie wollte weitersprechen, aber ich hob die Hand.

„Weißt du, was mir gerade einfällt und was an dem Ganzen noch mehr interessant ist?“, nachdenklich verharrte ich einen Moment. „Mir wird ein Zettel mit einer Drohung unter die Tür geschoben und das Gleiche passiert der Tobogen. Gut, die Art der Nachricht war sehr unterschiedlich. Aber das ist auffallend. Und jetzt stellt sich auch noch heraus, dass irgendwelche Typen hinter uns beiden her sind.“ Ich schüttelte ratlos meinen Kopf. „Langsam bekomme ich wirklich Bedenken.“

Aufmerksam hatte mich Samantha während meiner Rede beobachtet. Sie richtete sich jetzt energisch auf. „Und genau deswegen, Knall, gehst du morgen zur Kriminalpolizei! Ich bestehe darauf! Keine Widerrede!“

Es war spät geworden. Mir war immer noch nicht klar, wie ich mit der ganzen Sache umgehen sollte. Samantha war schließlich etwas unwillig abgezogen, weil ich keine eindeutige Erklärung abgab. Auf der Karlsruher Straße war kaum Verkehr. Kurz vor dem Ortsbeginn von Ettlingen erschrak ich, als mich überraschend ein schmutziger, grauer VW-Golf mit überhöhter Geschwindigkeit überholte und nur wenige Meter vor mir ziemlich unkontrolliert wieder einschwenkte. Er knallte rechts gegen den Kantstein des Gehweges, schlingerte etwas hin und her und raste weiter. Nach einigen hundert Metern bog er rasant, ohne zu blinken, nach links ab. ‚Verdammter Idiot', dachte ich.

Genau hier war es gewesen. In meiner Anfangsphase bei der Justiz war ich als Jugendstaatsanwalt tätig und auf der Heimfahrt vom Dienst fuhr vor mir ein Autofahrer in deutlichen Schlangenlinien. Nach meinem Anruf bei der Polizei wurde er, inzwischen zu Hause, einer Alkoholkontrolle unterzogen, die kräftig ausfiel.

Einige Zeit später wurde ich als Zeuge in der Gerichtsverhandlung gehört. Ihm wurde auf beträchtliche Zeit der Führerschein entzogen und die weinende Ehefrau und ebenso die zwei halbwüchsigen Söhne beschimpften mich äußerst aggressiv, weil ich ihren Ernährer hindern würde, seiner Aufgabe nachzukommen. Eine ziemlich unangenehme Situation.

Aber vielleicht war es für meine spätere Tätigkeit als Richter ganz lehrreich zu erfahren, wie es ist, auf der anderen Seite und einer Ebene „tiefer" zu sitzen und sogar wegen dieses eher einfachen Sachverhaltes durch Verteidiger und Staatsanwalt intensiv in die Mangel genommen zu werden. Mir wurde klar, dass es nicht besonders angenehm ist, als Zeuge vor Gericht aufzutreten.

Ich folgte dem Golf gemächlich. Es war auch meine Strecke nach Hause. Über den abgesenkten Kreisverkehr an der Durlacher Straße fuhr er fast geradeaus, ohne seine Geschwindigkeit zu mäßigen. Aber etwas weiter in der Steigenhohlstraße bremste er plötzlich, lenkte an den Rand und die Fahrertür öffnete sich. Eine schlanke Gestalt sprang heraus.

Der Schreck war sofort wieder präsent. Ich war ungefähr hundert Meter entfernt, aber diese Figur hatte sich mir intensiv eingeprägt. Geistesgegenwärtig lenkte ich am Kreisverkehr nach rechts und parkte kurz danach.

Einen Augenblick blieb ich regungslos im Auto sitzen, dann stieg ich ebenfalls aus und lief die kurze Strecke zurück. Mein weiblicher Widersacher ging inzwischen weiter vorn mit eiligen Schritten den Weg hinauf. So schnell ich konnte, folgte ich ihr auf der anderen Seite und versuchte, mich möglichst im Schutz der großen Bäume auf dem Randstreifen zwischen Gehsteig und Straße zu halten. Kein Zweifel, diese Person plante wieder einen Besuch bei mir!

Einmal drehte sich die Frau um. Blitzschnell drängte ich mich gegen die seitlichen Büsche, konnte aber kurz ihr Gesicht unter der über den Kopf gezogenen Kapuze sehen. Schmal, blass. Diese Type hatte ich definitiv schon einmal gesehen. Trotz der Probleme mit meinem schlechten Personengedächtnis war ich fast sicher, dass sie als Zuhörerin in einer meiner Strafsitzungen gesessen hatte. Mein Herz klopfte inzwischen heftig. Eine solche Verfolgungsaktion gehörte nicht unbedingt zu meiner täglichen Normalität.

Weiter vorn schwenkte sie nach links und dann, jetzt etwa fünfzig Meter vor mir, in den kleinen Fußweg zu meinem Haus.

Ich stoppte abrupt und mir stockte der Atem. Im Abbiegen hatte sie etwas aus dem rückwärtigen Hosenbund gezogen. Das Licht der Straßenlaterne an der Ecke fiel kurz auf den Gegenstand. Das sah aus wie eine silberne Pistole.

Ohne zu zögern ging sie auf die Haustür zu und versuchte mehrere Male, einen Schlüssel in das Schloss einzuführen. Ich war nun hinter einem Busch in Deckung gegangen, konnte sie aber gut sehen. ‚Meine Schlosswechselaktion hat sich ja schnell bezahlt gemacht', dachte ich.

Sie donnerte fluchend mit dem Fuß gegen die Tür, steckte aber dann das silberne Teil wieder in den Hosenbund und trat den Rückzug an. Ich hoffte, dass sie mein heftiges Atemgeräusch nicht hören konnte. Sie rannte schimpfend, nur einen Meter entfernt von mir, an meinem Versteck vorbei.

Diesmal kommst du mir nicht davon, dachte ich wütend. Kaum war sie vorne um die Ecke, sprang ich hinter dem Busch hervor und rannte ihr nach. Sie ging mit schnellen Schritten auf der anderen Straßenseite. Von Baum zu Baum versuchte ich, ihr auf gleiche Höhe zu folgen. Sie achtete nicht auf mich. Aber sie würde mit ihrem Golf starten und wäre weg, bevor ich überhaupt meinen Lancia erreicht hatte. Also wieder keine Chance.

Fast ihr gegenüber verbarg ich mich hinter einem Baum, als sie einstieg und die Straße hinauf losfuhr. Ich hetzte hinunter zum Kreisverkehr und zu meinem Auto. Mit kreischenden Rädern wendete ich und wollte ihr zunächst direkt folgen, aber an der Abbiegung zögerte ich. Weiter oben gab es mehrere Möglichkeiten, wahrscheinlich hoffnungslos. Aber ich hatte sie vor ein paar Tagen kurz vor der Durlacher Straße verloren. Irgendwo dort hatte sie wohl ihr Auto geparkt gehabt. Kurzentschlossen bog ich ab und fuhr in einiger Entfernung von der Alexiuskapelle rechts halb auf den Gehweg. Die Lichter schaltete ich aus. Keine drei Sekunden später kam der Golf tatsächlich von rechts und bog, von mir weg, in Richtung Durlach ab.

Der Misserfolg an meiner Haustür hatte sie frustriert, aber jetzt war offenbar ihre Aggression verpufft. Jedenfalls fuhr sie mit ganz normaler Geschwindigkeit auf der B 3. Ich hielt ausreichend Abstand, möglichst immer ein Fahrzeug zwischen uns.

Während der Fahrt versuchte ich, mich auf ihr Gesicht zu konzentrieren und auf die Situation, in der ich sie damals gesehen hatte. Dieser aggressive Frauentyp war sicher nicht jemand, der einfach aus Vergnügen oder allgemeinem Interesse in eine Strafsitzung ging. Zwischen ihr und dem, was damals verhandelt wurde, bestand wahrscheinlich ein Zusammenhang. War sie vielleicht Opfer? Nach ihrem Auftreten wohl eher eine nicht gefasste Mittäterin. Aber was ich damals verhandelte ... Ich konnte mich nicht erinnern.

In Durlach bog der Golf in den Hengstplatz, stoppte nach wenigen Metern in einer Lücke, und die Frau stieg aus. Ich war auf der Parallelstraße an ihr vorbeigefahren.

Von der anderen Straßenseite beobachtete ich das vierstöckige Haus, in das sie hineingegangen war. Im dritten Stock auf der rechten Seite ging das Licht an. Ich notierte mir die Adresse auf einem Notizzettel.

Etwas unschlüssig starrte ich hinauf und überlegte, was ich machen konnte. Ich war ihr nachgefahren. Aber was nun? Außerdem hatte sie möglicherweise eine Pistole. Schmittchen würde natürlich sagen: „Geh zur Polizei!"

Aber was sollte ich denen erzählen? Ich habe eine Frau von hinten an ihrer Figur wiedererkannt. Sie hatte vielleicht eine Pistole. Und vielleicht war sie auch die Person, die mir die schockierende Nachricht unter die Tür geschoben hat. Und die Frau hat sich an meiner Haustür zu schaffen gemacht. Die Reaktion des Beamten war lebhaft vorzustellen. Ich dürfte mich bei denen nicht mehr sehen lassen.

Gerade als ich die Namen auf der Klingelleiste studierte, ging das Licht im Flur wieder an. Ich drückte mich in den benachbarten Eingang. Kurze Zeit später wurde die Haustür nebenan geöffnet. Meine Widersacherin trat heraus und ging mit energischen Schritten in Richtung Stadtzentrum davon. Mit zwei Sätzen war ich an der Tür, schaffte es, sie zu schnappen und war im Nachbarhaus.

7

Unten im Treppenhaus war ich zuerst, überrascht über mich selber, einen Augenblick an die Wand gelehnt stehen geblieben, bis das Licht erlosch. Was wollte ich hier?

Ich wusste jetzt zwar, wo diese Frau wohnte. Aber was sollte mir das nützen? In ihre Wohnung konnte ich sicher nicht hinein, obwohl die mich natürlich sehr interessieren würde. Es wäre aufschlussreich herauszufinden, um wen es sich eigentlich handelte.

Zögernd fasste ich nach dem Griff der Ausgangstür, zog sie auf und blickte hinaus. Aber einen Augenblick danach schloss ich sie wieder – die Neugierde siegte.

Kurz danach stand ich im dritten Stock des Treppenhauses. Rechts und links die Eingänge zu den Wohnungen, schwere dunkle Holztüren und dazwischen ein Fenster nach hinten zum Hof. Davor die Streben eines Baugerüstes. Die Rückseite des Gebäudes wurde offenbar saniert. Auch hier an der rechten Tür kein Name neben der Klingel. Unten am Hauseingang hatte ich schon vergeblich danach gesucht. Die Dame wollte anscheinend anonym bleiben. Bei ihrem bisherigen Verhalten, kein Wunder.

Durch das Fenster, das ich anschließend wieder zugezogen hatte, war ich auf die schmale, am Haus entlanglaufende Arbeitsplattform aus Holzböden hinausgestiegen. Rechts hatte ich einige Meter entfernt die Umrandung des Balkons erkannt und war vorsichtig, immer wieder mit einer Hand die senkrechten Metallstreben fassend, dorthin gegangen. Mein Fuß rutschte ab, die Holzplanken waren nass und glitschig. Erschrocken klammerte ich mich an den senkrechten Metallträger und blickte links hinunter in die Tiefe. Ein bisschen irre war das schon, was ich hier machte. Mit meinen dünnen, schwarzen Lederhandschuhen hatte ich einen guten Griff. Ich atmete heftig. Vielleicht zehn Meter unter mir wurde der graue Betonboden des Platzes vor den Garagen von einer seitlichen Bogenlampe hell erleuchtet. Aber hier auf dem Baugerüst war es dunkel und offenbar schon einige Zeit nicht mehr gearbeitet und kontrolliert worden. Vielleicht war dem Auftraggeber das Geld ausgegangen. Eine der seitlichen Querstreben war nur noch auf der einen Seite fixiert und hing herab. Eine irritierende Lücke zum Abgrund. Noch einige vorsichtige Schritte, dann hatte ich den Balkon erreicht und kletterte über die Brüstung.

Auf dem Balkon hatte sie einen kleinen grünen Plastiktisch mit zwei Klappstühlen platziert. Zur Wohnung hin gab es eine Glastür und daneben ein schmales Fenster, das gekippt offenstand. Ich zog meine kleine Taschenlampe, die ich spontan aus dem Auto mitgenommen hatte, aus der Jackentasche und wollte sie gerade anknipsen, als schräg unter mir eine Balkontür geöffnet wurde und ein hustender Mann heraustrat. Wenig später roch ich Zigarettenqualm. Regungslos stand ich an die Wand gepresst und wartete.

„Karl, du rauchst schon wieder!“, ertönte eine schrille Frauenstimme von unten. „Du hast doch versprochen aufzuhören! Komm jetzt rein!“

„Blöde Kuh, verdammte!“, ertönte es leise von unten und dann lauter, während der Glimmstengel funkensprühend in die Tiefe flog: „Ich komme, Schatz!“ Die Tür unten klapperte.

Einen Augenblick blieb ich noch stehen, dann richtete ich den LED-Strahler durch das gekippte Fenster ins Innere des Raumes.

Mir fiel Antonio di Pastrazzi aus Kalabrien ein. Beruf: Einbrecher. Vor Jahren hatte ich ihn verurteilt. Ob er wirklich von daher stammte und tatsächlich so hieß, hatte die Staatsanwaltschaft nicht herausfinden können. Meine sich anschließende Sitzung war ausgefallen, und so kam ich mit ihm ins Gespräch. Ein charmanter Kerl, der mir mit ausreichend Gestik und blitzenden Augen stolz erklärte, wie er mit der inneren Pappe einer Klorolle und zwei Schnüren in weniger als einer Minute ein gekipptes Fenster öffnen konnte. Mir – dem Richter! Er versuchte, mich zu überreden, es mir zu zeigen, was mich insgeheim zwar reizte, aber der Situation im Gerichtssaal wohl doch nicht ganz entsprach.

Wie auch immer. Eine Klorolle und Schnüre hatte ich ja nun leider nicht dabei.

Im Raum direkt vor mir auf einem kleinen Schreibtisch ein ungeordneter Stapel Zeitschriften und einige Briefe. Im Hintergrund des Raumes links die offene Zimmertür. Daneben ein schmales, hohes Regal mit einigen Schubladen und offenen Fächern voller Kram und rechts eine Coach mit zwei kleinen Sesseln. Darauf Stapel von Kleidungsstücken und davor ein niedriger Tisch. An der Wand ein großes Poster mit einer in den Sonnenuntergang fahrenden Motorradfahrerin.

Besonders hilfreich war mir das alles nicht. Alles ganz normal. Die ganze Kletterei umsonst.

Ich wollte schon die Lampe ausknipsen, als ihr Schein auf die linke Wand neben dem Schreibtisch fiel. Hier hatte sie eine Reihe von Postkarten und Fotos angeheftet. Auf mehreren war sie selbst zu erkennen, zum Teil mit anderen Frauen und Männern. Einige Aufnahmen von Motorradfahrern. Zwei, drei Landschaftsfotos. Aber da, ganz links ..., im Winkel für mich kaum zu erkennen. Ich drückte meinen Kopf an die Scheibe. Das war tatsächlich ein Bild vom Eingang der Vollzugsanstalt Bruchsal und darunter eine Aufnahme, auf der ich zu sehen war, halb verdeckt durch die Rücken von Personen. Ein Foto im Gericht. Knall auf der Richterbank während einer Verhandlung. Fotografiert heraus aus der Gruppe von Zuhörern.

Ich konnte es nicht fassen und versuchte gleichzeitig, es deutlich auszuleuchten. Es war und blieb eindeutig ich.

In diesem Augenblick erschallte ein lautes Gelächter von den Häusern auf der anderen Hofseite hinter mir. Ich sah hinüber. Einige Wohnungen waren erleuchtet. Aber es war nicht zu erkennen, woher der Lärm kam.

Ich drehte mich wieder zum Fenster und fuhr erschrocken zusammen. Im Zimmer direkt vor mir stand die Frau und blickte mich, ebenfalls vollkommen überrascht, an.

Aber die Überraschung währte nur kurz. Sie griff blitzschnell nach links, zog eine Schublade des Regals auf, nahm die silberne Pistole heraus und war mir mit zwei Schritten schon gefährlich nah, nur die Scheibe noch zwischen uns.

Ich packte die Brüstung und kletterte, so schnell ich konnte, darüber. Hastig lief ich, mich links an der Wand stützend, auf mein Fluchtfenster zum Treppenhaus zu.

Hinter mir knallte die Balkontür krachend auf. Schon hörte ich ihre lauten Tritte auf den Bohlen hinter mir.

Ich blickte halb über meine Schulter zurück. Sie lief mit der Pistole in der linken Hand auf mich zu, nur noch einige Meter entfernt, benutzte die waagerechten Querstreben zum Hof als Geländer.

„Knall, du bist tot!“, schrie sie wütend, hob die Waffe und zielte auf meinen Kopf. Im Weiterlaufen griff sie wieder mit der Hand zur rechten Seite.

„Achtung!“, schrie ich. Drehte mich um und – ihre Hand fasste ins Leere.

Ich sprang auf sie zu. Ihr Körper schwenkte nach außen. Ich versuchte sie zu fassen, konnte aber nur noch ganz leicht ihre Jacke berühren. Mit einem erstaunten und zunehmend panischem Ausdruck im Gesicht sah sie mich an und stürzte am Baugerüst entlang lautlos in die Tiefe. Kein Schrei. Dann ein Aufprall, ein schreckliches Geräusch aus der Tiefe und danach: Totenstille.

Ich überwand mich hinunterzuschauen. Mit verdrehten Beinen lag sie im hellen Licht der Bogenlampe auf dem Beton, und um den Kopf herum färbte sich der Boden schwarz von ihrem Blut.

Ich klammerte mich an eine der senkrechten Streben. Mein Herz schlug bis zum Hals. Ich zitterte.

Von meinem Versteck hinter einem Baum, ungefähr einhundert Meter entfernt, beobachtete ich die Ankunft des Notarztes in rascher Fahrt mit Martinshorn und Blaulicht von der Blumentorstraße her, gefolgt von einem Rettungswagen.

Nur wenige Minuten hatte es gedauerte von meinem Anruf aus der Telefonzelle gegenüber bis zu ihrem Eintreffen. Ich telefonierte mit einem Taschentuch über dem Hörer und mit hoher, schriller Stimme, aber als ich nach meinen Personalien gefragt wurde, beendete ich das Gespräch.

Trotz der späten Stunde versammelte sich sehr schnell eine Gruppe von Neugierigen in der Hoffnung auf nächtliche Sensationen. Die hinzugerufene Polizei sperrte den Ort allerdings rasch ab. Und natürlich: Einige Zeit später traf in langsamer Fahrt ein schwarzer, langgestreckter Leichenwagen ein und parkte quer vor dem Eingang des Hauses.

Ich hatte mich bis dahin nicht lösen können. Der Schock vielleicht, verbunden mit einem diffusen Verantwortungsgefühl. Aber jetzt, als das traurige Gefährt kam, verließ ich den Ort des Geschehens und ging hölzern zu meinem um die Ecke geparkten Lancia. Ich war immer noch vollkommen fertig. Es war alles so furchtbar schnell gegangen. Diese Frau war tot. Aber es hatte nicht viel gefehlt und ich wäre es gewesen, den man demnächst in einem Leichensack mit dem schwarzen Mercedes abtransportiert hätte. Und immer noch war mir vollkommen unklar, warum sie diesen Hass auf mich gehabt hatte.

Ich blätterte die Seite wieder zurück. Mich zu konzentrieren überforderte mich gerade. Fast die ganze restliche Nacht hatte ich wach gelegen. Ihren Gesichtsausdruck und dieses grässliche Aufprallgeräusch konnte ich nicht aus meinem Kopf verdrängen. War ich schuld an dem Unfall? An ihrem Tod? Natürlich, wäre ich nicht da oben über das Gerüst geklettert, hätte sich das alles nicht ereignet. Aber immer stärker war mir auch bewusst geworden, dass ich den Abend überlebt hatte. Ein Mangel am Gerüst, eine fehlende Querstrebe, die mir glücklicherweise davor aufgefallen war, hatte mir das Leben gerettet. Unglaublich. Erschreckend.

Gegen Morgen war ich dann endlich eingeschlafen und erst spät ins Gericht gekommen. Im Flur war mir mein Freund und Kollege Johannes entgegengekommen. „Du siehst ja grässlich aus“, rief er mir im Vorbeigehen zu. „Hast du durchgemacht?“ Ehe ich antworten konnte, war er schon um die Ecke verschwunden. Eine irritierende Normalität.

Gerade klappte ich eine Akte zu und überlegte, ob es nicht besser wäre, einen langen Spaziergang im Schlosspark zu machen, als ohne Ergebnis die Blätter hin und her zu drehen, da klopfte es heftig an der Tür.

Kommissar Nielsen riss die Tür auf und setzte sich mit einem Grunzen mir gegenüber an den Tisch mit den Akten. Zögernd folgte ihm eine junge, hübsche Frau in Jeans und schwarzer, kurzer Jacke, grüßte höflich und stellte sich verlegen lächelnd neben ihm an die Wand. Was wollte der denn schon wieder?

„Das ist Kommissaranwärterin Leibach", erklärte er und wedelte mit der Hand zu ihr hinüber.

Nielsen war mittelgroß und breitschultrig, vielleicht fünfzig Jahre alt. Sein zerknittertes, misstrauisches Gesicht verdankte er vermutlich der Tatsache, dass er Kettenraucher war. Trug – jedenfalls hatte ich den Eindruck – immer denselben grauen Anzug. Kein sympathischer Typ. Rätselhaft, wieso sich damals die ziemlich hübsche Justizangestellte – wenn auch nur kurz – in ihn verliebt hatte. Was Nielsen gegen mich hatte, war mir eigentlich nicht klar. Meine Unschuld damals wurde erwiesen. Aber wahrscheinlich gefiel es ihm nicht, dass ich bei der Klärung der Probleme sehr eng und auch erfolgreich mit Kriminalhauptkommissarin Eva Krauss vom Landeskriminalamt Baden-Württemberg zusammengearbeitet hatte. Jedenfalls war das Ergebnis, dass ich ihn seitdem auch nicht mehr mochte, und er mir wohl immer noch misstraute. Nach den Ereignissen des gestrigen Abends machte mich seine Ankunft einigermaßen nervös. Sein Besuch hatte sicher nichts Gutes zu bedeuten. Ich versuchte, meine Unruhe nicht zu zeigen und konzentrierte mich. Legte meine Hände gemächlich auf die Schreibtischplatte, lehnte mich zurück und wartete ab. Er schien sich das Gleiche vorgenommen zu haben. Betrachtete mich mit etwas zusammengekniffenen Augen, ohne ein Wort zu sagen, wollte mich offenbar unter Druck setzen.

Seine Begleitung an der Wand bewegte sich unruhig hin und her. Sie fühlte sich sichtlich unwohl.

„Kennen Sie Adele Strantz?", platzte es schließlich aus ihm heraus.

Ich antwortete nicht gleich, sondern lehnte mich nur etwas vor und sah seine Kollegin an. „Wollen Sie sich nicht setzen?“, fragte ich sie und wies auf den zweiten Stuhl.

Als sie den Kopf schüttelte, wandte ich mich wieder an Nielsen. „Strantz? Wer ist das?“

Ich merkte, dass ihm meine Reaktion überhaupt nicht gefiel. Er hatte sich jetzt sehr aufrecht in seinem Stuhl hingesetzt und starrte mich weiter an.

Schließlich knurrte er: „Die Fingerspuren auf dem Blatt unter Ihrer Tür.“ Er machte eine Pause. „Sie erinnern sich: ‚Du bist tot!‘. Das waren die Finger von Adele Strantz!“

Ich bemühte mich, meinen entspannten Gesichtsausdruck beizubehalten. „Das ist ja toll, dass Sie das herausgefunden haben. Und, wer ist diese Strantz?“

Der Verlauf des Gespräches ärgerte ihn ziemlich. Das merkte ich.

„Sie kennen Adele Strantz also nicht? Können Sie mir dann erklären, warum sie Ihnen so eine Botschaft zukommen lässt?“ Als ich ihn nur schweigend ansah, setzte er fort: „Und warum ein Foto von Ihnen über ihrem Schreibtisch hängt?“

Es gelang mir tatsächlich, ein verblüfftes Gesicht zu machen. Ich breitete die Hände nach beiden Seiten aus: „Keine Ahnung! Aber Sie werden es mir erklären.“

Ich hatte den Eindruck, er würde platzen. Auch ich konnte nur mühsam meine gleichmütige Haltung aufrechterhalten.

Er zögerte kurz. „Wo waren Sie gestern Abend, Herr Doktor Knall?“, fragte er dann in aggressivem Ton.

Ich zog die Augenbrauen hoch und schüttelte mit dem Kopf. „Nielsen, machen Sie sich nicht lächerlich! Es geht Sie absolut nichts an, wie ich meine Abende verbringe.“

Sein Gesicht rötete sich noch mehr. Ich hatte den Eindruck, gleich würde er in die Luft gehen. Aber er beherrschte sich und presste die Zähne zusammen. Seine attraktive Begleitung an der Wand schien sich zunehmend unwohl zu fühlen. Als Nielsen aufstand, ging sie erleichtert Richtung Tür. Er folgte ihr zwei Schritte, blieb dann jedoch stehen und drehte sich zu mir um.

„Ich habe noch was für Sie!"

Er trat ganz dicht vor meinen Schreibtisch, fasste in seine Jacke und zog ein Foto in Postkartengröße heraus. Er betrachtete es kurz und legte es dann direkt vor mich hin.

Erschrocken starrte ich darauf. Ich spürte mein Herz pochen. Einen Augenblick blieb ich vollkommen regungslos sitzen. Dann fasste ich es, hob es hoch und hielt es vor mich hin. Meine Hand zitterte etwas.

Die Aufnahme zeigte den unwirklich verdrehten Oberkörper eines Menschen auf grauem Steinfußboden. Es war die Frau, die gestern nur einen Meter von mir entfernt in die Tiefe gestürzt war. Brutal hell ausgeleuchtet war ihr Gesicht von einer Seite zu sehen. Es wirkte vollkommen unverletzt, aber die weit geöffneten Augen starrten blicklos in die Ferne, und unter ihrem Kopf schimmerte eine große, dunkle Blutlache.

Nielsen beobachtete mich.

Einen kurzen Moment war ich versucht, ihm die ganze Geschichte zu erzählen. Aber gerade, als ich damit beginnen wollte, herrschte er mich an: „Also, wo waren Sie gestern Abend?"

„Ich saß hier im Büro noch spät mit Frau Staatsanwältin Schmitt zusammen, und dann bin ich nach Hause gefahren." Ich schob das Foto zu ihm hinüber. „Wer um Gottes Willen ist das? Adele Strantz?"

„Sie ist von einem Baugerüst in Durlach zu Tode gestürzt. Gestern Nacht. Es gab einen anonymen Anruf." Er steckte das Foto wieder ein. „Neben ihr ist auf dem Betonboden eine Pistole gefunden worden. Sie wird gerade von der kriminaltechnischen Untersuchungsstelle überprüft. Vielleicht ist sie schon einmal registriert worden."

Kommissar Nielsen war ruhiger geworden. Offenbar hatte ich es geschafft, sein Misstrauen mir gegenüber etwas zu zerstreuen.

Aber im Hinausgehen drehte er sich noch einmal um und sagte mit einem ziemlich drohenden Unterton: „Das Gerüst oben wird übrigens noch intensiv auf Fingerabdrücke überprüft." Den weiteren Satz: „Und Ihre würde ich gern gleich zu Vergleichszwecken abnehmen", verschluckte er. Aber sein Blick sprach Bände.

Es dauerte geraume Zeit, bis ich innerlich wieder einigermaßen zur Ruhe kam. Ich hatte mich während des Gespräches zwar ganz gut gehalten, aber nachdem die beiden den Raum verließen, entwich mir mein Atem wie einem Luftballon.

Ich saß regungslos mit geschlossenen Augen in meinem Sessel und ließ das Gespräch mit Kommissar Nielsen an mir vorbeiziehen.

Was wäre wohl geschehen, wenn ich die wahre Geschichte erzählt hätte? Richter Knall oben auf dem Gerüst und direkt vor ihm stürzt eine Frau zu Tode. Eine Person, deren Beziehung zu Herrn Knall ziemlich unklar ist. Die ihn aber offenbar hasst. Beruhte das vielleicht auf Gegenseitigkeit? Und hat er sie deswegen möglicherweise gestoßen? Welche Verbindung gab es zwischen den beiden?

Nielsen hätte sich mit Ingrimm auf die Ermittlungen gestürzt. Und wer weiß, wie das Ganze für Maximilian Knall ausgegangen wäre? Besser, dass ich im letzten Augenblick doch noch geschwiegen hatte.

Adele Strantz hieß sie also, die Frau, die mich verfolgt hatte, die mich hatte umbringen wollen. Der Name sagte mir überhaupt nichts. Das machte es für mich besonders erschreckend. Ich hatte auch keine Idee, wo ich deshalb mit Ermittlungen ansetzen könnte.

Meine Grübelei wurde jäh unterbrochen, als die Tür wiederum aufgerissen wurde, und meine Freundin, die Staatsanwältin, hereinstürzte.

„Mensch, Maximilian, hast du schon gehört? Die Frau ist ermittelt worden, die dir den Zettel unter die Tür geschoben hat! Eine Adele Strantz!“ Sie blieb vor mir stehen und sah mich aufgeregt an. „Was sagst du denn dazu? Kennst du die?“

Ich machte eine beruhigende Handbewegung. „Setz dich erst mal. Ich weiß schon Bescheid. Nielsen war gerade hier und hat mir alles brühwarm mit drohendem Unterton berichtet. Auch, dass sie zu Tode gestürzt ist. Der Name sagt mir gar nichts.“

Sie atmete heftig aus und ließ sich in einen Stuhl fallen. „Ja, Nielsen ist manchmal übereifrig. Aber alles weißt du doch noch nicht! Da bin ich ziemlich sicher.“

„Was hast denn du damit zu tun?“, fragte ich, bevor sie weiterreden konnte.

„Die Staatsanwaltschaft hat bereits die Ermittlungen übernommen, und ich bin zuständig.“ Sie sah mich übertrieben misstrauisch an. „Dich werde ich auch vernehmen müssen!“

Diese Wendung gefiel mir überhaupt nicht. „Und, was weiß ich noch nicht?“

Sie zögerte einen Augenblick. „Na, du wirst es ja sowieso erfahren. Es betrifft die Pistole, die neben der Leiche gefunden wurde.“

Ich sah sie gespannt an. „Was ist mit der Pistole?“

Sie machte es ganz schön spannend. „Also erst mal Folgendes: An der Waffe wurden nur die Fingerabdrücke von Adele Strantz gefunden.“

Das fand ich ja nun nicht besonders überraschend.

Aber Samantha spannte mich noch einen Moment länger auf die Folter, bevor sie fortfuhr: „Aber jetzt kommt es. Die Pistole ist registriert. Mit ihr ist vor drei Jahren ein Raubüberfall begangen worden.“

„Was für ein Überfall? War die Strantz die Täterin?“

„Von wegen!“ Es machte ihr Spaß, mich zappeln zu lassen. „Ein Überfall, bei dem du den Täter verurteilt hast. Du hast ihn in den Knast gebracht, lieber Maximilian!“

Jetzt war ich in der Tat baff. „Wirklich? Wie heißt der Täter? Und was hat er mit der Strantz zu tun?“

Sie grinste. „Du wirst es nicht glauben. Ich habe damals die Anklage vertreten. Der Kerl heißt Victor vom Stamm. Er sitzt immer noch.“

Total verblüfft sah ich sie an. Victor vom Stamm. An den konnte ich mich tatsächlich gut erinnern, obwohl es wirklich schon einige Zeit her war. Nicht nur wegen des Namens. Tatsächlich adlig. Aber absolut heruntergekommen und die Familie wollte schon seit vielen Jahren nichts mehr mit ihm zu tun haben.

Das Verfahren war kurios gewesen. Es hatte sich um einen Überfall auf eine Spielhalle gehandelt. Am späten Abend kurz vor Schluss war ein vollkommen maskierter Täter mit einer Pistole in die Spielothek gekommen, in der nur noch eine junge Frau Dienst hatte. Andere Gäste waren nicht mehr dagewesen.

Er hatte die Waffe auf sie gerichtet und sie mit ganz offensichtlich verstellter Stimme angeschrien: „Geld her, aber dalli!"

Als sie vor Schreck nicht reagierte, gab er einen Schuss über ihren Kopf in die hintere Wand ab.

Die Frau raffte das Geld in der Kasse zusammen und stopfte es in die von ihm mitgebrachte Plastiktüte. Der Kerl drehte sich um, rannte raus und war verschwunden.

Auf den ersten Blick für die Polizei ein hoffnungsloser Fall. Aber trotzdem wurde der Täter nur vier Stunden später verhaftet. Eine ganz spezielle Leidenschaft war ihm zum Verhängnis geworden.

Die junge Frau, sie hieß übrigens Judith, hatte ihn tatsächlich an seinen Schuhen erkannt, als er hinauslief. Schwarze Schuhe, vorne mit einer glänzenden, hellblauen Kappe und hinten ein Streifen um die hinteren Absätze in gleicher Farbe. Und bei jedem Schritt mit einem klackernden Geräusch auf dem Boden, sehr harte Sohlen oder sogar Metalleinsätze unter den Hacken.

Er war ihr schon früher als häufiger Besucher und Liebhaber spezieller, bunter Schuhe aufgefallen. Meistens aus Plastik und sehr billig. Und mit genau diesen hellblauen Schuhen war er eben auch schon mal aufgetaucht.

Sie wusste auch seinen Vornamen: Vico. Und über andere Stammgäste war es der Kripo ein Leichtes gewesen, den Burschen samt der Tüte mit dem gestohlenen Geld zu finden. Allerdings hatte er die Pistole vorher irgendwo verschwinden lassen.

Und so hatte ich die Gelegenheit, mich mit ihm über seine Leidenschaft und sein Verhängnis zu unterhalten. Im Gerichtssaal erschien er natürlich auch wieder mit ungewöhnlichen Schuhen: Vorne rot, hinten schwarz und knallende Absätze. Wahrscheinlich aus Plastik.

Ein etwas absonderlicher, introvertierter Bursche, der die junge Frau in Angst und Schrecken versetzt und in der Gegend herumgeballert hatte. Vielleicht brauchte er die lauten Schuhe, um sein Selbstbewusstsein aufzupolieren.

„Dank“ zweier Vorstrafen, die zur Bewährung ausgesetzt und jetzt widerrufen worden waren, kassierte er zusammen mit der neuen Verurteilung eine erhebliche Freiheitsstrafe.

Samantha hatte mich während meiner Gedanken interessiert beobachtet. „Ich sehe, du erinnerst dich. Das war auch eine ganz ungewöhnliche Verhandlung. Vico, der Schuhfetischist!“

In diesem Augenblick klingelte ihr Handy. „Okay, ich komme. In zehn Minuten.“

Sie stand auf und erklärte mir im Hinausgehen: „Die Kripo. Ich halte dich auf dem Laufenden.“

In der Tür drehte sie sich noch einmal um. „Die Verbindung von Adele Strantz zu Viktor vom Stamm ist übrigens noch nicht geklärt. Und ...“ Sie zeigte mit dem Finger auf mich, „die Verbindung zu dir auch nicht!“

Lächelnd verschwand sie.

8

Langsam und knirschend öffnete sich das hohe, weiße Eisentor des eindrucksvollen, über zweihundert Jahre alten, sternenförmigen Backsteingebäudes und ließ den Blick frei auf den bewachten Durchgang zum Innenhof und auf den mächtigen, achteckigen Turm in der Mitte. Der Zugang zur Justizvollzugsanstalt Bruchsal. In der Frauenmörder Pomerenke bis zu seinem Tod fast fünfzig Jahre inhaftiert war, und aus der erst vor Kurzem der Doppelmörder Hans-Georg Neumann, der am längsten, nämlich seit 1962, einsitzende Strafgefangene Deutschlands, im Alter von 84 Jahren auf Bewährung entlassen wurde. Ein Gefängnis, das grausige Geschichten erzählen könnte über die Gefangenen der niedergeschlagenen Badischen Revolution von 1848 und über die Zeit als zentrale Hinrichtungsstätte während des Nationalsozialismus. Daneben wird die Anstalt – man könnte meinen, fast liebevoll – „Stern zu Bruchsal“ und wegen seiner achteckigen Gefängnismauer auch „Café Achteck“ genannt.

Samantha hatte mich ziemlich nachdenklich zurückgelassen. Die Bedrohung durch die unbekannte Frau hatte sich makabererweise im Leichenschauhaus aufgelöst. Aber die Folgen des Dramas für mich waren überhaupt nicht kalkulierbar. Und außerdem fühlte ich mich mit meinem Beitrag an dem Geschehen auch nicht besonders wohl. Abgesehen davon, im Hintergrund lauerte noch die Gefahr durch den nächtlichen Besucher von Ana Tobogen, die ich ein bisschen über dem Drama des gestrigen Abends vergessen hatte.

Mein Besuch hier in Bruchsal galt Victor vom Stamm. Es hatte gedauert, bis ich etwas mehr Zugang zu ihm fand. Sehr wortkarg, unzugänglich, fast abweisend.

Der Zugang ist für den Richter, der das Maß der Verantwortung, die persönliche Schuld bewerten muss und der Realitätswahrnehmung des Angeklagten nahekommen will, ein ganz entscheidender Faktor. Er muss sich doch selbst die Frage beantworten, warum der Angeklagte ein straffälliges Verhalten gezeigt hat, welche Ursachen dafür ausschlaggebend waren. Man kann sich vielleicht vorstellen, dass das Ganze ein faszinierender Prozess ist. Und es erfordert von jedem Richter Einfühlungsvermögen und das Verständnis der psychologischen Zusammenhänge, bei dem er an Grenzen stoßen kann, wenn der Beschuldigte den Kontakt, das Gespräch verweigert.

Stamm hatte schließlich über sich, sein Leben und seine Taten gesprochen. Er ließ sich auf mich, auf das Gericht, ein und war in vollem Umfang geständig. Er akzeptierte dann auch die Verurteilung. Das zunächst eingelegte Rechtsmittel wurde nach einiger Zeit von seinem Rechtsanwalt zurückgenommen.

Anstaltsleiter Wolfgang Maurer kam mir lächelnd mit ausgestreckter Hand entgegen. Wir kennen uns gut, weil ich in den vergangenen Jahren oft Haftprüfungen in der Vollzugsanstalt durchgeführt hatte.

Am Morgen kam mir plötzlich der Gedanke, dass ich mich nicht länger auf die Nachforschungen der Polizei verlassen sollte. Die Verurteilung des Victor vom Stamm war zwar schon eine Weile her, und er saß nun ein, aber er verließ damals nicht voller Wut den Gerichtssaal. Natürlich konnte er mich am besten informieren über Adele Strantz, ihre Beziehung zu ihm und vielleicht auch darüber, was sie veranlasst hatte, mich zu verfolgen. Er könnte es, wenn er bereit dazu war.

Und tatsächlich erhielt ich auf meine telefonische Anfrage im Gefängnis nach einiger Zeit die Mitteilung, dass er bereit war, mich als Besucher zu treffen.

„Er ist inzwischen einer unserer Musterhäftlinge“, begann Maurer das Gespräch im Weitergehen. „Victor vom Stamm geht regelmäßig zu seiner Therapie. Wir haben ihn vor kurzem in der Polsterei, wo er arbeitet, zum Vorarbeiter befördert. Ich habe den Eindruck, er will tatsächlich mit seiner Vergangenheit abschließen. Es ist in der Überlegung, ob er seine Arbeit mit der Ableistung einer Lehre verbindet."

Interessiert hatte ich ihm zugehört. Eine der frustrierenden Eigenschaften meines Berufes ist es immer, dass kaum Informationen über den weiteren Lebensweg eines Angeklagten, die Konsequenzen der Verurteilung, also das Resultat der eigenen Arbeit erkennbar werden. Eher selten taucht ein Straftäter wieder beim selben Richter auf. Man weiß nicht, ob die eindringlichen Worte oder das Urteil positive Folgen haben. Der Blick in das Strafregister bleibt da eher abstrakt und erfolgt auch in der Regel nur bei einer anstehenden Verhandlung und nicht als nachträgliche Erfolgskontrolle.

„Es war daher für mich keine Überraschung, dass vom Stamm bereit ist, mit Ihnen zu sprechen", setzte Maurer seinen Gedanken fort. „Obwohl Sie es ja waren, der ihm den Aufenthalt hier spendiert hat."

Er begleitete mich durch die langen, grau gestrichenen Gänge mit vielen, immer wieder zu öffnenden und lärmend zu verschließenden Gittertüren bis zu einem kargen Besuchsraum.

„Ich werde Herrn vom Stamm holen lassen", sagte er im Hinausgehen. Es beeindruckte mich, dass er nach dem Grund meines Besuches gar nicht gefragt hatte.

Meinen interessierten Blick auf seine gewöhnlichen braunen Arbeitsschuhe bemerkte er sofort, als er von einem Justizwachtmeister hereingeführt wurde.

„Ja, leider", er lächelte mich etwas verdrückt an. „Meine ganzen speziellen, tollen Schuhe müssen bei einer Freundin in Mannheim auf mich warten."

Ich war erstaunt über den Auftakt unseres Gespräches. Er wirkte tatsächlich viel entspannter als damals vor Gericht.

„Herr vom Stamm. Ich bedanke mich, dass Sie einverstanden sind, mich zu treffen", begrüßte ich ihn, nachdem er sich gesetzt hatte und der Wachtmeister gegangen war. Denn natürlich kann ein Strafgefangener einen Besuch verweigern und vermutlich würden viele das, insbesondere bei dem Richter, der sie verurteilt hat, auch tun.

„Im Gegenteil, Herr Doktor Knall, ich habe mich gefreut, als ihr Kommen angekündigt wurde." Er zögerte kurz. „Außerdem kann ich mir denken, warum Sie gekommen sind."

Erneut war ich überrascht. Aber man unterschätzt oft doch die Möglichkeiten der Insassen von Justizvollzugsanstalten, an Informationen zu kommen. Es gibt viele Kanäle nach draußen, den sogenannten „Knastfunk".

„Adele Strantz!" Kam er ohne Weiteres zum Punkt und wartete gespannt auf meine Reaktion.

„Herr vom Stamm, ich muss Ihnen sagen, ich bin wirklich erstaunt über Sie. Ich habe den Eindruck, Sie haben sich sehr positiv verändert. Man könnte fast denken, es gefällt Ihnen hier."

Er lächelte erneut. „Vielen Dank, Herr Doktor Knall." Ich hatte das Gefühl, dass es ihm guttat, über sich selbst reden zu können. Er fing an, über seine Arbeit in der Polsterei zu erzählen, über die Therapie und seine guten Kontakte zu zwei, drei Mithäftlingen.

„Ich war ja schon früher im Knast, aber irgendwie ist es diesmal anders. Ich habe mir fest vorgenommen, ein normales Leben zu führen, wenn ich rauskomme. Und, wie mir gesagt wurde, könnte das schon vorzeitig sein. Sogar meine Familie hat nach Jahren wieder Kontakt zu mir aufgenommen." Einen Augenblick sah er nachdenklich vor sich hin. „Das war für mich sehr überraschend. Aber es hat mir gutgetan. Das wird helfen."

Allmählich wurde ich dann doch etwas ungeduldig. „Adele Strantz!" stoppte ich ihn in seinem Redefluss.

Er lehnte sich in seinem Stuhl zurück. „Ach so, ja, Adele. Das ist so eine Geschichte."

Einen Augenblick überlegte er. „Vor meiner Inhaftierung kannte ich sie überhaupt nicht. Aber sie hat mich hier im Gefängnis mehrere Male besucht."

Den Bericht über den Überfall, die kuriose Festnahme auf Grund seiner ungewöhnlichen Schuhe und die bevorstehende Strafverhandlung hatte sie in der Zeitung gelesen. Sie war an beiden

Verhandlungstagen im Gericht gewesen und verliebte sich offenbar in ihn. Jedenfalls schrieb sie ihm ins Gefängnis. „Sie glauben nicht, Herr Knall, wie viele Briefe von alleinstehenden Frauen man im Knast bekommt." Er grinste verschmitzt.

Ihre Briefe hatten ihm gefallen, und schließlich hatte sie ihn dann besuchen dürfen.

„Das war noch ziemlich am Anfang meiner Strafe. Ich habe auf alles geflucht." Er zögerte etwas. „Auch auf Sie, weil Sie doch verantwortlich dafür waren, dass ich eingesperrt worden bin."

Er lehnte sich entspannt zurück. „Es hat ziemlich gedauert, bis ich begriffen habe, dass die einzige Konstante bei meinen bisherigen Aktionen ich selbst war. Die Therapie hat mir dabei geholfen."

Er erzählte weiter, dass Adele Strantz sich dann beim zweiten oder dritten Besuch ziemlich hineingesteigert hatte, dass der Richter an allem Schuld sei und sie beide an dem gemeinsamen Glück gehindert hat. Das war ungefähr am Ende des ersten Jahres seiner Haftzeit.

„Mir wurde zunehmend bewusst, dass sie nicht alle Tassen im Schrank hat. Sie geriet in ihrer Wut vollkommen außer Kontrolle. Ich habe irgendwann einen Besuch abgebrochen und danach auf ihre vielen Briefe nicht mehr geantwortet."

Er sah mich etwas bedrückt an. „Blöderweise wollte ich bei unserem ersten Treffen angeben und habe ihr gesagt, dass die Polizei zu dumm war, die Pistole zu finden, und wo ich sie versteckt hatte. Es tut mir leid. Wäre ja beinahe wirklich schiefgegangen."

Jetzt war mir alles klar. Ich hatte also dem Lebensglück von Adele Strantz im Wege gestanden. Und deswegen hätte ich sterben sollen. Schon irgendwie ziemlich abstrus! Aber ihr Tod schien vom Stamm nicht besonders nahezugehen.

Beim Abschied hatte ich den Eindruck, dass er wirklich erleichtert war, seine Geschichte losgeworden zu sein. Er verabschiedete sich tatsächlich mit den Worten: „Über einen Besuch von Ihnen würde ich mich jederzeit sehr freuen. Viel Erfolg weiter im Gerichtssaal!"

Auf dem Parkplatz vor dem Gefängnis blieb ich noch einen Augenblick nachdenklich im Auto sitzen und blickte hinüber auf das alte Gemäuer. Wenn es nicht gerade um Geld ging, waren Hass und Liebe die üblichen Motive in Strafverhandlungen. Es schockierte mich, dass nun ich beinahe aus diesen Gründen zum Opfer geworden wäre und zwar ohne die geringste Ahnung, was sich da über mir zusammengebraut hatte. Eine Entwicklung, auf die ich keinen Einfluss hatte nehmen können. Der Blitzschlag aus heiterem Himmel ohne Vorwarnung.

Mein Vertrauen, dass man unbeschädigt durchs Leben gehen kann, wurde dadurch noch ein bisschen mehr angeknackst. Und das übliche Risiko eines Strafrichters, auf das ich mich irgendwie einstellen musste, war das ja nun wirklich nicht. Sehr irritierend das Ganze.

Gerade als ich meinen Lancia starten wollte, klingelte das Handy. Ich hatte es gestern geschafft, einen normalen Ton einzustellen.

„Maximilian, mein Süßer. Wie geht es dir?"

Total verblüfft starrte ich vor mir in die Luft. Natürlich erkannte ich ihre schöne Stimme sofort, aber seit mehr als einem Vierteljahr hatte ich nichts mehr von ihr gehört.

„Felicitas, das darf ja nicht wahr sein! Das ist aber eine Überraschung. Wo bist du? Bist du in Deutschland?"

„Ich rufe aus Argentinien an. Aus Buenos Aires." Sie kicherte etwas. „Da staunst du. Mit mir hast du wohl nicht gerechnet?"

Tatsächlich hatte ich lange nicht mehr an sie gedacht, obwohl ich vor Jahren und später dann noch einmal wunderbare Zeiten mit ihr verbracht hatte. „Felicitas, ich bin wirklich überrascht und freue mich unheimlich, deine Stimmen zu hören. Du weißt, dass ich immer Sehnsucht nach dir gehabt habe, obwohl du mir damals wieder einmal einfach davongelaufen bist."

Zögernd sagte sie: „Ach, Mäxi, du weißt doch, wie es gewesen ist. Es war für mich richtig so."

Einen Augenblick war es still, dann sprach sie mit lauterer Stimme weiter: „Aber am nächsten Wochenende bin ich in Hamburg. Ich komme am Donnerstagabend an und fliege Sonntagnacht zurück. Am Freitagmorgen habe ich für meine Kanzlei einen wichtigen Termin beim Hanseatischen Oberlandesgericht."

Sie machte eine kleine Pause und säuselte dann: „Können wir uns sehen, Mäxi? Kannst du nach Hamburg kommen?" Sie zögerte wieder einen Moment. „Das wäre so schön."

Eine Weile konnte ich nicht antworten. Mein Herz pochte bis zum Hals. Erst überraschend ihre Stimme am Telefon und jetzt die Möglichkeit, sie in ein paar Tagen wiederzusehen. Die Erinnerung an die intensiven Begegnungen, aber auch an die Enttäuschung, als sie mir damals erzählt hatte, dass sie nach Argentinien gehen würde, wechselten sich gerade in rascher Folge ab.

Ich atmete tief durch. „Feli, du machst mich vollkommen fertig. Ich kann es nicht fassen. Erst meldest du dich nicht über Monate, und dann willst du mich in drei Tagen treffen."

Schließlich überwog eine große Freude in mir. „Natürlich komme ich nach Hamburg! Ich freue mich riesig, dich zu treffen! Es könnte sein, dass ich dich nicht wieder weglasse!"

Ich konnte es nicht sehen, aber ich war sicher, dass sie lächelte.

„Maximilian, das Ganze kam für mich auch sehr plötzlich. Ich muss für einen Kollegen einspringen, der krank geworden ist. Ich bin so glücklich, dass es klappt."

Mit besonderer Betonung fügte sie hinzu: „Mäxi, das wird ein Wiedersehen!"

Sie versprach, mir die Hoteladresse noch per WhatsApp zu schicken. Und dann war die Verbindung über 12.000 Kilometer nach Buenos Aires mit einem leisen Kuss von ihr ins Handy beendet und ließ mich zurück, dort auf dem Parkplatz vor der Strafvollzugsanstalt in Bruchsal.

Felicitas. Eine lange Geschichte. Meine große Liebe in der Studentenzeit in Hamburg. Dann ihr vollkommen rätselhaftes Verschwinden. Keine Nachricht, keine Information, über Jahre. Dann das unglaubliche Wiedersehen in der Richterakademie in Trier. Sie hatte nach einigen Jahren bei ihren spanischen Großeltern ihr Jurastudium in Deutschland fortgesetzt und war inzwischen Richterin am Landgericht Hamburg.

Wieder schloss sich eine herrliche Zeit an. Aber nach dem Tod des Großvaters übersiedelte sie nach Spanien und nahm eine Stelle bei einer Anwaltskanzlei in Valencia an, weil ihre Großmutter sehr krank war. Nach deren Tod wechselte sie schließlich zu einer Filiale in Argentinien. Für mich war sie jedenfalls wieder verloren.

Ich überlegte, ob es vielleicht mein Schicksal war, dass mir die schönen Frauen, an denen mein Herz hing, überraschend und rätselhaft abhandenkamen und dann nach Jahren vollkommen unverhofft wieder auftauchten. Wie eben auch Ana Tobogen. Wobei es sich ja neuerdings mit Frauen dahin entwickelte, dass sie mir auch noch nach dem Leben trachteten.

Mein Handy machte sich bemerkbar. Auf dem Display: „Hotel Hafen Hamburg!" Und dahinter ein großes F und einige Emojis: Küsse und Herzen. Ich merkte, dass meine Probleme bei der Vorfreude auf die Begegnung mit meiner früheren Freundin etwas im Hintergrund verschwanden.

Das Hotel war großartig gelegen über den Landungsbrücken und dem Hafen, mit einer unglaublichen Aussicht auf das Wasser und die Schiffe. Ich würde gleich vom Büro aus dort anrufen und auch für mich ein Zimmer reservieren.

Ich griff zum Zündschlüssel, als mein Handy erneut läutete.

„Maximilian, wo bist du eigentlich? Ich habe schon drei Mal versucht, dich im Büro anzutreffen. Was treibst du?" Es war Samantha Schmitt. „Du wirst es nicht glauben. Ich war in der Vollzugsanstalt Bruchsal. Habe Viktor vom Stamm besucht."

Am anderen Ende der Verbindung war verblüfftes Schweigen.

„Bis vor einigen Minuten. Ich sitze vor dem Gefängnis im Auto. Wollte gerade starten."

„Du warst bei vom Stamm?"

„Ja. Ich habe mit unserem Liebhaber ausgefallener Schuhe gesprochen. Und ich kann dir sagen, ich war tatsächlich sehr erfolgreich."

Samantha hatte ihre Sprache wiedergefunden. „Es scheint dir ja trotz aller Probleme ziemlich gut zu gehen. Kommst du jetzt ins Büro? Ich hätte auch einige Neuigkeiten für dich."

Ich war ausgezeichneter Stimmung. Das kommende Wochenende warf seine Schatten oder vielmehr seine Sonne voraus!

Als ich vom Gefängnis kommend auf die B 3 einbog, fiel mir der Motorradfahrer zum ersten Mal auf. Im Nachhinein hatte ich fast den Eindruck, dass er vielleicht schon direkt auf dem Parkplatz hinter mir gestartet war. Schwarze Montur und ebenfalls schwarzer Helm mit dunkler Sichtscheibe. Er fuhr in meinem gemächlichen Tempo immer in gleichem Abstand hinter mir. Ziemlich ungewöhnlich für das bei diesen Verkehrsteilnehmern sonst eher präpotentem Verhalten. Auch außerhalb des Ortes veränderte er seine Fahrweise nicht.

Normalerweise hätte ich mir dabei nichts gedacht, aber nach meinen Erfahrungen der letzten Tage wurde ich doch etwas unruhig. Also bog ich in Untergrombach in eine Seitenstraße ab und hielt an. Ohne seinen Kopf zu mir zu drehen, fuhr er auf der Hauptstraße vorbei. Hinten auf seiner schwarzen Lederjacke konnte ich ganz kurz eine kreisförmige weiße Aufschrift erkennen, gebogen um einen Totenkopf.

Verfolgungswahn? Knall, nimm dich zusammen!

Nach einem Augenblick drehte ich und bog wieder in die B 3 ein. Aber als ich in Weingarten am Walk'schen Haus vorbeifuhr, stand er dort neben seiner Maschine und blickte zu mir herüber. Seinen Helm hatte er nicht abgenommen.

Doch etwas eigenartig? Oder vielleicht ganz normal? Es gefiel mir jedenfalls überhaupt nicht.

Samantha stürmte wenige Minuten, nachdem ich mich gerade im Büro gesetzt hatte, ohne zu klopfen herein.

„Knall, du machst ja Sachen!“ Sie ließ sich mir gegenüber auf einen Stuhl fallen. „Glaubst du, dass die Kripo glücklich darüber ist, wenn sie erfährt, dass du wieder einmal auf eigene Faust Ermittlungen anstellst?“

Ich lächelte sie an. „Samantha, grüß dich. Schön, dich zu sehen. Setz dich doch.“

Sie musste lachen. „Ja, schon gut! Aber wirklich – du kannst dir Ärger einfangen.“

Ich schüttelte den Kopf. „Wenn du wüsstest, wie egal mir das ist. Und du musst zugeben, ich habe in der Vergangenheit einiges zustande gebracht. Die Polizei macht ihre Sache, und ich habe meine eigenen Ideen." Nach einer kleinen Pause setzte ich hinzu: „Und wieder einmal war es keine schlechte Idee, wie ich dir gleich erzählen werde."

Sie hob kurz die rechte Hand, um mich zu stoppen: „Ich habe aber später auch noch einiges, was sehr interessant für dich sein wird."

Dann nickte sie mir auffordernd zu.

Meinem Bericht über das Treffen mit vom Stamm verfolgte sie gespannt und ohne mich zu unterbrechen.

„Eine etwas verquere Liebe war also der Grund dafür, dass ich ins Gras beißen sollte. Das ist doch nicht zu fassen, oder? Was meinst du dazu?", schloss ich meinen Bericht.

Sie blickte mich an. „Wir erleben im Gerichtssaal schon absonderliche Sachen, aber ich muss sagen, das schlägt doch einiges. Vermutlich ein Fall für den Psychiater." Sie sah nachdenklich vor sich hin. „Aber jetzt ist es ja zu spät dafür. Die Umstände ihres Todes sind noch vollkommen unklar. Was wollte sie dort auf dem Gerüst, noch dazu mit einer Pistole in der Hand? Und man fällt doch nicht so ohne Weiteres in die Tiefe?"

Mir wurde etwas unbehaglich zu Mute, aber ich äußerte mich lieber nicht dazu.

Sie setzte noch hinzu: „Übrigens, oben an dem Gerüst hat die Kripo eine Unmenge von Fingerabdrücken gefunden. Ziemlich hoffnungslos. Aber am Geländer zum Balkon ihrer Wohnung nur sehr wenige." Ich hatte den Eindruck, dass sie mich bei diesen Worten etwas misstrauisch ansah. „Da kommt die Polizei vielleicht weiter. Bis jetzt ist aber eine Übereinstimmung noch nicht gefunden worden."

Dankbar dachte ich an Felicitas, die mir damals in Spanien diese wunderbaren, feinen Lederhandschuhe geschenkt hatte. Meine Abdrücke würden sie jedenfalls vergeblich suchen. Bevor ich etwas dagegen unternehmen konnte, musste ich bei dem Gedanken an das bevorstehende Treffen mit ihr vor mich hinlächeln.

Etwas verblüfft fragte Samantha: „Das scheint dich ja alles ziemlich zu erheitern?"

„Nein. Entschuldigung. Mir ist nur gerade etwas durch den Kopf gegangen."

Ich wechselte das Thema: „Also, das war jetzt Adele Strantz. Aber du hast auch noch Neuigkeiten für mich angekündigt."

Samantha richtete sich in ihrem Stuhl auf. „Die habe ich allerdings. Und dabei geht es um deine Ana Tobogen!"

„Es ist nun wirklich nicht meine Ana Tobogen", versuchte ich sie zu korrigieren.

„Na, eine gemeinsame Vergangenheit habt ihr immerhin!"

Auch jetzt schwieg ich lieber, aber sie hatte mich neugierig gemacht.

„Also, ich habe ein bisschen nachgeforscht, oder besser gesagt, nachforschen lassen."

Sie erzählte, dass eine Freundin aus Jugendtagen, Ines Schwarz, bei der Staatsanwaltschaft in Hamburg arbeiten würde und dass sie meine Erzählung über das Drama in Hamburg zum Anlass genommen hatte, wieder einmal bei ihr anzurufen.

„Sie hat sich sehr gefreut, von mir zu hören. Wir haben uns prima unterhalten. Und zum Schluss habe ich ihr von dir erzählt, von deinem Kontakt zu Ana Tobogen und dem Verbrechen, das möglicherweise vor vielen Jahren in Hamburg passiert ist. Ich habe sie dann gebeten, ob sie nicht mal ein bisschen in den alten Akten forschen könnte. Zuerst hat sie nicht so recht gewollt, aber dann hat sie gesagt, sie will mal sehen, was sie machen kann."

Samantha machte eine Pause, ließ mich ein bisschen zappeln.

„Vorhin hat sie mich zurückgerufen. Sie hat tatsächlich den alten Vorgang gefunden. Es ist damals wegen des Verdachtes auf ein Gewaltverbrechen ermittelt worden. Es ging um einen Berthold Kraan. Nach einer Anzeige eines Bekannten von Kraan und Nachforschungen bei Nachbarn hatte die Polizei die Wohnungstür öffnen lassen.

In der Küche wurde eine sehr große Blutlache gefunden, aber keine Leiche. Die ganze Wohnung war offenbar durchsucht worden. Es herrschte eine beträchtliche Unordnung. Der Mieter blieb trotz Nachforschungen verschwunden. Es konnte nicht geklärt werden, was dort passiert war."

Sie schilderte weiter, dass ihre Freundin sich zuerst nur vage an das Verfahren erinnern konnte, ihr die Einzelheiten dann aber durch den Einblick in die Akten wieder einfielen.

„Mitten in den Ermittlungen wurden die Nachforschungen der Kripo gestoppt. Das Landeskriminalamt Hamburg hat damals die Sache übernommen. Die haben dann wohl weiter ermittelt. Aber ob etwas herausgekommen ist, wusste Ines nicht. In der Akte war nichts zu finden. Sie fand das Ganze ziemlich ungewöhnlich und hat noch einen älteren Kollegen befragt, aber der konnte ihr auch nicht weiterhelfen. Bei der Kripo hat offenbar niemand eine Ahnung, was aus der Sache geworden ist. Ob die Tat aufgeklärt wurde oder der Kraan etwa wieder aufgetaucht ist."

Nachdenklich sah ich Samantha an: „Das ist doch ziemlich eigenartig. Oder? Wann passiert denn so was, dass das LKA sich einschaltet?"

Sie breitete die Arme nach beiden Seiten aus. „Du weißt ja, das kann man nicht so allgemein beantworten. Die Aufgaben sind vielfältig, aber es muss sich schon um schwerwiegende Delikte handeln."

Einen Augenblick schwiegen wir beide. „Es wird dich etwas verblüffen", sagte ich schließlich. „Jetzt erzählst du mir von Hamburg und den Ereignissen von vor zehn Jahren, und vor ungefähr einer Stunde habe ich mich entschlossen, am Wochenende nach Hamburg zu fahren."

Vollkommen überrascht sah Samantha mich an. „Wieso das denn? Willst du wieder einmal den Columbo spielen? Mensch, Knall. Du kommst noch in Teufels Küche!"

Abwehrend hob ich die Hände. „Nein, das ist nicht der Grund! Mit Ana Tobogen wollte ich mich eigentlich nicht mehr beschäftigen." Ich machte eine kleine Pause und lächelte. „Ich habe eine Verabredung! Ich treffe eine schöne Frau!"

„Eine Verabredung mit einer schönen Frau? In Hamburg? In drei Tagen?" Sie schüttelte erstaunt den Kopf.

Ich erzählte, dass ich dort auf dem Parkplatz vor dem Gefängnis einen vollkommen überraschenden Anruf aus Buenos Aires erhalten hatte.

Ich merkte, Samantha war nicht besonders überzeugt von dieser Aktion. Es gab frühere Gespräche mit ihr über Felicitas und diese wechselvolle, teilweise dramatische Beziehung und Frustration über Jahre hinweg. Sie hatte mir damals gut zugeredet und mich ein bisschen getröstet.

Sie versuchte, noch einmal auf die Hamburger Ermittlungen zurückzukommen, aber merkte schnell, dass ich nicht so recht bei der Sache war.

Bevor sie beim Hinausgehen die Bürotür hinter sich schloss, wandte sie sich mit ziemlich gereiztem Gesicht noch einmal um und nannte das Kind beim Namen: „Knall, komm aber bitte nicht wieder an, wenn du anschließend in ein tiefes Loch fällst!"

Sie knallte die Tür zu.

Etwas ernüchtert sah ich ihr hinterher. Was war das denn? Hatte ich da eine Spur von Eifersucht verspürt?

9

Es war schon später Vormittag, als ich das Gebäude der Kriminalpolizei in der Hertzstraße verließ. Eine höchst unerfreuliche Stunde hatte ich dort oben im zweiten Stock bei Kommissar Nielsen und der Anwärterin verbracht. Natürlich war er sofort vom Leiter der Vollzugsanstalt über meinen Besuch bei Victor vom Stamm informiert worden, und das hatte ihm keine Ruhe gelassen. Seiner Bitte, ihn aufzusuchen, war ich nachgekommen, obwohl ich ihn auch hätte auffordern können, im Gericht zu erscheinen. Aber damit hatte ich es in der Hand, das Ende des Gespräches selbst zu bestimmen. Seine „Entfernung" aus meinem Büro hätte sich vielleicht schwierig gestalten können.

Man merkte Nielsen deutlich an, dass es ihm gar nicht gefallen hatte, dass ich wieder einmal selbst ermittelte. Sein Verhalten mir gegenüber war unhöflich, noch unhöflicher als sonst. Er forderte mich auf mitzuteilen, was mich veranlasst hätte, in die Vollzugsanstalt zu gehen und mit vom Stamm zu sprechen.

Als ich erzählte, dass mir von der Staatsanwaltschaft berichtet worden war, dass die Pistole neben der Frauenleiche Victor vom Stamm zugeordnet werden konnte, platzte er fast.

„Wer von der Staatsanwaltschaft hat Ihnen denn diese Information weitergegeben. Das ist ja unerhört! Das sind vertrauliche Dienstgeheimnisse!"

Ich beantwortete seine Frage nicht, sondern forderte ihn auf, mir endlich zu sagen, was er von mir wollte. Sonst würde ich gehen.

Mühsam beherrschte er sich. „Herr Maurer hat mir berichtet, dass Sie ziemlich lange mit dem Häftling vom Stamm konferiert haben." Schon allein der Begriff – Nielsen wollte sich wohl wichtigmachen. „Mit uns wollte der Kerl überhaupt nicht sprechen. Da würde mich schon sehr interessieren, was er Ihnen erzählt hat."

Nielsen versuchte vergeblich, sein unfreundliches Gesicht zu unterdrücken. Er wusste schon, dass er jetzt auf mich angewiesen war. Die hübsche Anwärterin, Frau Leibach, saß die ganze Zeit verlegen im Hintergrund. Ihr behagte Nielsens unverschämter Ton offenbar ebenfalls nicht. Vielleicht dachte sie auch, so kann man einen Richter doch nicht behandeln.

Einen Augenblick überlegte ich, Nielsen abblitzen zu lassen. Aber besonders vernünftig wäre das natürlich nicht gewesen. Also berichtete ich ihm die ganze Geschichte von der unglücklichen Liebe der Adele Strantz zum Häftling vom Stamm als Ursache des Psycho-Exzesses in Form der Todesdrohung. Fast alles sprach ich an. Natürlich hütete ich mich, von meiner Kletterpartie auf dem Baugerüst und dem daraus resultierenden Drama zu berichten.

Nielsen hatte sich die ganze Zeit über mit mürrischem Gesicht Notizen gemacht. Als ich meine Ausführungen beendet hatte, klappte er seinen Notizblock zu.

„Hat er Ihnen irgendeine Andeutung gemacht, ob Frau Strantz bedroht wurde? Ob er sich erklären kann, was dort auf dem Baugerüst vorgefallen ist?"

Ich schwieg einen Augenblick, versuchte einen nachdenklichen Eindruck zu vermitteln. „Er hat mir ja mitgeteilt, dass er ewig keinen Kontakt mehr zu ihr gehabt hat. Er war schon erschüttert über das, was vorgefallen war. Aber eine Erklärung dafür hatte er auch nicht. Er bereut, dass er ihr das Versteck der Waffe verraten hatte und war froh, dass damit nichts passiert ist."

Nielsen beugte sich drohend auf seinem Stuhl vor. Er starrte mir böse in die Augen.

„Ich habe mit Staatsanwältin Schmitt gesprochen. Sie konnte mir nicht genau sagen, bis wann gestern Ihr Treffen gedauert hat. Wie lange waren Sie mit ihr zusammen? Was haben Sie danach gemacht? Das möchte ich jetzt ganz genau wissen!"

Seine kaum unter Kontrolle gehaltene Aggression war unverkennbar.

Empört sah ich ihn an. „Jetzt reicht es aber!"

Ich stand auf und verließ grußlos den Raum. Die Tür schloss ich, entgegen meinen Emotionen, ganz besonders leise. Vermutlich beeindruckte ihn das aber nicht besonders.

Auf der Treppe, kurz bevor ich das Erdgeschoss erreicht hatte, hörte ich schnelle Schritte hinter mir. Ich stoppte und drehte mich um. Die Anwärterin Leibach kam heftig atmend die Stufen herunter und blieb etwas erhöht vor mir stehen.

„Sie dürfen es ihm nicht übelnehmen. Er ist sonst gar nicht so."

Fragend sah ich sie an.

„Wissen Sie, letzte Woche ist ein Straftäter von einem Kollegen von Ihnen freigesprochen worden, den Nielsen mit viel Mühe überführt hat." Sie hielt inne und sah mich verlegen lächelnd an.

„Wenn er freigesprochen wurde, dann war er doch offenbar kein ‚Straftäter', und ‚überführt' worden ist er dann auch nicht", sagte ich in freundlichem Ton. Sie wurde leicht rot. „Aber vielen Dank, dass Sie versucht haben, sein ziemlich unhöfliches Verhalten zu erklären und schön, dass Sie sich für ihn einsetzen."

Sie schwieg und sah verlegen zu Boden, rührte sich aber nicht von der Stelle. Ein bisschen tat sie mir leid.

„Frau Leibach? Das ist doch richtig?"

„Ja, Laura Leibach", antwortete sie, blickte mich an und gab mir nach einem kurzen Zögern die Hand.

Ich lächelte. „Liebe Frau Leibach, das Verhältnis zwischen der Polizei und den Gerichten ist manchmal nicht so ganz einfach. Wir alle wollen, dass die Straftäter hinter Gitter kommen, aber die Überzeugungen davon, ob die Voraussetzungen dafür auch tatsächlich vorliegen, gehen immer wieder etwas auseinander. Und das kann bei dem ermittelnden Polizeibeamten schon mal Frustrationen auslösen."

Ich zögerte einen Augenblick. „Auch Richter kennen solche Gefühle, wenn sie einen Angeklagten freisprechen und Zweifel bleiben, ob er nicht doch der Täter war, aber die Beweise einfach nicht ausreichten. Und das, obwohl wir alle, die Polizei, der Staatsanwalt und der Richter uns nach besten Kräften darum bemüht haben."

Ich merkte, dass sie sich etwas beruhigte.

„Das sind dann oft die Verhandlungen – und es gibt sie –, in denen der Angeklagte höhnisch lächelnd abzieht und das Opfer, oft zutiefst von der Täterschaft überzeugt, vielleicht traumatisiert, den Gerichtssaal verlässt. Auch ein Richter muss damit fertig werden. Aber er wird sich weiter fragen, was er noch hätte tun oder veranlassen können, um den Angeklagten zu überführen. Wirklich keine einfache Situation. Für uns alle nicht", schloss ich.

Sie stand noch dort auf der Treppe, als ich unten durch die Tür auf die Straße hinaustrat.

Meinen Lancia hatte ich um die Ecke geparkt. Nach den ersten Schritten blickte ich zufällig zur anderen Straßenseite hinüber und stoppte entsetzt. Dort stand halb hinter einem geparkten Lieferwagen eine Gestalt in schwarzer Lederjacke und blickte zu mir herüber. Ein Typ, ganz so wie der, der mir gestern nachgefahren und dann vor dem Walk'schen Haus gestanden hatte.

Ehe ich ihn genauer betrachten konnte, verdeckte ein vorbeifahrender Laster den Blick. Und als ich wieder Sicht auf die andere Seite hatte, war der Kerl verschwunden.

Im Weitergehen rief ich mich zur Ruhe: ‚Typen wie diesen gibt es zuhauf. Das hat nichts zu bedeuten.'

Im Auto ging ich das Gespräch mit Nielsen noch einmal durch. Es war schon ein Jammer, dass Kommissar Haken, mit dem ich fast freundschaftlich verbunden war, vor Kurzem versetzt worden war. Von Nielsen war immer nur Unerfreuliches zu erwarten. Und irgendwelche Informationen zu bekommen: Fehlanzeige.

An der Ampel vor der Kaiserallee musste ich als drittes Fahrzeug halten, als jemand gegen die Scheibe klopfte. Noch ganz in Gedanken betätigte ich den Fensterheber und erkannte zu spät direkt neben mir, ganz dicht vor der geöffneten Scheibe, einen Motorradfahrer, der Sturzhelm mit schwarzem Visier nur wenige Zentimeter vor mir.

Er legte eine Hand in schwarzem Lederhandschuh auf den Rand der Scheibe und knurrte mich an: „Warst du wegen Tobogen bei der Kripo?“ Er ballte die Hand zur Faust und schob sie ins Wageninnere. Ich zuckte zurück. Der Sicherheitsgurt hinderte mich, weiter zur Seite auszuweichen. „Bleib weg von Tobogen und der Polizei!“

Ich suchte nach dem Knopf zum Schließen der Scheibe. Aber noch bevor ich ihn betätigen konnte, packte er mich fest am Hals und zischte. „Wenn du Ärger willst, kannst du ihn haben. Die Bild-Zeitung und das Justizministerium werden sich freuen über die Fotos vom Einbruch im Hotel in Düsseldorf, im obersten Stock vor zwei Jahren!“ Er lachte höhnisch.

„Wir machen dich fertig!“, raunte er mir zu, zog seinen Arm zurück, startete und beschleunigte rasant an den haltenden Autos vorbei. Trotz roter Ampel bog er nach rechts ab.

Vollkommen erstarrt saß ich im Sitz. Mir zitterten die Hände. Lautes Hupen erinnerte mich an die Gegenwart. Beim Starten würgte ich den Motor ab, was zu einem erneuten Hubkonzert führte. Schließlich schaffte ich es, die Kaiserallee zu überqueren. Nach einigen Metern hielt ich rechts in einer Parklücke. Meine Hände umklammerten das Steuer so fest, dass die Knöchel ganz weiß waren. Ich lehnte mich zurück, schloss die Augen und versuchte, mich zu entspannen.

Düsseldorf vor zwei Jahren? Was holte mich denn da wieder ein? In der Vergangenheit hatte ich schon einige ziemlich unrichterliche Aktionen veranstaltet. Aber immer – wie ich mir selbst versicherte – aus ganz besonderen Notlagen heraus. Und natürlich wusste ich genau, was der Typ gemeint hatte mit der Situation vor Jahren dort oben im Hotel.

Damals war ich überfallen worden und bei mir war eingebrochen worden. Es passierten ganz unerklärliche, gefährliche Vorfälle. Die Polizei zeigte damals in meinen Augen zu wenig Interesse. Da hatte es mir gelangt. Und deswegen hatte ich, wieder einmal, selbst versucht, die Hintergründe aufzuklären.

Der Einbruch in das Hotelappartement eines Verdächtigen im obersten, für die übrigen Gäste gesperrten, Stockwerk war aus meiner Sicht allerdings absolut erforderlich. Von meinem Freund Jan, dem Privatdetektiv, hatte ich das Einbruchswerkzeug bekommen. Und zu meiner Überraschung hatte ich es auch geschafft, das Sicherheitsschloss der Tür zu öffnen. Tatsächlich fand ich dort einiges, was mir weiterhalf. Ich war wirklich erfolgreich gewesen.

Nur jetzt diese Drohung. Öffentliche Fotos der Aktion dort an der Eingangstür zur Wohnung würden für mich dramatische Folgen haben. Das war klar. Ein Richter als Einbrecher!

Aber ich hatte doch vorher wirklich genau überprüft, ob irgendwo eine Kamera zu sehen war, und hatte nichts feststellen können. Außerdem, das Ganze war zwei Jahre her, wieso tauchten derartige Aufnahmen jetzt auf? Und was hatte das alles mit Tobogen zu tun? Je länger ich darüber hin- und hergrübelte, umso mehr wurde mir klar, dass mein Schicksal offenbar aus einem vollkommen unerklärlichen Grund mit dem von Ana Tobogen verbunden war. Meinen Entschluss, mich nicht mehr um diese Frau zu kümmern, konnte ich vergessen.

Ich atmete einige Male tief durch. Dann notierte ich das Kennzeichen des Motorrades, das ich mir trotz des Schreckens gemerkt hatte, auf einem Notizzettel und startete den Motor.

Im Hof des Landgerichts blieb ich noch einige Minuten im Auto sitzen und überlegte, wie ich weiter vorgehen sollte. Ich fühlte mich gar nicht gut, ziemlich hilflos, hatte keine Idee, was ich unternehmen könnte. Vielleicht war die sachliche Atmosphäre meines Büros und die Arbeit mit den bevorstehenden Prozessen geeignet, mich etwas abzulenken. Man darf die Hoffnung nicht aufgeben.

Im Büro griff ich die oberste Akte vom Stapel und versuchte, mich zu konzentrieren. Aber nach kurzer Zeit merkte ich, dass ich kaum etwas von dem begriff, was ich las.

Staatsanwältin Schmitt reagierte auf meinen Anruf und die Bitte, den Halter des Motorrades festzustellen, ziemlich zurückhaltend.

„Maximilian, was steckt denn da wieder dahinter? Du weißt doch genau, dass der Polizeicomputer für private Anfragen nicht genutzt werden darf. Willst du, dass ich Ärger bekomme?“

Einen Augenblick überlegte ich, ihr die ganze Geschichte zu erzählen. Aber nach der Vorgeschichte, dem Todessturz der Adele

Strantz, meinem Besuch in der Vollzugsanstalt und der seltsamen Beziehung dieser Frau zu mir, hielt ich es nicht für sinnvoll, ein weiteres Rätsel in die staatsanwaltschaftliche Welt zu setzen.

Sie blieb gegenüber meinen eher vagen Erklärungen misstrauisch, dass ich nämlich schon lange gerade so ein älteres Motorrad kaufen und nur Kontakt zum Eigentümer aufnehmen wollte. Aber schließlich war sie zur Klärung bereit.

Ich hätte das Gespräch gern beendet, aber sie stoppte mich.

„Kommissar Nielsen hat mich angerufen und sich über deine Nachforschungen beklagt. Er war ziemlich aufgebracht. Er hat mich aufgefordert, dich endlich bei deinen Eskapaden zu stoppen. In ziemlich rüden Worten übrigens."

„Nielsen ist ein sehr unangenehmer Zeitgenosse", versuchte ich, sie zu beruhigen. „Ihm gefällt es natürlich überhaupt nicht, dass er nicht mit seinen Ermittlungen vorankommt und ich ihm immer um Längen voraus bin."

Samantha musste lachen „Du bist ganz schön eingebildet! Ich wusste ja schon, was du dort in Bruchsal herausgefunden hast. In der Tat schon eigenartig, was alles aus Liebe geschieht."

„Samantha, wir wissen doch beide: Liebe, Hass oder Habgier sind die Motive. Alles andere kommt weit auf den hinteren Plätzen. Aber das hilft uns im Gerichtssaal bei der Aufklärung, ob wir den richtigen Täter zu fassen bekommen haben, auch nur begrenzt weiter."

Einen Augenblick blieb es stumm in der Leitung. „Maximilian, ich habe übrigens gelesen, dass in der 50-jährigen Geschichte der Krimireihe ‚Polizeiruf 110' Vertuschung das häufigste Mordmotiv war."

„Vielleicht ein bisschen entfernt von unserer Realität", gab ich zurück.

Sie kam wieder auf den Todessturz zurück. Die Untersuchung der Spurensicherung habe nicht weitergeführt. Sicher sei, dass die Frau nicht von ihrem Balkon, sondern vom Gerüst daneben herabgestürzt sei. Aber es bleibe rätselhaft, was die Strantz veranlasst hatte, mit der Waffe hinauszusteigen. Die Kripo sei sich sicher, dass eine zweite Person beteiligt war. Alles andere ergebe keinen Sinn.

Mit diesen Worten und der Zusage, sie würde sich wegen des Kennzeichens melden, beendete sie das Gespräch und ließ mich reichlich nervös zurück.

Ich nahm mir erneut das Sachverständigengutachten vor, mit dem ich mich für die nächste Verhandlung beschäftigen musste. Über einhundert Seiten und noch dazu das dritte in einem Bauprozess, diesmal über Fehler an der Statik einer Sporthalle. Nach einigen Seiten merkte ich erneut, dass ich überhaupt nichts verstanden hatte. Ich klappte es zu und legte es auf den Schreibtisch zurück.

‚Es reicht doch wirklich langsam', dachte ich. Ein Spaziergang im Schlossgarten würde mir guttun. Der hatte mir oft geholfen.

Im ruhigen, dunklen Wasser des Sees spiegelte sich der hohe Barockturm des Karlsruher Schlosses mit seinem Kuppeldach. Die drei Enten gegenüber hatten es aufgegeben, auf Brotkrumen der Besucher zu hoffen und trieben unbeweglich auf der Oberfläche. Erstaunlich wenig Menschen spazierten über die weiten, gepflegten Rasenflächen. Es war fast windstill. Eine friedliche Atmosphäre. Ich zog den Pullover aus, hängte ihn über die Rücklehne der Bank und lehnte mich wieder zurück. Schloss die Augen. Versuchte, hier auf einem meiner Lieblingsplätze zur Ruhe zu kommen.

Es wäre gut, wenn ich mit jemand reden könnte. Aber wer kam dafür in Frage? Meine Freundin Samantha jedenfalls nicht. Das war mir im Gespräch soeben noch einmal klar geworden. Schließlich ermittelte sie in dem Verfahren Adele Strantz sozusagen gegen mich, obwohl ihr das selbst gar nicht klar war. Und dabei sollte es besser auch bleiben.

Mein Freund Georg fiel mir ein, Richter am Landgericht Bremen und guter Freund über viele Jahre. Außerdem war er damals in Düsseldorf – jedenfalls mittelbar – beteiligt gewesen. Er war bei der nächtlichen Eskapade dabei gewesen, hatte Schmiere gestanden. Zwei Richter auf Abwegen!

Ich nahm mein Handy. Aber ich zögerte. Vielleicht sollte ich ihn lieber nicht schon wieder in irgendwas hineinziehen. Andererseits könnte er mich vielleicht beraten, schon früher hatte er das getan. Gerade wollte ich ihn anwählen, als mein Telefon in der Hand vibrierte. Ich schaute auf das Display. Natürlich war es nicht Georg, das wäre ja auch wirklich zu schräg gewesen.

„Ja, Jan, das ist aber eine Überraschung. Wo bist du?"

„Du wirst es nicht glauben. Ich sitze auf der Plaza de la Reina in Valencia direkt vor der Kathedrale Santa Maria und trinke einen vino tinto!"

Jetzt war ich platt. Einen Augenblick lang konnte ich nicht reagieren.

„Ja, Maximilian, und neben mir sitzt Marisa. Sie managt alles. Es ist toll, eine Spanierin dabei zu haben. Und noch dazu eine so hübsche!"

Im Hintergrund hörte ich ein Kichern.

„Jan, du beeindruckst mich. Du hast also dein Vorhaben verwirklicht. Ich beneide dich. Wie gern würde ich jetzt neben Euch dort auf diesem wunderbaren Platz sitzen. Wie oft habe ich dort vollkommen entspannt einen Wein getrunken, Tapas gegessen und mich wohl gefühlt." Einen Augenblick konnte ich nicht weitersprechen. Der Kontrast zu meiner aktuellen Situation war für meine Gemütslage gerade zu groß.

Dann überwand ich meine Sehnsucht und sagte: „Ich finde es großartig, dass du das spanische Leben genießt. Wann bist du denn gefahren? Wolltest du nicht erst nächste Woche starten?"

Es sprudelte richtig aus ihm heraus: „Es ist grandios hier. Ich denke daran, was ich alles in meinem Leben verpasst habe. Marisa und ich haben hin- und herüberlegt. Dann hat ihr Vater mitgeteilt, dass er zwei Tage Zeit für uns hat, und da sind wir kurzentschlossen gefahren. Wir wohnen in einer kleinen Wohnung im obersten Stock eines tollen, alten Gebäudes am Plaza de Lope Vega, nicht weit von der Markthalle. Das Appartement gehört der Großmutter von Marisa."

Ich musste lächeln. Seine Begeisterung für Spanien erfreute mich unheimlich. Er sprach mir aus der Seele.

„Jan, ich bin glücklich, dass es dir dort gefällt. Genieße das spanische Leben! Bist du schon vorangekommen mit dem Motorrad?"

Jan wurde wieder sachlich. „Marisa hat schon ihren Vater kontaktiert und ihm gesagt, dass wir bereits da sind. Er ist aber noch ziemlich beschäftigt. Wir treffen ihn morgen am Nachmittag. Er hat zugesagt, seine Verbindungen spielen zu lassen."

Im Hintergrund hörte ich fröhliches Gelächter und Gläserklirren. Ein bisschen von der Stimmung wurde über das Telefon übertragen.

Er wurde etwas lauter: „Maximilian, ich halte dich auf dem Laufenden. Sobald ich etwas weiß, rufe ich dich wieder an. Ich melde mich."

Er machte eine kleine Pause. „Heute Abend habe ich übrigens hier ganz nah im Restaurant ‚Arroceria La Valenciana' einen Tisch für uns reserviert. In der Calle Juristas. Passt doch irgendwie perfekt! Adios amigo mío. ¡Hasta pronto! Bis bald!" Und weg war er.

Einen Augenblick starrte ich verblüfft auf mein Handy und steckte es dann wieder ein. ‚Dem geht es da ja im Süden verdammt gut', dachte ich. Und er machte das Ganze für mich, naja, zum Teil wahrscheinlich. Wie gern würde ich mit ihm tauschen. Eintauchen in diese fantastische, großartige, alte Stadt, in der ich so oft gewesen war und wunderbare Zeiten erlebt hatte.

Es dämmerte bereits. Einige Stunden hatte ich dann doch noch konzentriert arbeiten können, war mit der Vorbereitung für die nächste Verhandlung vorangekommen. Das Gespräch mit Jan hatte mich etwas entspannt und mir gutgetan. Kurzentschlossen hatte ich meinen Lancia im Hof des Landgerichtes gelassen und war auf ein Bier in meine Stammkneipe hinübergelaufen. Die übliche Besetzung war im Rund der Theke versammelt und begrüßte mich mit dem üblichen Gemurmel. Ich setzte mich aber nicht zu ihnen, sondern an einen Tisch in der hinteren Ecke des Raumes. Ich wollte versuchen, meine Situation zu analysieren, mir klar darüber werden, was ich machen sollte. Aber je mehr ich darüber nachdachte, um so ratloser wurde ich. Olga brachte mir mein Bier, blickte mich einen Augenblick besorgt an und schüttelte mit dem Kopf. Zog sich dann aber wortlos zurück. Mit dem zweiten Bier brachte sie, ohne Aufforderung, einen Grappa. Wenig später kam auch Anke aus der Küche zu mir, beugte sich herunter, legte die Hand auf meine Schulter und sagte mit leiser Stimme: „Es wird schon!“ Einen dezenten Duft nach ihren köstlichen Rindsrouladen hinterlassend, verschwand sie wieder in ihrem Reich.

Ich stützte meinen Kopf in beide Hände und schloss die Augen.

Wie gern wäre ich jetzt dort im Süden bei Jan in der Altstadt von Valencia. Oft saß ich direkt gegenüber der eindrucksvollen zentralen Markthalle im valencianischen Jugendstil an einem der Tische auf dem Gehsteig vor der „Boatella Tapas“. Einem Gitarrenspieler gab ich einmal ein paar Euros, damit er mir „Y Nos Dieron Las Diez“ von Joaquín Sabina spielt. Wir kamen hinterher ins Gespräch und in den Folgejahren, immer wenn er mich dort sah, spielte er mir spontan dieses wunderbare Lied über die unglückliche Liebe eines Musikanten, verweigerte mein Geld, ließ sich aber gerne zu einem Essen und einem Gespräch einladen. Herrliche Erinnerungen.

Ungefähr eine Stunde und zwei Biere später stieg ich die drei Stufen zur Straße wieder hinauf. Klüger war ich in dieser Zeit nicht wirklich geworden. Aber eines war klar: Irgendwer stellte dauernd einen Zusammenhang zwischen Ana Tobogen und mir her. Aber worin genau lag die Verbindung? Zudem war mir bewusst, dass etwas zu geschehen hatte. Irgendwas musste ich unternehmen.

Die S 11 brachte mich nach Ettlingen zur Haltestelle Erbprinz. Der Fußmarsch hinauf zum Vogelsang war wohltuend. Auf der Steigenhohlstraße verlangsamte ich kurz meine Schritte, horchte seitlich hinüber, aber kein Lied von der wunderbaren Cesária Évora war zu hören.

Als ich um die Ecke bog und in den schmalen Weg zu meinem Haus einschwenkte, lief mir in der Erinnerung an das Drama vor wenigen Tagen ein Schauer den Rücken hinunter. Die Fenster des Hauses waren finster, auch die im oberen Stockwerk. Der Mieter war immer noch nicht eingezogen.

Wenige Meter vor der Haustür holte ich die Schlüssel hervor um aufzuschließen, als mein Blick auf das Küchenfenster rechts von mir fiel, in dem es kurz aufblitzte. Mit einem Satz sprang ich zurück hinter den großen Baum im Vorgarten. Über einen am Boden liegenden Ast wäre ich fast gestürzt. Ich klammerte mich an den Stamm, mein Herz schlug bis zum Hals. Was zum Henker ging denn jetzt hier schon wieder vor sich?

Vorsichtig sah ich hinüber. Das Fenster war wieder dunkel. Vielleicht hatte ich mich geirrt. Gerade wollte ich mein Versteck verlassen, als es drüben erneut, jetzt im Wohnzimmer, hell wurde. Einen Augenblick wurde der Strahl einer Taschenlampe von einer Glastür des Bücherschrankes reflektiert und beleuchtete deutlich eine dunkle Gestalt. Vermutlich schwarzer Pullover, definitiv Handschuhe und Motorradsturmhaube. Ich klammerte mich entsetzt an den Baum. Der Typ zog den unteren Teil seiner Maskierung hoch, klemmte die Lampe zwischen die Zähne und kramte vornübergebeugt in einer Schublade meines Schreibtisches.

Einen Augenblick zögerte ich noch. Dann zog ich mein Handy hervor und wählte die 110.

Es dauerte nicht einmal fünf Minuten, bis zwei Polizeiwagen, ohne Signal, die Steigenhohlstraße heraufpreschten und kurz vor der Abzweigung anhielten. Ich erkannte Polizeihauptmeister Wichmann vom örtlichen Revier, informierte ihn und gab ihm meine Schlüssel. Im Haus war inzwischen kein Lichtschein mehr festzustellen. Die vier Polizisten in Schutzwesten näherten sich von der Seite der Eingangstür und waren kurz danach mit gezogenen Waffen im Haus verschwunden. Kein Geräusch drang nach draußen. Ich blieb in der Nähe des Baumes.

In allen Räumen der Wohnung wurde kurz darauf das Licht eingeschaltet. Wichmann erschien in der Tür, winkte mich zu sich und schüttelte mit dem Kopf.

„Fehlanzeige. In den Räumen ist niemand." Er sah mich etwas skeptisch an. „Auf der anderen Seite zum Garten ist allerdings ein Fenster geöffnet."

Die zwei weißgekleideten Herren von der Spurensicherung blickten mich eine Stunde später auch prüfend an, aber sie erledigten ihre Arbeit so sorgfältig wie immer und ließen mich dann mit einem flauen Gefühl in der Magengrube zurück. Ich war sicher, dass ich kein Fenster offengelassen hatte.

Ruhelos hatte ich mich in meinem Bett hin- und hergewälzt, aber war schließlich offenbar doch eingeschlafen. Das Klingeln meines Handys schreckte mich hoch. Ich blickte auf die Uhr. Viertel nach vier. Womit hatte ich es eigentlich verdient, ständig nachts geweckt zu werden, dachte ich. Zögerte aber mit dem Abschalten.

Erst auf mein dreimaliges Hallo, meldete sich eine weibliche Stimme: „Herr Doktor Knall, ich bin es." Und nach einer kurzen Pause: „Ich bin es, Laura Leibach!"

„Frau Leibach, was in aller Welt wollen Sie denn mitten in der Nacht von mir?"

Wieder Schweigen. „Frau Leibach? Entweder Sie haben jetzt eine gute Erklärung oder Sie lassen mich bitte weiterschlafen."

„Herr Knall, ich bin heute Nacht zum Kriminaldauerdienst eingeteilt. Mein Chef, Kommissar Nielsen, auch." Sie stockte wieder.

„Frau Leibach, so wird das nichts. Entweder Sie rücken damit heraus, was Sie wollen, oder ich beende das Gespräch!"

Sie wurde jetzt etwas lauter. „Kommissar Nielsen hat eine Akte über Sie zusammengestellt und will sie morgen früh an die Staatsanwaltschaft weiterleiten, damit ein Haftbefehl gegen Sie erlassen wird."

Jetzt war ich sprachlos.

„Es tut mir leid, Herr Knall, und ich glaube auch, dass Nielsen einen großen Fehler macht. Um genau zu sein, finde ich das Ganze total unmöglich. Deswegen wollte ich Sie informieren." Verzögert setzte sie hinzu: „Bitte verraten Sie mich nicht."

„Ein Haftbefehl? Wissen Sie, was Nielsen sich da über mich zusammengereimt hat?"

Ihre Stimme wirkte gehetzt: „Es geht um den Tod von Adele Strantz. Ein Polizeihauptmeister Wichmann hat ihm vor ein paar Stunden ein Foto geschickt, das einen Zettel zeigt, der auf Ihrem Schreibtisch gelegen haben soll, mit der Adresse von der Strantz in Durlach. Und am späten Abend hat er noch einen Zeugen vernommen, der aussagte, dass ein sehr großer Mann in das Haus ging, kurz bevor die Frau abgestürzt und der Rettungswagen gekommen ist."

Sie schnappte kurz nach Luft. „Kommissar Nielsen ist absolut überzeugt davon, dass Sie das gewesen sind und dass der Haftbefehl erlassen wird!“

10

„Nächster Halt, Frankfurt Hauptbahnhof!“ Ich schreckte hoch. Die junge Frau mir schräg gegenüber ließ ihr Buch sinken und lächelte mich an: „So fest schlafen wie Sie möchte ich auch mal.“

Ich brauchte einen Augenblick, um mich zurechtzufinden und lächelte wortlos zurück. Die vergangene Nacht war doch ziemlich kurz und aufregend gewesen. Aber jetzt fühlte ich mich überraschend gut ausgeruht. Auch die bösen Dämonen hatten mich wieder nicht geplagt. Ich beschloss, dass es vorbei sei mit den Albträumen. Meine Erlebnisse im Wachzustand waren ja auch wirklich ausreichend.

Um kurz vor sieben war ich in Karlsruhe in den Zug nach Hamburg gestiegen. Nach dem irritierenden, nächtlichen Telefonat hatte ich zunächst versucht, wieder einzuschlafen, hatte mich ruhelos hin- und hergewälzt und war schließlich aufgestanden.

Meine Reisetasche war schnell gepackt. Um halb sechs war ich im menschenleeren Landgericht und hatte auf dem Schreibtisch meiner Geschäftsstelle eine Mitteilung hinterlassen, dass ich bis zum Wochenende einen privaten Termin auswärts wahrnehmen müsse. Einer der Vorteile eines Richters ist ja, dass er selbst bestimmt, wann er arbeitet.

Ich hatte beschlossen, nicht abzuwarten, bis Kommissar Nielsen mit zwei Polizeibeamten bei mir vor der Tür stehen würde, um mich in die Vollzugsanstalt Bruchsal zu bringen. Mir war schon klar, dass das vielleicht nicht so wahrscheinlich war. Aber das Risiko wollte ich lieber nicht eingehen.

Ganz profimäßig hob ich noch eintausend Euro als „Wegzehrung“ im Geldautomaten ab, um nicht bei den Ausgaben der folgenden Tage mit der BankCard Spuren zu hinterlassen. Mein ausgeschaltetes Handy hatte ich zu Hause gelassen und ein Prepaid-Mobiltelefon aus früheren Tagen aktiviert. Allerdings weckte ich vorher noch Ana Tobogen mit einem Anruf aus dem Tiefschlaf, wehrte ihre aufgeregten Fragen ab und bat sie, mir das belastende Hamburger Foto „Ana vor dem Haus mit der Wohnung des Ex-Mannes“ samt Adresse per WhatsApp zu schicken. Ein mit dem Drucker gefertigter Papierabzug ruhte jetzt in meiner Reisetasche.

Die Fahrkarte erster Klasse nach Hamburg bezahlte ich natürlich bar. Alles nach dem Motto: „Der spurlos verschwundene Richter!“

Auf dem Bahnhof hatte ich mich in den Ecken herumgedrückt, um nicht zum Dienst anreisenden Kollegen aufzufallen. Man hätte meinen können, ich sei ein Profigauner.

Ich lehnte mich zurück. Trotz aller Widrigkeiten stieg in mir eine unerklärlich gute Laune auf. Offenbar gefiel es meinem Inneren, unrichterliche Wege einzuschlagen. Es ist merkwürdig, aber vielleicht auch großartig, wenn man sich ab und zu überrascht und sich damit selbst nicht langweilig wird.

Abgesehen davon, wollte ich doch sowieso das Wochenende in Hamburg verbringen. Und die bevorstehende Begegnung mit meiner wunderbaren, attraktiven Freundin Felicitas ließ das Ganze noch aufregender erscheinen. Irgendwie hatte ich auch das Gefühl, die ganzen Probleme ein bisschen hinter mir zu lassen.

Ich steckte mir die Kopfhörer in die Ohren, schaltete den kleinen CD-Player ein, schloss die Augen und überließ mich dem Richterkrimi-Hörbuch: „Eine Spanische Eröffnung“.

Der Stundenzeiger der Turmuhr am Hamburger Hauptbahnhof hatte gerade die zwölf überschritten, als ich mit den Riemen meiner Reisetasche über der Schulter die Mönckebergstraße hinunterwanderte. Die Sonne schien angenehm warm. Auf den Gehsteigen drängten die Menschen durcheinander, offenbar fest entschlossen, noch schnell etwas einzukaufen. Ich hatte mir vorgenommen, in der Nähe des Rathausmarktes, vielleicht an der Kleinen Alster, etwas zu essen und mir einen Plan für den Nachmittag zu machen. Auf dem Weg dorthin kaufte ich einen Stadtplan. Felicitas hatte ich bereits vom Zug aus eine Nachricht mit meiner neuen Telefonnummer geschickt.

Ich zögerte. Auf die Dauer ließ es sich wohl trotzdem nicht vermeiden, dass ich mich in Karlsruhe meldete.

„Mensch, Knall, wo steckst du?" Samanthas Stimme wirkte aufgeregt. „Hier suchen dich alle."

„Und warum? Ich darf doch wohl mal ein paar Tage meinen privaten Plänen nachgehen? Eine Mitteilung habe ich in der Geschäftsstelle im Landgericht hinterlassen." Ich versuchte, meine Stimme entspannt klingen zu lassen, obwohl mir so nun wirklich nicht zumute war.

Schmittchen wurde lauter: „Heute Morgen haben sie mir die Ermittlungen im Fall Adele Strantz abgenommen. Es habe was mit dir zu tun. Aber der Oberstaatsanwalt rückt nicht recht mit der Sprache heraus. Was ist los, Knall?"

Sie wartete nicht auf eine Antwort: „Und außerdem: Das Kennzeichen vom Motorrad. Ich habe es überprüft. Das Kennzeichen war gestohlen! Mensch, Maximilian, in was bist du da verwickelt?"

Wieder zögerte ich, ob ich ihr reinen Wein einschenken sollte. Aber das würde sie in Konflikte stürzen, und das wollte ich auf keinen Fall. Mir war zwar klar, dass ich irgendwann auf sie und ihre Informationen angewiesen war, aber das musste noch warten.

„Samantha, es sind Dinge passiert, mit denen ich dich nicht belasten will. Du bist mir wichtig. Bitte hab Verständnis dafür." Sie wollte gerade zu einer Erwiderung ansetzen, als ich zögernd noch hinzufügte: „Na ja, wenn du herausfinden könntest, was in der Staatsanwaltschaft im Gang ist, wäre ich daran schon interessiert."

Jetzt wurde sie energisch: „Na, du bist gut. Mir willst du nichts erzählen, aber ich soll dich auf dem Laufenden halten. So, mein lieber Knall, geht das nicht. Denk noch mal drüber nach. Ich melde mich." Und weg war sie.

Am Rathausmarkt setzte ich mich gegenüber von dem prachtvollen Gebäude auf eine Bank.

Das Kennzeichen gestohlen. Da verwischte jemand seine Spuren. Damit kam ich also nicht weiter.

Ich holte das kleine Foto hervor und betrachtete das Haus mit der Frau davor. Da müsste ich ansetzen, das war klar. Aber das Foto war ungefähr zehn Jahre alt, endlos her. Wie sollte ich damit irgendwas klären können?

Unwillkürlich fing ich wieder an, über meine eigene Vergangenheit hier in Hamburg nachzudenken. Es war wundervoll und aufregend gewesen. Vom Dorf in die Großstadt, in die große Freiheit. Das bunte, richtige Leben hatte begonnen.

Vielleicht sollte ich einmal nach den grünen Bögen suchen, die ich in jener Zeit an vielen Häuserwänden in besonders geschützte Ecken, möglicherweise auch drüben in eine der Wölbungen am Rathaus, mit witterungsfester Kreide der Landvermesser gezeichnet hatte. Ich war verliebt und zog mit meiner neuen Freundin durch die Stadt, oft bis spät in der Nacht. Immer dabei diese Kreide. Und wenn mir danach war, die Stimmung es für mich notwendig machte, malte ich diese Zeichen. Möglichst hoch und sicher, ein kleiner, grüner Regenbogen zur Erinnerung an den Augenblick und – wie ich hoffte – für immer.

Das alles war ewig her, aber die Zeit, die damals für mich begann, hat – davon bin ich überzeugt – Spuren in mir hinterlassen.

Eine der beiden nackten Glühbirnen an der Decke flackerte. Die andere verbreitete auch nur ein spärliches Licht im fensterlosen Kellergewölbe mit dunklen, über die Jahre verschmutzten Wänden. Auf der einen Seite ein breites Regal bis hoch zur Decke, gefüllt mit Weinflaschen, die so verstaubt waren, dass man nicht erkennen konnte, ob sie noch gefüllt waren. Der Boden teilweise bedeckt mit undefinierbaren Gegenständen, Kisten, Werkzeugen, Teilen von Möbeln. An der Wand lehnten zwei alte Fahrräder, und daneben stand ein alter Kinderwagen mit großen Rädern.

Seitlich führte ein gebogener Durchgang in einen weiteren, dunklen Raum.

Ich hockte vor einem großen, grün gestrichenen Holzkasten mit der Aufschrift „Fernmeldekiste“, deren Deckel ich mit Hilfe eines großen Schraubenziehers, den ich daneben auf dem Boden fand, aufgesprengt hatte. Darin eine Anzahl von kleinen Kartons, beschriftet in schwarzer Schrift mit Zahlen. Ich öffnete einen davon. Eingeordnet lag da jeweils eine Anzahl von CDs oder DVDs. Ich zog eine davon heraus, eine DVD, auch auf ihr Zahlen.

Die alte Dame oben im zweiten Stock hatte mir diese Kiste beschrieben und mir den Schlüssel für den Keller gegeben.

Mit der Information, die mir Ana auf mein Handy mitgeteilt hatte, war es kein Problem gewesen, die Adresse in der Hegestraße zu finden. Ein schönes, altes Gebäude. Gegenüber dem Foto ganz unverändert. In einer Gegend, in der, deutlich erkennbar, eher wohlhabende Menschen wohnten. Alles sehr gepflegt. Kleine Vorgärten. Bäume in der Straße, viel Grün, viel Wasser.

Natürlich war auf den Klingelschildern des Hauses ein Berthold Kraan nicht zu finden. Aber daneben existierte tatsächlich noch das Papiergeschäft und auch, wie damals, seitlich vor der Tür ein Drehständer mit Zeitschriften.

Ich kaufte mir das Hamburger Abendblatt, aber eine Nachfrage bei der recht jungen Verkäuferin, ob sie mal von einem Verbrechen im Haus gehört habe, ersparte ich mir.

Ich hatte das Foto genau betrachtet und versucht, aus der Perspektive zu erkennen, von wo etwa es aufgenommen worden war. Von der Seite, etwas schräg von oben. In dieser Richtung, einige Meter entfernt, im Nachbarhaus das Schaufenster eines kleinen Schuhgeschäftes, edle italienische Schuhe, nur für Frauen. Von der Richtung her könnte es stimmen. Aber schräg von oben?

Als ich eintrat, lächelte mich die Verkäuferin auf unglaublich eindrucksvollen Highheels und mit fantastischen dazu passenden Beinen reizend an, wartete einen Augenblick und kam dann zu mir.

„Kann ich Ihnen helfen?“ Sie zögerte.

„Ich möchte ein Paar Schuhe für meine Frau aussuchen. Als Geschenk für den Erinnerungstag, an dem wir uns kennengelernt haben.“

Sie machte ein paar kleine Schritte zurück und sah mich kopfschüttelnd an. „Das sollten Sie lieber nicht tun. Eine Frau muss die Schuhe, die sie kaufen will, natürlich anprobieren. Unbedingt! Sie muss feststellen, wie sie sich in ihnen fühlt!" Sie machte eine kleine Pause. „Sie können doch keine für sie aussuchen! Sie muss wirklich selbst kommen, einige probieren und vergleichen – und beraten werden!"

Mir war inzwischen klar, dass mein Auftakt, um dann auf den eigentlichen Punkt zu kommen, nicht besonders gut gewählt war.

„Ja, ich weiß das natürlich. Aber ich wollte ihr ein Foto mit umwerfenden, italienischen Schuhen, sozusagen als Anregung und Gutschein, an den Rosenstrauß heften, den sie bekommen wird. Und dann kommen wir zu Ihnen!"

Jetzt leuchteten ihre Augen. „Das ist aber wirklich eine sehr tolle Idee. Solche Männer wünscht man sich."

Während ich mit ihrer Hilfe die „Überraschungsschuhe" aussuchte und fotografierte, gelang es mir, gefühlt alles über ihr Geschäft und auch über den Vorgänger und die Besitzverhältnisse des Hauses zu erfahren. Wir verabschiedeten uns wie gute Freunde, und mir war bewusst, dass ich mich ohne weibliche Begleitung bei ihr nicht mehr sehen lassen durfte.

Auf jeden Fall wusste ich jetzt Bescheid. Bis vor ungefähr acht Jahren war hier ein Juweliergeschäft gewesen. Der Eigentümer, auch des Hauses, war gestorben, und seine Frau hatte das Geschäft aufgegeben.

Als die Verkäuferin mir erzählte, dass sie sich ab und zu um die alte Dame kümmere, bat ich sie darum, mich bei ihr anzukündigen. Ich würde gern mit ihr über das Viertel und die alten Jugendstilhäuser hier in Eppendorf sprechen. Meine neue Freundin war inzwischen so begeistert von mir, dass sie sofort zum Telefon griff.

Im zweiten Stock wurde ich schon erwartet. Der Überraschungsbesuch schien der gepflegten, älteren Frau gut zu gefallen, und es stellte sich schnell heraus, dass sie eine Kennerin des schmucken Viertels, des ältesten Dorfes Hamburgs, und seiner Geschichte war und mir bei einem Kaffee mit Vergnügen viel zu erzählen hatte.

Als ich sie auf das Verbrechen vor Jahren im Nachbarhaus ansprach, sah sie mich überrascht an.

„Davon haben Sie gehört? Ja das war schrecklich. Die ganze Polizei ... Der Notarzt. Aber dann hat sich herausgestellt, dass in der Wohnung gar kein Mensch war. Viel Blut, aber keine Leiche! Das war rätselhaft. Mein Mann und ich haben damals lange überlegt, was wohl passiert war." Sie blickte nachdenklich vor sich hin. „Soviel ich weiß, ist auch später das Opfer nicht gefunden worden. Jetzt lebt eine junge Familie in der Wohnung." Sie schüttelte ihren Kopf. „Ich würde nicht gern dort wohnen wollen."

Ich schaffte es, das Gespräch auf ihr Juweliergeschäft zu bringen, und sie ging mit Begeisterung auf das Thema ein. Geduldig hörte ich ihr zu, aber schließlich fragte ich: „Bei einem Geschäft mit so wertvollen Schmuckstücken mussten Sie bestimmt auch eine Überwachung durch Kameras haben, nicht wahr?"

„Aber natürlich. Hier ist zwar eine friedliche Gegend. Die Leute sind wohlhabend. Unser Geschäft ging sehr gut. Aber wertvoller Schmuck bleibt eben wertvoller Schmuck."

Als ich weiter nachfragte, erzählte sie mir, dass ihr Mann zwei Apparate zur Kontrolle des Eingangsbereiches installiert hatte.

Sie sah mich einen Augenblick seltsam an. „Es ist eigenartig. Vor ungefähr einem Vierteljahr war ein Mann von der Stadt bei mir und wollte den Brandschutz im Keller kontrollieren. Er fragte mich auch nach Kameras und ob die Aufzeichnungen aufbewahrt wurden, was mich noch erstaunt hat, weil das doch alles schon so lange her ist. Den Schlüssel für den Keller hat er mir aber hinterher ohne Weiteres in den Briefkasten geworfen."

Das war wohl kaum ein Angestellter von der Stadt, dachte ich. „Sie wissen wohl nicht, ob er unten was mitgenommen hat?"

Sie verneinte und berichtete, dass ihr Mann ein Technikexperte gewesen sei. Die Aufzeichnungen wurden auf DVDs gemacht. Eine Aufnahme alle fünfzehn Sekunden. Auf eine DVD passten über elftausend Aufnahmen ...

„Er musste nur alle paar Tage eine neue DVD einlegen."

Jetzt war mir klar, ich musste, jedenfalls einigermaßen, mit der Wahrheit herausrücken.

Ich versuchte, eine möglichst logische Erklärung für mein Interesse zu finden: „Liebe Frau Hansen, ich muss Ihnen gestehen, ich bin nicht nur interessiert an dieser wundervollen Gegend hier ... ich bin Richter. Eine Freundin hat mich auf das alte Verbrechen im Nachbarhaus angesprochen. Es lässt ihr keine Ruhe, weil das Opfer ein Verwandter von ihr war, den sie sehr geliebt hat. Das Ganze quält sie immer noch. Nachts hat sie Albträume. Sie hat mich gebeten nachzuforschen. Und da bin ich auf die Idee gekommen, dass es vielleicht Aufnahmen vom Haus gibt, von dem Tag und den Personen, die ins Haus gegangen oder herausgekommen sind. Ob das weiterhilft, weiß ich auch nicht."

Die alte Dame hatte mir mitleidig zugehört. „Unten gibt es eine grüne Kiste. Da könnten Sie mal nachsehen. Die hat der Mann vom Brandschutz jedenfalls nicht geöffnet. Andere DVDs liegen in einem offenen Karton im Regal. Die Polizei hat sich übrigens damals nicht darum gekümmert."

Und nun saß ich hier vor dem Kasten und versuchte, schlau zu werden aus den Zahlen auf den DVDs, zum Beispiel aus so etwas Mysteriösem wie: 0941II.

Auf einer Bank an den St.-Pauli-Landungsbrücken mit Blick auf die in den Fluss kreuzenden Fähren gönnte ich mir in der Abenddämmerung zwei Krabbenbrote zu einem Flensburger Pils aus der Bügelflasche. Einige von den DVDs waren sozusagen mit an Bord – in meiner Tasche. Ich studierte die Zahlen, aber ein System konnte ich nicht erkennen. Sie waren in verschiedenen Kartons, aber offenbar vollkommen ungeordnet, aufbewahrt worden. In einer großen Tasche, die mir die alte Dame in der Hegestraße gegeben hatte, ruhte der Rest in meinem Zimmer im Hamburger Hafen-Hotel. Bereitwillig ließ ich mich vom eindrucksvollen Schiffsverkehr auf der Elbe ablenken, den Lichtern der Werften auf der anderen Seite und der daneben angestrahlten, imposanten gelben Wölbung des Hamburger Musical Theaters, des „König der Löwen"-Zeltes.

Eine Stunde vorher hatte ich eine der DVDs in einem Internetcafé in den Computer eingelegt und die darauf enthaltenen Fotos angesehen und durchgeblättert. Tatsächlich war auch auf diesen

Aufnahmen der Eingang zum Nachbarhaus zu sehen, allerdings aus einem etwas anderen Blickwinkel. Die Bilder zeigten verständlicherweise in großer Eintönigkeit immer dasselbe Motiv, ab und zu mit einem einzelnen Menschen, oder auch mal mit Gruppen, die am Haus vorbeigingen. Wie sollte ich jemals die Fotos vom Tattag finden?

Nach einem ausgiebigen Gang am Wasser entlang und hinauf zum Bismarck-Denkmal war es noch zu früh, den Tag zu beschließen. Felicitas würde erst morgen kommen. Ich entschied, den Abend in der Tower Bar des Hotels zu verbringen, mit einem eindrucksvollen Blick auf die Türme der Landungsbrücken und daneben der kupferbeschichteten Kuppel des Elbtunnels, der zwei Weltkriege überstanden hatte.

Ana Tobogen hatte mir zugesagt, am nächsten Tag das genaue Datum der Tat mitzuteilen. Sie wollte in ihren alten Unterlagen nachsehen.

Gerade als ich überlegte, noch ein weiteres Glas Wein zu bestellen, strömte eine lärmende Gruppe von Frauen und Männern herein, alle für meinen Geschmack übertrieben elegant angezogen und zum Teil mit ganz ungewöhnlichen Frisuren. Als ich mich mit fragendem Blick an den Barkeeper wandte, mit dem ich zuvor schon einige Worte gewechselt hatte, flüsterte er mir zu: „Die Bayrische Friseurinnung hat im Hotel einen großen Kongress. Wir sind ausgebucht."

Okay, das brauchte ich jetzt nicht, ich empfahl mich auf mein Zimmer. Aber auch da war es mit der Ruhe vorbei. Die fröhlichen Friseure feierten offenbar auch auf den Gängen ihr Wiedersehen. Dafür kreisten in meinem Kopf die mysteriösen Zahlen.

Das Wiedersehen mit Felicitas am späten Nachmittag war umwerfend. Sie hatte Tränen in den Augen, als sie mich fest umarmte und einige Minuten festhielt. „Maximilian, wie lange haben wir uns nicht gesehen? Warum haben wir uns nicht häufiger getroffen?"

Ich hätte ihr die Frage beantworten können, aber ich zog es vor zu schweigen und drückte sie an mich.

Sie sah nach der langen Zeit immer noch toll aus: Hoch gewachsen, schlank, attraktive Figur und ein strahlendes Lächeln. Eine eindrucksvolle Frau. Mit ihrem ausschreitenden Gang war sie auf mich zugekommen. Weltmeistergang hatte ich ihn genannt. Die engen Jeans betonten ihre langen, sportlichen Beine. Ihre blonden Haare hatte sie zu einem eleganten Knoten geschlungen, aus dem einige widerspenstige Haarbüschel etwas zottelig hervorragten.

Nach einem langen Spaziergang durch die Kirschen- und Apfelplantagen im „Alten Land", vorbei an der alten Windmühle „Venti Amica", Freundin des Windes, und entlang der Elbe, saßen wir in Stade vor einem Lokal neben dem alten Kran auf dem romantischen Fischmarkt. Es dämmerte bereits. Drüben, auf der anderen Seite des tausend Jahre alten Hansehafens, waren bereits die ersten Fenster in den Fachwerkhäusern erleuchtet. Eine romantische Stimmung. Ein guter Beginn für unsere kurze Zeit miteinander.

Ich hatte sie überredet, die lärmenden Friseure zu verlassen, im Hotel auszuchecken und mir zu vertrauen bei einer neuen Wahl. Auf unserem Weg am Wasser erzählte sie mir von ihrer Zeit in Argentinien. Als ich sie fragte, was das für eine Verhandlung war, für die sie aus Buenos Aires nach Hamburg geflogen war, zögerte sie zunächst etwas.

„Wir leben in einer vernetzten Welt. Cyberattacken und Datendiebstähle verursachen jährlich Schäden in Milliardenhöhe. Ich vertrete eine Firma, die einen Anspruch in Höhe von Millionen gegen ein deutsches Unternehmen geltend macht, das sich in die Computer meiner Mandantin eingeschlichen und umfangreiche Informationen gestohlen hat. Eine wirklich perfide Industriespionage. Der Angriff wird natürlich von der Gegenseite massiv bestritten und zwei Rechtsprofessoren als Anwälte sind heute gegen mich angetreten."

Sie lächelte etwas schief. „Kein einfacher Tag für mich. Ein Sachverständiger im Bereich Datenschutz, Datensicherheit und IT-Forensik wurde gehört und das Oberlandesgericht hat einen Fortsetzungstermin in einem Monat angesetzt. Bis dahin muss ich zu dem Stellung nehmen, was der kluge Herr gesagt hat."

Ich sah sie bewundernd an. „Felicitas, ich bin beeindruckt. Aber das übertrifft doch juristisches Fachwissen. Kannst du denn da mithalten?"

Sie schlug die Augen zum Himmel. „Ich versuche es. Außerdem habe ich mich natürlich intensiv vorbereitet. Und du weißt doch, Juristen können einfach alles." Sie lachte.

Zeitgleich hoben wir unsere Weingläser und tranken einen Schluck.

Ich sah sie an. „Weißt du eigentlich, dass das zufällige synchrone Trinken ein nonverbales Signal ist, ein Anzeichen für eine starke emotionale Übereinstimmung, für ein massives Interesse aneinander?"

„Was du nicht sagst", murmelte sie und musste wieder lächeln, sah mich dann aber nachdenklich an. „Maximilian. Ich habe dir jetzt einiges von mir erzählt. Was ist mit dir? Dir geht es nicht gut. Etwas plagt dich, Maximilian, ich kenne dich." Sie griff meine Hand.

Irgendwie hatte ich ja schon lange darauf gewartet, meine Geschichte loszuwerden. Ich wusste, das würde mir guttun. Und außerdem, Felicitas war außergewöhnlich intelligent. Vielleicht hatte sie eine Idee, eine Erklärung für alles das, was mir passiert war. Und sie war eine Person, die wirklich zuhören konnte – das ist meiner Meinung nach heutzutage generell nicht mehr selbstverständlich.

Also begann ich mit meiner Erzählung und zwar von Anfang an, mit dem silbernen Mercedes bei der Majolika und der weinenden Frau darin, die mich zu meiner Überraschung sofort erkannt hatte.

Ich glaube, es gelang mir, den ganzen undurchsichtigen Komplex chronologisch und auch durchaus spannend zu schildern. Felicitas jedenfalls unterbrach mich kein einziges Mal. Mit dem Richter, der im Landgericht Karlsruhe im Morgengrauen eine Nachricht hinterließ und dann spurlos verschwand, beendete ich meinen Bericht.

Nachdem ich die letzten Worte gesagt hatte, herrschte erst einmal Schweigen. Felicitas schaute mich mit einem Blick an, den ich nicht zu deuten vermochte.

„Maximilian, ich kann wirklich verstehen, dass du dich elend und wohl auch ziemlich hilflos fühlst. Ich glaube, was dich besonders quält, ist, dass du nicht weißt, was mit dir passiert. Du kannst den Gegner nicht erkennen. Und deswegen kannst du dich nicht wehren."

Sie konzentrierte sich einen Augenblick. „Das Problem als Ganzes ist nicht auf einmal zu lösen. Ich glaube nur Schritt für Schritt. Wie bei einer schwierigen Bergwanderung!"

Sie hielt kurz inne und nahm dann einen Schluck Wein. „Ich schlage vor, wir versuchen zuerst, dem Ende der Geschichte einen Sinn zu geben. Mit dem, was du in Hamburg herausfinden konntest. Wir rollen das Ganze von hinten auf. Das ist eine absolut gängige Methode, um unübersichtliche Schwierigkeiten zu lösen!"

Bei ihren Worten fühlte ich mich schon etwas besser. „Was schlägst du vor?"

Sie überlegte. „Diese DVD mit den Zahlen, hast du die oder einige davon dabei?"

Ich hatte tatsächlich die eine mit „0941II" in meiner Jackentasche und gab sie ihr. Außerdem zog ich einen Zettel heraus. „Hier habe ich die Zahlen von zwanzig DVDs notiert. Keine Reihenfolge, alles ganz durcheinander."

Felicitas nahm sich die DVD und die Zahlenfolge vor. „Sind hinter den Zahlen immer nur der eine oder zwei Striche, oder kommen auch drei vor?"

„Soweit ich mich erinnere, nur einer oder zwei."

Einen Augenblick grübelte sie wieder, dann sah sie mich mit einem breiten Lächeln an und streckte die Hände nach beiden Seiten aus.

„Das ist doch sonnenklar! Die ersten zwei Ziffern bedeuten das Jahr, dann kommt die Woche und danach die erste oder die zweite Hälfte dieser Woche, römisch eins und zwei! Deine DVD stammt aus dem Jahr 2009, der einundvierzigsten Woche, und zwar der zweiten Wochenhälfte."

Vor Verblüffung konnte ich nichts sagen.

Sie erfreute sich an meiner Überraschung. „Wir brauchen nur noch den genauen Tatzeitpunkt, und dann werden wir wissen, wer an diesem Tag, dem Abend und der Nacht in das Haus gegangen ist oder es verlassen hat – abgesehen von deiner Ana Tobogen!"

11

Es war schon nach Mitternacht, als Felicitas den Laptop zuklappte, ihre Arme nach oben streckte, mit einem kleinen Seufzer den ganzen Körper nach hinten durchbog und einen Augenblick so verharrte.

Wir setzten uns in die bequemen Sessel am Fenster. Es hatte etwas geregnet. Der alte Kran mit seinem Ausleger und das Kopfsteinpflaster des Platzes unten glitzerten in der Nässe. Die kleine, gebogene Brücke über die Schwinge dahinter wurde von unten angestrahlt. In den Fachwerkhäusern auf der anderen Seite waren nur noch einzelne Fenster erleuchtet. Ein romantisches Bild.

Wir hatten uns aus der Bar eine Flasche Grauburgunder mitgenommen. Es war ohne Probleme möglich gewesen, ein komfortables Apartment im „Hotel Am Fischmarkt" zu buchen und tatsächlich auch, einen solchen Wein hier zu finden.

„Ich kann gut verstehen, dass du dich in deiner Jugend in Stade wohlgefühlt hast. Diese alte Stadt ist wirklich eindrucksvoll." Sie goss mir mein Glas wieder voll. Ich hatte ihr schon vor Langem erzählt, dass ich im Norden aufgewachsen war.

Die DVDs befanden sich wieder in der Tasche. Es war eine unerfreuliche Arbeit gewesen, unzählige Male das fast gleiche Foto zu betrachten. Ana hatte mir das Datum per SMS geschickt, an dem die Polizei die Wohnung von Kraan öffnete und die Blutlache fand, und wir hatten uns die Woche davor und zwei Tage danach vorgenommen. Diverse Personen waren zu sehen gewesen, auch einige, die in das Haus hineingingen, es verließen oder vor der Tür standen. Einmal war ein Lieferwagen zu erkennen gewesen, der einige Zeit vor dem Zeitungsgeschäft daneben parkte und den Eingang zum Haus verdeckte. Auf zwei, drei war auch eine Frau zu erkennen, die vielleicht Ana Tobogen war. Aber wir kamen nicht weiter. Die Aufnahme, die sie mir geschickt hatte, passte zu keinem der Fotos. Die Richtung der Kamera war eine etwas andere. Es schien notwendig, die ganze Sammlung mit ihr zusammen anzusehen und zu besprechen. Und Berthold Kraan müsste ja eigentlich irgendwann beim Betreten des Hauses zu sehen sein.

Ich war etwas enttäuscht, hatte mir mehr versprochen. Aber mir war auch nicht klar, was ich eigentlich erwartete.

Felicitas bemerkte meine Stimmung. „Maximilian, du bist es doch wohl auch im Gericht gewöhnt, dass sich Probleme nicht so ohne Weiteres in Luft auflösen. Du hast jetzt Bildmaterial, aus dem man bei genauerer Überprüfung vielleicht noch Schlüsse ziehen kann. Verschiedene Personen sind zeitnah zu Tobogen vor dem Haus zu sehen. Mit denen musst du dich mit Hilfe von deiner Ana beschäftigen. Vielleicht kann sie damit etwas anfangen. Aber heute Nacht kommen wir nicht weiter."

„Meine Ana? Was soll das denn? Ich kenne die Dame doch kaum."

Felicitas rollte die Augen. „Aber du kümmerst dich ziemlich intensiv um sie."

Ich musste lächeln. „Sieh mal an, Feli, bist du eifersüchtig?"

Sie schaffte es gleichzeitig, einen spöttischen und äußerst reizenden Gesichtsausdruck zu machen. Wir mussten beide lachen und prosteten uns zu.

Nach einem Augenblick wurde sie wieder ernst. „Mir spukt die ganze Zeit noch eine andere Idee im Kopf herum. Ich muss immer wieder daran denken, dass du mir erzählt hast, man habe dir mit einem Foto gedroht, eigentlich dich zu erpressen versucht, das – wenn es überhaupt existiert – vor Jahren aufgenommen worden sein müsste?"

Sie sah mich fragend an.

Etwas überrascht über den Themenwechsel setzte ich mein Glas wieder ab. „Ja, das stimmt. Der Motorradfahrer mit dem gestohlenen Nummernschild hat mir mit einer Aufnahme von dem Einbruch in Düsseldorf gedroht. Dieser üble Typ. Aber eigentlich unmöglich."

„Aber es hat diese Straftat gegeben." Felicitas drohte mir mit dem Finger. „Du hast dich nicht gerade als besonders korrekter Richter benommen. Ganz im Gegenteil!"

Ich schaffte es nicht, zerknirscht auszusehen. „Ich war in einer absoluten Notlage. Du weißt, vorher hatte man mich zusammengeschlagen. Mich gefesselt im Kofferraum eines Autos transportiert! Nur durch einen unglaublichen Glücksfall konnte ich mich befreien. Danach wurde ich verfolgt, und in das Apartment dieses Typen bin ich rein im Versuch, alles aufzuklären." Ich holte Luft, das Erzählen brachte auch ein Gefühl der damals misslichen Lage hervor. „Die Polizei hätte mir dabei kaum geholfen! Gegen den Burschen bestand kein ausreichender Verdacht. Nur ich war überzeugt. Ich musste selbst handeln! Und ich war ja damit auch erfolgreich!"

„Ist ja gut, ist ja gut." Sie lächelte mich an, beugte sich vor und legte ihre Hand auf meine. „Maxi, lass uns morgen darüber sprechen. Es ist spät." Unsere Gläser klangen hell, als sie aneinanderstießen.

Drüben vor dem Schwedenspeicher erklärte ein Stadtführer in altertümlicher Tracht und Schlapphut einer Gruppe von jungen Mädchen die Geschichte des alten Gebäudes, ein Relikt aus den Zeiten, als Stade nach dem Dreißigjährigen Krieg an Schweden fiel. Einen Augenblick blickte ich sinnierend auf das Gemäuer, Schauplatz von Freudenfesten und Untaten über Jahrhunderte. Aber leider vermochte auch dieser nachdenkliche Gedanke nicht, meine Besorgnis und meine Verwirrung um die jüngsten Geschehnisse zu verringern.

Felicitas hatte mich aufmerksam beobachtet, fragte aber nicht, was in mir vorging. Wir saßen direkt am Wasser, im Biergarten des Gasthauses „Oln Hooven", Alter Hafen. Den Vormittag hatten wir mit einem Rundgang durch die wunderbare, alte Hansestadt verbracht, unterbrochen von mehreren Stopps, in denen Felicitas minutenlang telefonierte, ohne mir Erklärungen dazu abzugeben. Auch beantwortete sie meine Fragen zu dem, was ihr gestern Abend zu meinem belastenden Foto eingefallen war, nicht.

Nachdem wir unsere Finkenwerder Scholle mit herrlichen Bratkartoffeln gegessen und auch den „Altländer Apfelbrand“ der Wirtin Dani nicht abgelehnt hatten, lehnte Felicitas sich in ihrem Korbsessel zurück. „Ich habe vielleicht eine ganz interessante Information für dich. Ich habe heute Morgen mehrere Male mit dem Gutachter meines Hamburger Prozesses telefoniert. Ich kannte ihn vorher nicht, aber er hat mir nach der Verhandlung seine Karte gegeben.“

„‚Nachtigall, ick hör dir trapsen!‘“, warf ich ein.

„Na ja, vielleicht ein bisschen. Aber Jens Petersen ist wirklich sehr sympathisch und auch gut. Und in der Verhandlungspause hat er mir einiges über die digitale Welt erzählt, was mich sehr erstaunte. Und deswegen habe ich ihn angerufen. Weißt du, was das ‚Darknet‘ ist?“

Verwirrt sah ich sie an. „Na, ich glaube, so etwas wie eine heimliche Internet-Welt.“

„Ja, genau. Um es kurz zu machen: Es gibt das ‚Deep Web‘ und ein Teil davon ist das Darknet. Beides sind zugangsgeschützte Bereiche, die nur mit einer bestimmten Software und passender Browser-Einstellung erreicht werden können. Um das Darknet aufzurufen, ist eine spezielle Verschlüsselung wie das Tor-Netzwerk notwendig.“

„Felicitas, was, um Himmels Willen, hat das mit mir und meinem Problem zu tun?“

Sie sah mich einen Augenblick nachdenklich an. „Wie gesagt. Ich habe da so eine Idee.“

Sie erzählte weiter, dass diese dunkle Seite des Internets von Menschen genutzt würde, die sich bei ihrer Kommunikation schützen müssten: Journalisten, Unterdrückte, Dissidenten. Aber vor allem sei es auch ein weites Feld für kriminelle Aktivitäten. Der Datenverkehr wird verschlüsselt über mehrere Computer umgeleitet, dadurch bleiben die Nutzer anonym.

„Doktor Petersen erzählte mir in der Verhandlungspause, dass er sich mit dem Darknet beschäftigt. Er ist ja auch in Strafverfahren als Gutachter der IT-Forensik, also im Bereich der Computerkriminalität, tätig. Er ging mir etwas auf die Nerven, konnte überhaupt nicht aufhören. Offenbar ist dieser Komplex fast ein Hobby von ihm. Und gestern Abend, als wir zusammen waren, ist mir wieder etwas eingefallen, was er gesagt hat."

Sie konzentrierte sich.

„Er erklärte mir, dass er seit einiger Zeit eine spezielle Art von kriminellen Tätigkeiten im Netz gefunden habe. Sozusagen ‚Start-Up-Unternehmen'. Einzelpersonen oder kleine Gruppen, die eine neue Geschäftsidee haben."

Mir war immer noch nicht klar, auf was sie hinauswollte. Aber ich blieb geduldig.

„Das Geschäftsmodell dieser Gruppe hat er folgendermaßen beschrieben: An- und Verkauf, aber nicht von Gegenständen, sondern von Ideen oder Informationen. Es wird zum Beispiel der exakt ausgearbeitete Plan eines Überfalls auf einen Geldtransport oder eine Bank angekauft, dann im Darknet angeboten und meistbietend verkauft. Der Plan für einen Einbruch in eine bestimmte Villa oder für einen Angriff auf eine spezielle, besonders geschützte Person. Weiter auch die Schaffung und Vermittlung von Alibis. Diese Unternehmen sammeln ein breites Feld an Ideen und sie werden, falls nicht zeitnah der Verkauf erfolgt, immer wieder aktualisiert. Und bezahlt wird natürlich in Kryptowährungen."

Ihre Augen blitzten. Sie hatte sich richtig in Begeisterung hineingeredet.

„Der ursprüngliche Verkäufer, der Ideengeber, riskiert bei der Ausforschung nichts und kassiert. Der Vermittler bleibt fern vom Tatablauf, damit ohne Risiko, und kassiert ebenfalls. Und der eigentliche Täter handelt oder schlägt aus heiterem Himmel zu, ohne sich vorher verdächtig zu machen. Die Kommunikation zwischen den drei Personen ist so verschlüsselt, dass keiner den anderen kennt. Ein absolutes Erfolgsmodell!"

Sie lehnte sich zurück und blickte mich an.

„Und als Interessent kannst du dir aussuchen, in welchem Land, in welcher Stadt du ‚tätig' werden willst, welche Art von Person du schädigen willst. Alles im Angebot."

Einen Augenblick war ich sprachlos. „Das ist ja fürchterlich. Und die Polizei? Ist sie machtlos?"

„Petersen hat mir erzählt, es gibt schon Erfolge. Aber es ist alles ungeheuer schwierig. Die Kriminellen werden immer ausgekochter und die Experten der Kriminalämter rennen hinterher. Aber sie holen auf. Gerade erst gelang ein Schlag gegen die organisierte Kriminalität im Darknet. Einhundertfünfzig Verdächtige wurden weltweit verhaftet und Millionen sichergestellt."

Der – irgendwie fast passende – Applaus von drüben, für den Stadtführer vor dem Schwedenspeicher, riss mich aus meiner Erstarrung.

„Feli, wirklich interessant, aber noch einmal, was hat das mit mir zu tun?"

Sie sah mich konzentriert an.

„Maximilian, nachdem mir Petersen von seiner Arbeit und den neuen Erkenntnissen berichtet hat, habe ich folgende Idee gehabt. Es gibt im Internet also einen schwunghaften Handel mit irgendwelchen Plänen, die von Kriminellen in Geld umgesetzt werden. Warum dann nicht auch An- und Verkauf von Ideen oder Material für Erpressungen?"

Sie machte eine kleine Pause. „Zum Beispiel ganz konkret: Erpressung von Richtern, vielleicht auch von Zeugen. Deutschlandweit finden Tausende von Strafverfahren statt. Angeklagt sind Personen, denen oft jedes Mittel recht ist. Von der Mafia ist bekannt, dass Gerichte unter Druck gesetzt werden. Auf jede erdenkliche Art. Also wieso dann nicht auch in dieser Weise, über das für die Ganoven eher ungefährliche, dunkle Internet?"

Sie richtete sich in ihrem Stuhl auf und verkündete laut: „Erpressen Sie Ihren Richter. Sie gewinnen den Prozess!"

Eine ältere Dame vom Nachbartisch blickte empört zu uns herüber und schüttelte den Kopf.

Ich war ziemlich sprachlos. Diese Vorstellung kam mir ungeheuerlich vor. Felicitas wartete gespannt auf meine weitere Reaktion.

Schließlich sagte ich: „Das wäre ja ganz fürchterlich, absolut erschreckend! Glaubst du wirklich, dass es so etwas gibt?"

„Das weiß ich natürlich nicht. Aber ich habe mit Petersen über meine Idee gesprochen, und er hält es durchaus für möglich. Erpressungen jeder Art sozusagen. Gerichtet gegen einzelne Personen oder Gruppen, Familien, Firmen, Institutionen und warum nicht auch gegen Richter und andere Justizbeteiligte?"

„Aber ich habe nie von so etwas bei Gericht gehört."

„Ja, glaubst du, dass ein Betroffener, ein Opfer das an die große Glocke hängt? Das sind doch im Zweifelsfall Personen, die etwas zu verbergen haben. Dich versucht auch jemand zu erpressen und zur Staatsanwaltschaft bist du damit nicht gelaufen!"

Ich fühlte mich inzwischen ziemlich miserabel in dieser romantischen Umgebung. Was braute sich da vielleicht über mir zusammen?

„Jetzt entspann dich erst mal", meine Felicitas. „Wir wissen ja noch gar nicht, ob es so was gibt. Aber Petersen war jedenfalls von dem Gedanken fasziniert, und er hat mir versprochen, dass er sich in die Tiefen des Web begibt, sobald er die Zeit dazu findet."

Sie machte eine kleine Pause und grinste. „Er hat sogar angekündigt, er werde mich mit größtem Vergnügen in Spanien besuchen, um mir dort das Ergebnis seiner Recherche zu erläutern."

Ich vermochte ihre ziemlich heitere Stimmung überhaupt nicht zu teilen.

Sie wurde wieder ernst. „Warten wir mal ab. Er wird sich melden und ich werde dich informieren oder ich vermittele dir den Kontakt zu ihm. Und du hast doch, wie ich aus der Vergangenheit weiß, gute Verbindungen zum Landeskriminalamt Baden-Württemberg und kannst darüber nachdenken, ob du eventuelle Erkenntnisse weitergibst und trotzdem irgendwie deinen Kopf aus der Schlinge ziehst."

Dieser Vorschlag munterte mich nun wirklich nicht auf. Natürlich hatte ich dort die Verbindung zu Hauptkommissarin Eva Krauss mit den zwei S vom LKA. In der Vergangenheit war es mir gelungen, sie in einem dramatischen Fall zu unterstützen. Sie wäre sicher bereit, mir zu helfen. Aber wie weit sie dabei gehen würde, war doch ziemlich fraglich.

Ich schüttelte mich und winkte der Bedienung. Der zweite Apfelbrand löste mein Problem natürlich nicht, aber angenehm schmeckte er trotzdem. „Ich muss sagen, Feli, du hast mich ziemlich erschreckt, aber es ist großartig, wie du dich mit mir und meiner Lage beschäftigst. Ich bin dir sehr dankbar."

„Nicht so förmlich, mein Lieber", flüsterte sie in mein Ohr und gab mir einen Kuss auf die Wange. „Wir werden das Kind schon schaukeln. Aber das ganze Drama hängt doch primär irgendwie mit Ana Tobogen zusammen. Sie ist der Schlüssel zu allem. Da müssen wir weitermachen."

Drüben auf der Außenalster kämpften eine Unzahl von vielleicht Fünfzehnjährigen in der Nachmittagssonne „Einhand" mit ihren „Optimisten" an der Wendeboje um jeden Meter. Die stolzen Eltern versuchten vom Ufer aus, natürlich vergeblich, durch Rufen, Winken und Anzeigen von Richtungen, auf die Aktionen ihrer Sprösslinge in den Jollen Einfluss zu nehmen. Der vornehme „Hamburger Segel-Club" hatte seinen Nachwuchs aufs Wasser geschickt.

In dem Alter war ich auch ungefähr gewesen, als ich mit Hübi auf der Oste in unserem zum Segler umgebauten dunkelgrünen Paddelboot ein wunderbares, aufregendes Leben genossen hatte. Auf dem Fluss, nur geplagt durch Ebbe und Flut, fern von den Erziehungsversuchen unserer Eltern und trotz der Gezeiten, waren wir abends immer erfolgreich gewesen, hatten die Regatta gegen uns selbst gewonnen und wanderten müde und zufrieden nach Hause.

Staatsanwältin Ines Schwarz wiederholte ihren letzten Satz. Wir hatten uns mit ihr vor einer Stunde hier in der „Alsterperle" getroffen. Samantha hatte sich zunächst geweigert, die Nummer ihrer Hamburger Freundin herauszurücken. „Mensch, Knall, wir haben Wochenende, und du willst sie auf den zehn Jahre alten Fall Berthold Kraan ansprechen."

Schließlich war sie aber bereit gewesen, ihre Freundin anzurufen und nachzufragen, ob ein Kontakt vielleicht möglich war.

Ich wollte mich schon von ihr verabschieden, als sie noch sagte: „Ach, ehe ich es vergesse, die Staatsanwaltschaft hat es abgelehnt, einen Haftbefehl für dich zu beantragen! Du kannst dich wieder nach Karlsruhe trauen!"

Kommissar Nielsen und die drohende Verhaftung hatte ich tatsächlich schon vollkommen vergessen. Trotzdem war ich natürlich erleichtert.

Zu meiner großen Verblüffung klingelte kaum fünf Minuten später mein Handy und Ines Schwarz meldete sich schon: „Herr Doktor Knall, meine Freundin Samantha hat mich angerufen und mir gesagt, Sie wollen über das Verfahren Kraan sprechen?"

„Frau Schwarz, das ist großartig, dass Sie sich melden. Ja, es geht um Ihre Ermittlungen im alten Mordfall. Meinen Sie, ein Treffen wäre möglich?"

Frau Schwarz war am Telefon äußerst lebhaft und erklärte mir, dass ihr nach und nach alles wieder eingefallen sei. Sie war sehr interessiert an weiteren Informationen zum Fall, mit einem Treffen einverstanden und hatte die „Alsterperle" vorgeschlagen.

Mit dem alten Mercedes, ausgeliehen von meinem Schulfreund Pit, waren wir nach Hamburg gefahren und warteten nur kurz vor dem Lokal, als Ines Schwarz in einem silbernen Mini Cooper Cabriolet erschien und sofort lächelnd direkt auf uns zukam. Ich hatte ihr im Telefonat vorher gesagt, ich würde mit meinen ein Meter sechsundneunzig wahrscheinlich der größte Mann weit und breit sein. „Nennen Sie mich Ines," sagte sie gleich lässig zur Begrüßung.

Sie wirkte zu meiner Überraschung für ihr Position noch erstaunlich jung. Ein intelligentes Gesicht, blonde Kurzhaarfrisur, ein sportlicher Typ.

„Es war einer meiner ersten Fälle bei der Staatsanwaltschaft und ich war damals stinksauer, als mir das Verfahren plötzlich weggenommen wurde. Ohne irgendeine Begründung. Das Landeskriminalamt hatte es übernommen." Sie blickte uns beide empört an.

„Es ist ja schon ziemlich lange her. Aber jetzt bei der Erinnerung kocht es doch wieder hoch. Beim Oberstaatsanwalt habe ich mich damals beschwert. Ohne Erfolg. Der digitale Zugriff auf die Akte wurde auch gesperrt. Ältere Kollegen, mit denen ich gesprochen hatte, fanden das genauso merkwürdig. Aber sie sagten mir, ich solle doch froh sein, dass ich ein Verfahren los sei."

Sie konnte ihre Erregung nur mühsam beherrschen.

„Ich habe Jura studiert und bin bei der Staatsanwaltschaft eingetreten, um für die Gerechtigkeit zu kämpfen. Das halte ich für meinen Auftrag. Ich will Straftäter überführen. Sie sollen nicht davonkommen. Mörder natürlich ganz besonders nicht. Und als das damals passierte, war ich natürlich misstrauisch. Irgendwie hatte ich das dunkle Gefühl von etwas wie: ‚Die schützende Hand' und so ..." Sie blickte frustriert vor sich hin.

Wir setzten uns an einen Fensterplatz mit wunderbarer Aussicht auf die Wasserfläche der Außenalster. Nachdem wir unseren Kaffee bekommen hatten, sah sie mich an. „Jetzt bin ich aber wirklich gespannt, was Sie mir zu dieser alten Sache berichten können. Wieso die wieder ausgegraben wurde. Ich war sehr verblüfft, als Samantha mich anrief."

Ich zögerte. Sollte ich ihr alles erzählen? Aber die Frau war mir sympathisch und ihr Engagement war beeindruckend. Ich entschied, mich ihr anzuvertrauen, und vielleicht konnte sie uns ja weiterhelfen. Also begann ich mit dem dunklen, nächtlichen Gast am Bett von Ana Tobogen, dem Foto von dem Hamburger Haus mit der dubiosen, grausigen Mitteilung und ihrem Entsetzen über das Geschehen. „Sie war wirklich ziemlich fertig. Hat sich im Haus verbarrikadiert und nachts immer das Licht angelassen."

Die mich betreffende Parallelgeschichte mit der Erpressung und dem Sturz vom Gerüst ließ ich lieber aus. Ich wollte die Staatsanwältin nicht überfordern.

Sie hörte gespannt zu. Als ich vom Ergebnis meiner Nachforschungen in der Hegestraße berichtete und von der Fotokollektion, die ich gefunden hatte, schüttelte sie erstaunt mit dem Kopf.

Als ich geendet hatte, schwieg sie einen Moment. „Es war wirklich ein schwerer Fehler, mich damals nicht um Kameras im Umfeld zu kümmern. Die einzige Entschuldigung ist, dass mir verboten wurde, weiter zu ermitteln." Man merkte, dass ihr das Ganze immer noch recht naheging.

Dann schaute sie zu mir. „Sie kennen das ja sicher, dass Sie jemand einer Tat überführen wollen und dass Sie durch irgendwas daran gehindert werden." Sie stockte. „Und dann kommt der Täter davon. Das ist doch wirklich kaum zu verkraften. Ich weiß nicht, was ich damals noch hätte klären können, aber mir scheint, einiges. Und das alles ist beim Landeskriminalamt in der Versenkung verschwunden. Das ist doch wirklich fragwürdig!"

Je mehr ich darüber nachdachte, umso mehr empfand ich das auch.

Ines berichtete uns vom Ergebnis ihrer Ermittlungen, soweit sie damals gekommen war. „Ein Mord ohne Leiche ist natürlich ziemlich problematisch. Das mögen wir Staatsanwälte überhaupt nicht." Sie grinste mich an. „Und die Richter wahrscheinlich auch nicht."

Sie überlegte einen Augenblick. „Ich hatte damit begonnen, das gesamte Umfeld zu prüfen, eventuelle Zeugen befragen zu lassen und den Hintergrund von Kraan aufzuklären. Es kam nichts heraus, aber man hat mich ja auch nicht arbeiten lassen. Verdammte Sauerei!" Sie berichtete weiter, dass bei der kriminaltechnischen Untersuchung der Wohnung so viel Blut gefunden wurde, dass der Gerichtsmediziner eindeutig festgestellt habe, dass bei einem derartigen Blutverlust das Opfer nicht überleben konnte.

„Eigenartig ist natürlich, dass der oder die Täter die Leiche entfernt haben. Das macht doch überhaupt keinen Sinn. Und auch das Motiv. Raubmord scheidet eher aus. Geld und Wertgegenstände waren noch in der Wohnung." Sie wedelte mit den Händen. „Ziemlich viele offene Fragen. Und gerade das hatte mich damals gereizt!"

Sie verzog ein wenig das Gesicht. „Ich darf mich mit dem Fall ja eigentlich nicht mehr befassen. Aber das ist mir gerade egal. Ich würde gern noch ein wenig nachforschen, im Rahmen meiner Möglichkeiten natürlich." Sie sah mich wieder an. „Können Sie mir die Aufnahmen digital schicken? Ich möchte doch gern mal sehen, wer da zu dieser Zeit herumgeschwirrt ist. Ein Foto von der Frau hätte ich auch ganz gern und würde mir helfen. Das war die Person, die damals in Karlsruhe als Zeugin vernommen wurde, korrekt? Mir wurde mitgeteilt, sie habe ein Alibi. Aber auch das durfte ich nicht nachprüfen."

Sie blickte mich mit einem fast etwas misstrauischen Gesichtsausdruck an. „Schon äußerst eigenartig, was ihrer Ana jetzt passiert ist, und dass durch sie der Fall wieder aus der Versenkung auftaucht."

„Es ist nicht meine Ana", gab ich ziemlich frustriert von mir. Felicitas musste lächeln. Ich versprach, Ines Schwarz die Aufnahmen zu schicken.

Sie hatte mitbekommen, dass Felicitas als Anwältin für eine Kanzlei aus Valencia in Buenos Aires arbeitet und fand das sehr faszinierend. „Das wäre auch was für mich. Hamburg ist ja schön. Aber diese Tretmühle hier in der Behörde und dann auch noch verbunden mit Frustrationen wie die, von der wir gerade gesprochen haben ..." Die beiden vertieften sich in die Vor- und Nachteile der Arbeit bei einer Staatsanwaltschaft oder als Rechtsanwalt. Felicitas konnte mit ihrer juristischen Laufbahn die Unterschiede gut auf den Punkt bringen. Und ich steuerte schließlich bei, dass das absolut Großartigste natürlich die Arbeit als Richter sei.

Bevor wir uns trennten, kamen wir noch einmal auf den mysteriösen Berthold Kraan zurück. Wir drehten das Ganze ein wenig hin und her. Neue Erkenntnisse brachte das nicht. Aber Ines versprach, mir zu helfen, falls ich noch irgendwelche Einfälle hätte, wo man ansetzen könnte. „Das könnte ich schon unauffällig in anderen Ermittlungen unterbringen."

Plötzlich und für mich selbst überraschend hatte ich tatsächlich während der Verabschiedung einen vielleicht nicht ganz abwegigen Gedanken. Ich überlegte einen Augenblick, packte dann die verwunderte Ines an den Schultern und flüsterte ihr etwas ins Ohr. Sie sah mich zuerst erstaunt an, zögerte kurz und nickte dann.

Schon fast an ihrem Auto, kam sie noch einmal zurück und flüsterte mir auch ein paar Worte zu. Als sie im Abfahren die Seitenscheibe herunterließ, rief ich ihr nach: „Ich verspreche es!"

Sie winkte uns zu und war verschwunden.

Felicitas hatte uns während dieser etwas geheimnisvollen Kommunikation misstrauisch beäugt. „Was war das denn?“, fragte sie schließlich.

„Ich habe versprochen, nicht darüber zu sprechen“, gab ich zurück mit der Folge, dass Feli auf der gesamten Rückfahrt nach Stade kein Wort mit mir sprach.

Am späten Abend, oben an unserem Fenster über dem Fischmarkt, taute sie allmählich auf. Ich hatte ihr gesagt, dass Ines Schwarz wegen drohender Probleme in ihrer Behörde auf Stillschweigen bestand. Ich hatte zugesichert, wirklich niemand zu erzählen, welche Ermittlungen sie auf meinen Vorschlag hin noch bereit war durchzuführen. Sollte etwas bekannt werden, könnte es ihr sehr schaden.

Feli gab sich damit zufrieden und der Abend endete bei der obligaten Flasche Grauburgunder doch noch ganz harmonisch.

12

„Das ist aber wirklich eine große Freude“, strahlte mich die junge Frau an und sprang in ihren eindrucksvollen, italienischen Schuhen mit den unglaublich hohen, extrem dünnen Absätzen die vier Stufen herab, immer zwei auf einmal nehmend. Jede andere Frau hätte sich garantiert sämtliche Knochen gebrochen, aber bei ihr wirkte es elegant und absolut sicher.

„Woher haben Sie es gewusst?“, fragte sie und zeigte auf ein Plakat neben dem Eingang zum Geschäft: „Eppendorf steht zu Ihrer Verfügung! Verkaufsoffener Sonntag!“

Bevor ich antworten konnte, hakte sie Felicitas unter dem Arm ein. „Sie haben einen besonders liebenswerten Ehemann. Ich zeige Ihnen die Schuhe, die er ausgesucht hat.“

Feli warf mir einen hilfesuchenden Blick zu, ließ sich aber dann in den Laden hineinziehen.

Ich hatte keine Ahnung gehabt, dass man heute in Eppendorf einkaufen konnte. Felicitas hatte darauf bestanden, dass ich ihr das Haus in der Hegestraße zeigte, in dem der Mord passiert war. Und deswegen waren wir gerade die Straße entlanggegangen, als die Verkäuferin aus ihren Räumen stürzte. Ich war glücklich, dass Feli wieder fröhlich war.

Natürlich wurden nicht die Schuhe gekauft, die ich ausgesucht hatte, sondern ein anderes Paar.

„Sie sehen, es kommt doch wirklich allein darauf an, wie sich Ihre Frau mit ihnen fühlt.“ Sie betonte das letzte Wort und sah mich dabei mit großen Augen an. „In meine Schuhe verlieben sich die Frauen!“

Die Verkäuferin hatte sich scheinbar mit Felicitas verbündet. Ich spielte keine Rolle mehr. Mir blieb es nur noch überlassen, dieses und ein zweites italienisches Produkt für “meine Frau“ zu kaufen. Wir wurden mit größter Herzlichkeit verabschiedet.

Felis Laune war nach dieser Episode natürlich prächtig und passte eigentlich wirklich nicht zu der Besichtigung eines „Mordhauses“.

Vor dem Eingang zögerte sie nur kurz, dann drückte sie auf eine der Klingeln. Der Türöffner summte, und sie schob die Tür auf. Das fragende „Hallo?“ von oben beantwortete sie mit: „Entschuldigung, ich habe die falsche Klingel erwischt!“ Im Treppenhaus ertönte ein Fluch, und eine Tür wurde zugeknallt.

Ich blickte sie bewundernd an. „Sag mal, machst du solche Sachen häufiger?“ Und als sie nicht antwortete, setzte ich hinzu: „Was wollen wir eigentlich hier?“

Sie lächelte mich nur an, betrat den Hausflur und wandte sich, ohne zu zögern, seitlich zum Kellerabgang. „Findest du nicht, wir sollten einmal feststellen, ob es nicht noch einen anderen Ausgang aus dem Haus gibt, nachdem wir gefühlte tausend Fotos vom Vordereingang angesehen haben?“

Ich folgte ihr beeindruckt.

Unten erreichten wir zunächst einen kurzen und dann, quer dazu, einen langen Gang mit Kellerabteilen auf beiden Seiten, abgeteilt durch Lattenroste. Die Beleuchtung war ziemlich trübe, eine der Birnen war ausgefallen. Es wirkte alles nicht besonders sauber, ziemlich heruntergekommen. Feli wandte sich nach links.

Gerade, als ich ihr folgen wollte, ertönte von der anderen Seite eine krächzende Männerstimme: „He, wo wollen Sie hin? Wohnen Sie hier? Ich kenne Sie nicht!“ Aus einem der Verschläge heraus trat ein alter Mann in einem grauen Morgenmantel, gestützt auf einen Gehstock. Er blickte uns misstrauisch an.

Ehe ich reagieren konnte, rief Felicitas: „Das ist aber schön, dass wir Sie treffen. Vielleicht können Sie uns helfen?“ Ich stellte fest, dass sie ihr bezauberndstes Lächeln aufgesetzt hatte. „Mein Mann kann Ihnen genau sagen, worum es geht“, sagte sie und trat etwas zur Seite.

Vollkommen verdutzt sah ich sie an und merkte, dass sie ein Grinsen kaum verkneifen konnte.

„Also, es geht ...", begann ich zögernd.

In diesem Augenblick klingelte mein Handy. Dankbar zog ich es hervor, winkte entschuldigend, entfernte mich einige Schritte nach hinten und überließ Felicitas ihrem Schicksal.

„Hallo, Herr Doktor Knall, mein Name ist Petersen. Frau Suarez de Tejada hat mir ihre Telefonnummer gegeben."

Verblüfft runzelte ich die Stirn. „Wer?"

„Ihre Freundin Felicitas Suarez de Tejada!"

Ihren Nachnamen kannte ich natürlich. Aber er war mir so fern, dass ich ihn nicht im Bewusstsein hatte. Über Jahre hinweg war sie eben für mich nur „Felicitas".

„Bitte entschuldigen Sie. Natürlich, Felicitas, und sie hat mir ja auch von Ihnen erzählt. Sie sind der Experte für die Tiefen und Untiefen des Internets!"

Petersen lachte. „Genau!" Er räusperte sich. „Frau Suarez de Tejada hat mir von Ihrem Problem erzählt, und auch, welche Idee sie dazu gehabt hat. Ich bin wirklich von diesem Gedanken fasziniert. Gestern Abend habe ich mich gleich darangesetzt und mich", er machte eine kleine Pause „mit den ‚Tiefen und Untiefen' beschäftigt."

„Und, waren Sie erfolgreich?", fragte ich.

„So schnell geht das nicht. Da muss man sehr behutsam vorgehen. Ich möchte wirklich nicht, dass nächste Woche ein paar finstere Kerle nachts in meinem Schlafzimmer stehen."

„Es gibt also bisher nichts Interessantes?"

„Ich bin auf einen sehr vielversprechenden Zugang gestoßen. Da werde ich vorsichtig weitermachen. Es geht Ihnen natürlich nicht darum, eine Erpressungsidee zu kaufen, sondern Sie wollen an diesen Typen herankommen, um gegen ihn vorzugehen. Oder?"

„Genau! Meinen Sie, das ist möglich?"

„Theoretisch schon. Aber ungeheuer schwierig. Da beißen sich zum Teil die Kriminalämter die Zähne aus. Aber es fasziniert mich und deswegen mache ich weiter. Ich wollte Sie nur informieren und melde mich, wenn ich weitergekommen bin!"

„Herr Petersen, ich bin Ihnen ungeheuer dankbar. Ich finde das absolut großartig."

Mit einem: „Bleiben Sie vorsichtig!", beendete er das Gespräch.

Ich sah dem startenden Flugzeug hinterher. Felicitas hatte mich eng an sich gedrückt, lange gehalten und mir ins Ohr geflüstert: „Mäxi, es war so schön mit dir. Wir sehen uns! Bald!"

Nach unserem Besuch in der Hegestraße und der Feststellung, dass der rückwärtige, vergitterte Ausgang vom Keller zum Hinterhof zwar vorhanden, aber der kurze Gang dazu, jedenfalls seit längerer Zeit, mit diversen sperrigen Gegenständen zugestellt war, hatten wir noch einen langen Spaziergang durch das romantische Blankenese mit wunderbaren Ausblicken auf die Elbe gemacht. Mit Vergnügen hörte sie meinen Jugenderinnerungen zu. Von der Kirschenpflücker-Karriere und dem unglaublichen Erfolg bei der Prüfung zum Apfel-Diplom, gerade gegenüber im „Alten Land" auf der anderen Seite des Flusses.

Die gemeinsame Zeit verging viel zu schnell.

Schließlich sagte sie mir, dass sie in Spanien bleiben und von dort die Termine wahrnehmen werde.

„Ab und zu ein Wochenende hier in Hamburg für uns beide. Wofür die Justiz nicht alles gut ist!"

Dabei lächelte sie mich an und hakte sich unter.

Auf der Rückfahrt nach Stade beschlich mich ein unbehagliches Gefühl, das sich langsam und ständig verstärkte. Die Fahrkarte nach Karlsruhe war in meiner Tasche, und nach der Abgabe des alten Benz bei meinem guten Freund Pit, mit vielleicht ein, zwei Bier und ein paar, wieder einmal ausgekramten, herrlichen Erinnerungen an unsere Schulzeit, zusammen auch mit Schmollie, der sich dazu angekündigt hatte, würde ich im Nachtzug nach Karlsruhe sitzen und mich unaufhaltsam wieder dem Unheil nähern. Das Wochenende hatte mir gutgetan, aber es war vollkommen unklar, was mich erwartete. Unsere Nachforschungen in Hamburg waren nicht besonders erfolgreich gewesen. Natürlich – ich versuchte, mich etwas positiv zu stimmen –, Ansätze waren vorhanden. Es gab die Fotos, Ines würde tätig werden und ebenso Doktor Petersen. Vielleicht würde sich dadurch etwas ergeben.

Es war schon dunkel, als ich in den Hof des Landgerichtes trat. Mein roter Lancia stand einsam und allein in der Mitte des Platzes. Meine Kollegen hatten bereits die häusliche Gemütlichkeit oder die Geselligkeit einer Kneipe der Arbeit im Gericht vorgezogen. Ich war den ganzen Montag intensiv mit meinen Verfahren des nächsten Termins beschäftigt gewesen und hatte versucht, den Rückstand etwas aufzuholen.

Auf der nächtlichen Rückfahrt in der Bahn war es mir tatsächlich gelungen zu schlafen und ich war deswegen den ganzen Tag ziemlich fit gewesen.

Gerade als ich durch die Toreinfahrt auf die Stephanienstraße fahren wollte, klingelte mein Handy, und ich stoppte.

„Hola, Maximilian, cómo estás?" – „Wie geht es dir?"

Es war mein Freund Jan. Eine Stimme wie aus einer anderen Welt, vollkommen fern von dem, was ich erlebt hatte, und wie ich mich fühlte.

„Mensch, Jan, wo bist du? Immer noch in Spanien?"

„Natürlich, mein Lieber. Und ich habe noch eine Woche angehängt. In Karlsruhe vermisst mich niemand, und hier in Valencia ist es einfach großartig!"

Aus dem Hintergrund hörte ich eine helle Frauenstimme: „Nicht eine Woche, zwei Wochen!"

Ich musste lächeln. Ich konnte ihn ja so gut verstehen. Diese fantastische Stadt, dieses wunderbare Land. Und offenbar war das Verhältnis zu der Frau mit der sympathischen Stimme aus dem Hintergrund inzwischen ein recht persönliches.

„Es freut mich, Jan, dass es dir so gut gefällt. Und ich habe dir ja schon oft gesagt ...", ich machte eine bedeutungsvolle Pause, „der genialste Weg zum Erlernen einer Sprache geht über die intime Beziehung zu einer Muttersprachlerin!"

Gefühlt sah ich ihn grinsen am anderen Ende.

„Also, Maximilian. Der Vater von Marisa hat nachgeforscht. Tatsächlich hat er herausgefunden, dass sich einer von den Transportarbeitern dein Motorrad unter den Nagel gerissen hat. Das ist deswegen nicht aufgefallen, weil die Verwaltungen aus verschiedenen Regionen zuständig waren. Gegen den Kerl wird aber jetzt ein Verfahren eingeleitet."

Ich unterbrach ihn. „Jan – hat er herausgefunden, ob auf mich geschossen worden ist?"

„Leider nein. Das Motorrad war nicht mehr im ursprünglichen Zustand. Es ist umfangreich repariert worden. Feststellungen zur Unfallursache konnten entsprechend keine mehr erfolgen. Und die Reifen waren auch nicht mehr vorhanden. Es tut mir leid, Maximilian."

Ich hatte ehrlicherweise auch keine große Hoffnung mit seiner Aktion verbunden.

„So ist es eben, Jan. Ich muss weiter mit der Ungewissheit leben. Aber ich danke dir, dass du dich so für mich bemüht hast. Genieß das spanische Leben. Ich freue mich dann auf ein Wiedersehen. ¡Hasta pronto! Bis bald!"

Ich konnte mir lebhaft vorstellen, wie er bei einem Wein mit seiner Freundin in der Abenddämmerung auf diesem eindrucksvollen Platz vor der „Taberna de la Reina" gegenüber der Kathedrale von Valencia saß und mit Vergnügen den abendlichen Spaziergängern zusah.

Ich bog nach links ab, Richtung Kaiserplatz. Es hatte mir gut gefallen, mit Jan zu telefonieren. Ja, das wäre es: Meine Sachen packen und in vierzehn Stunden in Alcossebre am Meer entlang zum Leuchtturm wandern und danach vor der Bar „La Maya" mit Blick über das Meer meine spanischen Freunde um mich haben.

Plötzlich zuckte ich zusammen. Gerade rechts in einer Einfahrt hatte ich etwas gesehen. Ich bremste heftig. Der nachfolgende SUV hupte zweimal laut, die Fahrerin wedelte im Vorbeifahren kopfschüttelnd mit der offenen Hand vor ihrem Gesicht.

Ungefähr hundert Meter weiter fand ich einen Parkplatz und stieg aus. Ich wechselte auf die andere Straßenseite und ging zurück. Verdeckt durch einen Lieferwagen sah ich hinüber in die Einfahrt. Tatsächlich, ich hatte richtig gesehen. Dort stand, seitlich neben einem schwarzen Porsche, mit der Rückseite zur Straße ein Motorrad, halb verdeckt durch eine Plane. Der Wind hatte den hinteren Teil hoch geweht. Das Nummernschild war zu sehen. Es war das Motorrad von dem Kerl, der mich bedroht hatte. Das mit dem gestohlenen Kennzeichen.

Einen Augenblick konnte ich es nicht fassen. Hier, so nahe beim Gericht, wohnte möglicherweise dieser Typ. Der hatte mich dann natürlich ziemlich gut im Griff, ich fuhr ja täglich vorbei.

Ich überlegte krampfhaft, was ich machen könnte. Die Polizei informieren? Damit würde ich mir selbst ziemlichen Ärger einhandeln. Immerhin gab es vielleicht diese belastenden Fotos. Oder vielleicht eine anonyme Anzeige?

Mitten in meine Überlegungen hinein trat ein großer, breitschultriger Mann aus der Haustür. Mit zwei Taschen rechts und links in den Händen ging er zum Sportwagen und lud sie auf der Beifahrerseite ein. Als er um die Rückseite des Wagens herumging um einzusteigen, sah er die verschobene Plane. Hören konnte ich ihn nicht, aber seinem Gesicht und dem Mund sah ich an, dass er einen Fluch von sich gab. Kein Zweifel, das war der Kerl, der mich bedroht hatte.

Er ging hinüber und zog die Abdeckung so herunter, dass das ganze Motorrad verborgen war.

Kurz danach startete er sein Fahrzeug und begann, rückwärts auf die Stephanienstraße einzufahren.

Noch während er zwei Autos vorbeilassen musste, rannte ich möglichst unauffällig vor, überquerte die Straße und hoffte, dass er mich nicht gesehen hatte. Ich war keine Sekunde im Lancia, als er schon neben mir fuhr. Zum Glück, ohne einen Blick zur Seite zu werfen. Mein ziemlich prägnantes Auto hätte er sofort erkannt. Ein nachfolgendes Fahrzeug ließ ich noch vor, dann scherte ich ein, was erneut ein Hupkonzert hinter mir auslöste.

Ich schaffte es, ihm über die Ampeln hinweg zu folgen, obwohl sich inzwischen zwei weitere Fahrzeuge zwischen uns geklemmt hatten. Über die Linkenheimer Landstraße fuhr er mit hoher Geschwindigkeit aus der Stadt hinaus. Ich war eigentlich sicher, dass er mich nicht bemerkt hatte. Aber er fuhr so, als wollte er einem Verfolger entkommen. Vielleicht war es aber auch nur sein üblicher aggressiver Fahrstil. Er überholte einige Autos, fast ohne auf den Gegenverkehr zu achten. Die Lichtorgeln der entgegenkommenden Verkehrsteilnehmer schienen ihn überhaupt nicht zu beeindrucken. Ein Pkw musste bremsen und einen starken Schlenker nach rechts machen, um einem Frontalzusammenstoß zu entgehen. Dieser Typ im Porsche war zweifellos vollkommen irre. Natürlich hatte ich keine Chance, ihm auch nur annähernd näher zu kommen. Mein Versuch, ebenfalls zu überholen, scheiterte mehrfach.

Gerade war ich bei einer solchen Aktion wieder eingeschert, als ein Motorrad mit weit überhöhter Geschwindigkeit, überlautem Motorgeräusch und leichten Schlenkern links und rechts auf der Mittellinie an mir vorbeifuhr und zwischen den Fahrzeugen in beiden Richtungen davonraste. Der Pkw, der mir folgte, bemühte sich auch ständig, mich zu bezwingen und fuhr dabei so dicht hinter mir, dass ich befürchten musste, dass er beim kleinsten Bremsmanöver von mir auf mich draufkrachen würde.

Ich hatte langsam den Eindruck, nur von Verrückten umgeben zu sein. Was war denn heute auf der Straße los? Vielleicht wäre es doch besser, ich bliebe an meinem Schreibtisch im Gericht, würde die grauen Aktenseiten umblättern und mir Gedanken darüber machen, ob der Vermieter die Renovierungskosten von seinem ausgezogenen Mieter verlangen könnte oder nicht.

Ich hatte mich schon damit abgefunden, den Porsche zu verlieren. In der Dunkelheit waren voraus nur noch die roten Rücklichter zu erkennen. Mir war inzwischen nicht einmal mehr klar, welche zu ihm gehörten. Kurz vor Eggenstein bogen dann mehrere Fahrzeuge vor mir ab, vielleicht auch der Typ mit seinem Sportwagen. Ich überlegte kurz und nahm dann ebenfalls die Ausfahrt. Kurz darauf teilte sich an einer Gabelung die Kolonne. Aufgeregt fuhr ich vor. Inzwischen war mir vollkommen unklar, welches die richtige Straße sein könnte. Ich entschied mich für links. Bei Beginn der Straßenbeleuchtung von Eggenstein erkannte ich allerdings, dass ich ihn endgültig verloren hatte.

Ich fuhr an den Rand der Straße und hielt an.

Eigentlich war mir vollkommen unklar, warum ich diesem Menschen gefolgt war. Ihn zur Rede stellen? Das wäre wahrscheinlich ziemlich übel für mich ausgegangen. Aber vielleicht könnte es doch von Bedeutung sein, wo er hinwollte. Die beiden Taschen, die er getragen hatte, sahen nicht nach Büroarbeit aus.

Natürlich, das war es! Ich hatte auch so eine Tasche. Das waren Laptop-Taschen. Aber wozu braucht jemand zwei Laptops?

Petersen fiel mir ein und die Theorie von Felicitas. Der Typ behauptet, Fotos aus alten Zeiten von mir zu haben. Erpressung, Internet, Darknet-Aktivitäten? Je mehr ich darüber nachdachte, umso mehr hätte mich das Ziel seiner Fahrt an diesem Abend interessiert. Aber er war mir entkommen.

Vielleicht sollte ich einen neuen Versuch wagen. Aber wie? Den Ausgangspunkt der Verfolgungsjagd in der Stephanienstraße hatte ich zwar, aber ein erneutes Straßenrennen wie eben war absolut hoffnungslos.

Die streng logische, gleichmäßige Vorbereitung meiner Verfahren über den ganzen Tag beruhigte mich. Ich hatte zwar sehr schlecht geschlafen und war immer wieder hochgeschreckt. Aber jetzt nach acht Stunden im Gericht war der gestrige Tag etwas in die Ferne getreten. Abgesehen davon hatte ich auch einen Plan.

Als ich am Abend nach der Arbeit, etwas früher als am Vortag, in der Stephanienstraße an dem bewussten Haus vorbeifuhr, stellte ich fest, dass das Motorrad gut verschnürt genauso wie der Porsche an ihren Plätzen waren. Ich stoppte wieder einige Meter weiter in einer Parklücke und stieg aus. Kein Mensch weit und breit. Nach nicht mal einer halben Minute hatte ich meine kleine Aktion am Heck des schwarzen Wagens beendet.

Während des Tages hatte ich versucht herauszubekommen, wer dort wohnte. Es waren offenbar drei Parteien. Eine Familie mit zwei Kindern und zwei alleinstehende Frauen. Passte alles nicht so recht. Vielleicht war er mit einer der Frauen befreundet. Jedenfalls kam ich damit nicht weiter.

Ich hatte beschlossen zu versuchen, da weiterzumachen, wo ich am Vorabend gescheitert war. Allerdings war mir natürlich vollkommen unklar, ob ich den richtigen Anknüpfungspunkt finden würde. Jedenfalls hatte ich mich, etwas verdeckt, seitlich am

Ortseingang von Eggenstein in Richtung auf die Gabelung postiert, mit gutem Blick auf die von der Linkenheimer Landstraße kommenden Fahrzeuge. Es war inzwischen dunkel geworden. Ich war profimäßig ausgerüstet mit einem Fernglas und einem LED-Strahler.

Ich schreckte hoch. Tatsächlich war ich kurz eingeschlafen. War doch alles ein bisschen zu viel für mich gewesen. Verdammt noch mal, vielleicht hatte ich ihn verpasst. Ich schaute auf die Uhr. Schon ziemlich spät!

Als ich wieder aufsah, sah ich ihn. Da war der Porsche, fast schon vorbei. Und natürlich wieder ziemlich flott. Weiter vorn nahm er die rechte Straße. Ich blickte nervös nach links hinten. Keine Möglichkeit einzufahren. Eine Kolonne von Fahrzeugen, geringe Abstände zueinander. Gleich hätte ich den Kerl wieder verloren.

Vollkommen angespannt umkrampfte ich das Lenkrad. Ich musste handeln. Ein kurzer Blick zurück und ich startete mit Vollgas und kreischenden Reifen in die Fahrbahn hinein, zwischen zwei Fahrzeuge in eine viel zu kleine Lücke. Der Hintermann verhinderte reaktionsschnell mit einer Vollbremsung den Auffahrunfall. Seine Hand behielt er sicher zehn Sekunden auf seiner Hupe. Bei einem Blick in den Rückspiegel stellte ich fest, dass er wieder Fahrt aufnahm. Zu einem Unfall war es zum Glück nicht gekommen.

Vorn bog ich ebenfalls nach rechts ab. Und tatsächlich konnte ich das Auto weiter voraus sehr gut erkennen. Ein Fahrzeug, dessen rechte Heckseite dunkel war. Nur Kennzeichenbeleuchtung und linkes Rücklicht.

Einen Augenblick hatte ich am Nachmittag bei meiner Planung darüber nachgedacht, dem Typen an seinem Gefährt das rechte Glas einzutreten, hatte mich aber dann doch mit Paketklebeband begnügt. Besser, man konnte mir nicht noch mehr anhängen. Die Markierung funktionierte.

Ich atmete tief aus. Mensch, Knall, dachte ich, was machst du eigentlich schon wieder für Sachen?

Drei Pkws waren zwischen uns. Direkt vor mir ein kleiner Lieferwagen.

Der Porsche umfuhr den Ortskern. Die Straße machte voraus eine scharfe Kurve. Ich konnte ihn jetzt nicht mehr sehen. Der Transporter vor mir trödelte ziemlich. Wenn der Typ irgendwo seitlich abbog, war er verschwunden.

Die Kurve war ziemlich nah voraus. Einen Augenblick zögerte ich. ‚Das reicht doch nicht', überlegte ich. Aber dann gab ich Vollgas, scherte aus und überholte den Kastenwagen. Gerade noch vor einem entgegenkommenden Golf konnte ich wieder einscheren. Mir zitterten die Hände. Der kleine Laster gab drei kräftige, lange Huptöne von sich.

Die Verwarnungen häufen sich gerade für den Richter. Das wird Ärger geben!

Tatsächlich konnte ich eben noch das Heck des Sportwagens sehen, der nach links in einen kleinen Waldweg eingebogen war. Der wäre wirklich wieder weg gewesen.

Jetzt wurde es schwierig. Keine Deckung mehr durch weitere Fahrzeuge zwischen uns. Ich musste es riskieren. Ich schaltete die Scheinwerfer aus. Im ersten Augenblick war es um mich stockdunkel. Weiter vorn die halbseitige Fahrzeugbeleuchtung und immer wieder die Bremslichter.

Meine Augen hatten sich erstaunlich schnell gewöhnt. Es war glücklicherweise Vollmond und trotz der Bäume über mir war der schmale, holperige Weg einigermaßen zu erkennen. Die Lichter voraus gaben mir eine Orientierung. Der Kerl fuhr jetzt mit mäßiger Geschwindigkeit. Einige Male bog er ab und ich schaffte es, ihm zu folgen. Ich versuchte, gleichmäßig zu fahren, auf keinen Fall zu bremsen. Meine Bremslichter hätten vielleicht das Ende der Aktion bedeuten können. Ich fühlte mich total überfordert und merkte, dass mir Schweißperlen auf der Stirn standen und unangenehm seitlich in die Augen liefen.

Auf einmal war vor mir alles dunkel. Ich stoppte und machte den Motor sofort aus. Wartete einen Augenblick. Nichts. Ich wollte aussteigen und erst im letzten Augenblick dachte ich daran, die Innenbeleuchtung zu blockieren.

Ich schlich nach vorne. Langsam, seitlich am Rand des Weges. Immer wieder in Deckung von Bäumen und Büschen. Einmal stolperte ich und wäre fast gefallen. Und da, tatsächlich, rechts zwischen zwei großen Steintrümmern stand das schwarze Auto.

Vorsichtig, Meter für Meter näherte ich mich gebückt. Jetzt konnte ich hineinsehen. Niemand darin. Wo war der Fahrer? Ich ging vorsichtig am Porsche vorbei. Zwanzig Meter weiter vor mir mehrere große Steinblöcke. Als ich sie erreichte, war der Blick nach links über eine kleine Lichtung frei. Und da, was war denn das? Ich blieb wie erstarrt stehen.

Im kalten Mondlicht erstreckte sich über eine Breite von sicher einhundert Metern im Bogen eine riesige, unheimliche Anlage. Gewaltige, bizarre Betonkonstruktionen. Oben zum Teil weit vorragend. Zerklüftet. Grau, grün, teilweise bewuchert von Pflanzen. Ein unheimlicher Komplex, eine bedrohlich wirkende Masse.

Ich trat in die Deckung zurück. Meine Beine zitterten etwas, ich musste mich seitlich an einem Baum abstützen.

Erst allmählich wurde mir klar, was ich da vor mir hatte.

Das war ein Zeugnis längst vergangener Zeiten. Eine massive, alte, bedrohlich wirkende Bunkeranlage. Wahrscheinlich Teil des Westwalls, des „Ettlinger Riegels". Von den Nazis vor vielen Jahrzehnten zum Schutz und zur Abwehr gegen Angriffe der Alliierten errichtet. Überreste eines der dunkelsten Kapitel der deutschen Geschichte. Relikt einer fürchterlichen Epoche. Jetzt nur noch einer der „Lost Places".

Ich trat etwas vor. Auf der gegenüberliegenden Seite bemerkte ich jetzt eine schwarze Öffnung, ein schmaler Eingang. Ich sollte unverzüglich verschwinden. Wieder einmal zögerte ich. Aber es reizte mich.

Ich näherte mich behutsam weiter. Schritt für Schritt. Ganz nah am Beton entlang, möglichst ohne Trittgeräusche. Stützte mich immer mit der rechten Hand am Stein ab. Nach wenigen Metern erkannte ich rechts direkt neben mir in Kopfhöhe eine runde Öffnung, mit einem schweren Gitter abgesichert. Ich wich zuerst zurück und sah dann vorsichtig hinein. Alles total schwarz. Plötzlich bemerkte ich im Hintergrund, tief im Inneren, einen schwachen

Lichtschein von der Seite. Da war jemand. Es war eine Person in dieser Festung. Und kein Zweifel, das musste der Mensch sein, der mich bedroht hatte.

Ganz langsam, zuerst vorsichtig, schlich ich ein paar Schritte rückwärts und wieder hinüber in den Wald. Nach einem letzten Blick auf die gewaltige Bunkeranlage rannte ich zu meinem Auto.

13

Der Anruf zwei Tage später, sehr früh am Morgen, erwischte mich im Schlaf. „Doktor Knall, ich bin in das System hineingekommen!"

Es war Petersen. Seine Stimme klang sehr vital und aufgeregt, fast triumphierend: „Ich habe seit unserem Gespräch und auch die ganze letzte Nacht gearbeitet, und ich habe eine konkrete Spur. Aber das ist nicht allein mein Geschick. Unser Unternehmer scheint mir nicht gerade der Hellste zu sein."

Ich hatte mich, jetzt hellwach, im Bett aufgesetzt.

Petersen erzählte mir sehr konzentriert, er habe tatsächlich im Darknet, in das er über den Tor-Browser gekommen sei, unzählige Angebote herausgesucht, geprüft und dann schließlich zu einer Ankaufs- und Verkaufsplattform von Informationen verschiedener Art, auch für Erpressungen, Kontakt aufgenommen.

Er machte eine kleine Pause. Ich hatte fast den Eindruck, er wollte die Spannung erhöhen. Und tatsächlich hatte er damit Erfolg bei mir.

Er flüsterte jetzt fast: „Dort habe ich einen absolut problemlosen Einbruch in eine Villa mit einem sehr hohen Gewinn angeboten."

Ich war ziemlich fassungslos. „Einbruch in eine Villa? Wie kommen Sie denn darauf? Und außerdem, damit werden Sie sich doch selbst riesigen Ärger einhandeln."

Petersen war amüsiert über mein Entsetzen und antwortete: „Ich bekomme keinen Ärger. Tor ermöglicht nicht nur Ganoven, sondern allen Anonymität, und natürlich auch mir. Für meinen Geschäftspartner, wenn man es so nennen mag, bin ich komplett unsichtbar. Er würde niemals an mich herankommen!“

Das fand ich jetzt schon faszinierend.

„Also Petersen, Sie sind wirklich gut! Und was für einen Einbruch?“

„Ich habe eine Chipkarte für das elektronische Zutrittssystem, also den Eingangsschlüssel, einer Industriellenvilla angeboten. Nur noch zwei Tage stünde das Haus wegen der Auslandsabwesenheit des schwerreichen Eigentümers leer. Das Geschäft müsse schnell abgewickelt werden. Nach Übernahme der Karte werde eine erste kleine Anzahlung in Bitcoin fällig, und danach würden die weiteren Informationen zum Objekt digital übersandt. Ich bin mit den Informationen so interessant und glaubhaft gewesen, dass der Fisch angebissen hat. Es war einfach zu verlockend.“ Er ließ einen Lacher los. „Alles natürlich ein Fake, es gibt weder diese Villa noch den dazu passenden Schlüssel.“

Er erzählte weiter, dass für die Aufdeckung und Verfolgung derartiger Internetstraftaten eben gerade die Anonymität der Beteiligten das riesige Problem sei. Wenn es nur um Datenübertragung geht, ist eine Rückverfolgung ungeheuer schwierig. Das Problem sei also, an so jemand heranzukommen.

„Trotz aller technischer Ausgereiftheit gibt es aber Bereiche, in denen so ein Geschäft analog abläuft. Zum Beispiel ist man beim Drogen- oder Waffenhandel auf das Postsystem oder Kuriere angewiesen. Die Ermittler überwachen bestimmte verdächtige Personen, Briefkästen und Postämter. Da müssen diese Typen, aber auch die Kunden, raus aus ihren Internetlöchern! Und dann kann man sie fassen!“

Er war richtig in Fahrt gekommen. „Und das habe ich mir zu eigen gemacht! Die Chipkarte habe ich in Frankfurt so deponiert, dass er sie absolut risikolos übernehmen konnte, ich im Gegenzug also auch keine Chance hatte, ihn zu identifizieren. Das musste ich machen und nur deswegen hat die Übergabe auch geklappt.“

Ich war etwas verwirrt. „Aber dann nützt Ihnen das Ganze doch gar nichts. Und außerdem, Herr Petersen, Sie wissen doch überhaupt nicht, ob dieser Betreiber im Internet etwas mit meiner Erpressung zu tun hat? Wie wollen Sie jetzt an die Person herankommen?"

„Ich habe den Markt für Erpressungen geprüft, Herr Knall, ganz besonders für Erpressungen in der Justiz. Im Darknet ist es wie im Onlinehandel oder bei Amazon. Sie können eingeben, was Sie suchen, und dann bekommen Sie Angebote. Natürlich ist es so bisschen ein Schuss ins Dunkle, aber den Versuch wert, denn hier passt es, und so etwas gibt es sonst kaum."

Wieder machte er eine Pause. „Und jetzt kommt der Clou. Ich habe in die Chipkarte einen GPS-Tracker installiert. Ich brauchte keinen Kontakt zur Person. Der Sender hat mir exakt angezeigt, wohin der Kerl sich bewegt hat!"

„Herr Doktor Petersen, Sie beeindrucken mich erneut! Das war genial!"

Er lachte. „Ehrlicherweise wollte ich eigentlich eher Frau Suarez de Tejada beeindrucken!"

Zwanzig Stunden später warf das kalte Licht des Mondes scharfe Schatten der Bäume auf die kleine Lichtung. Aus meiner sicheren Entfernung hatte ich die schwarzen Gestalten, die sich tief gebückt dem Gemäuer näherten, nur noch über die ersten Meter erkennen können. Dann waren sie vollkommen in der Dunkelheit verschwunden. Es herrschte eine absolute Stille.

Hauptkommissarin Eva Krauss zog mich hinter den riesigen Felsbrocken zurück und flüsterte: „Mensch, Knall! Bleiben Sie in Deckung!"

Seit dem frühen Morgen hatten wir mehrfach miteinander telefoniert. Und später am Nachmittag hatte sie mich grob instruiert über das geplante Vorgehen des Landeskriminalamtes. Ich hatte sie, nachdem Petersen mich informiert hatte, unverzüglich angerufen. Ihre Handynummer war seit unserem gemeinsamen, sehr erfolgreichen Einsatz gegen einen Drogendealer in meinem Telefon gespeichert.

Ihr kurzer Unwillen über den Anruf zu dieser Zeit wich sehr schnell großem Interesse, als ich ihr mit knappen Worten schilderte, was ich mit Hilfe des Spezialisten Jens Petersen herausgefunden hatte. Beim Stichwort „Erpressung von Angehörigen der Justiz“ war sie wie elektrisiert, ich hatte einen Nerv getroffen.

In der Nacht hatte ich vor dem Gespräch kurz darüber nachgedacht, ob ich mich „outen“ sollte. Allerdings standen die Chancen bei ungefähr fünfzig Prozent, dass ich mich damit selbst belaste. Ob es diese kompromittierenden Fotos auf der Festplatte des Typen gab, wusste ich nicht, aber es war möglich. Ich entschloss mich, trotzdem die Darknet-Aktivitäten des Täters anzuzeigen. Er durfte nicht davonkommen. Sollten sich für mich Konsequenzen ergeben, war ich bereit, sie zu tragen.

Ich hatte Krauss daher nur ganz allgemein über die verbrecherische Verkaufsplattform im Internet informiert. Meine konkrete Verwicklung auf Grund dieser Aufnahmen hatte ich zurückgehalten. Vielleicht, dachte ich – nicht besonders edel –, kann ich meinen Kopf doch noch aus der Schlinge ziehen.

Den ganzen Tag über waren Absprachen für den nächtlichen Einsatz getroffen worden. Das Mobile Einsatzkommando MEK sollte den Zugriff und die Verhaftung vornehmen. Hauptkommissarin Krauss hatte nach Absprache mit ihren Vorgesetzten wegen des sensiblen Hintergrundes auf absoluter Geheimhaltung bestanden. Nur der Leiter der Staatsanwaltschaft Karlsruhe war informiert worden.

Ich hatte darauf bestanden, beim Einsatz dabei zu sein und Krauss war schließlich einverstanden. Und so stand ich mit einer etwas unbequemen, schusssicheren Weste ausgerüstet hier im Eggensteiner Forst.

Das nächtliche Gespräch mit Petersen hatte nämlich zum Schluss noch eine überraschende Wendung genommen.

„Herr Knall, jetzt kommt das Interessanteste an meiner ganzen Aktion! Wissen Sie, wohin ich die Chipkarte verfolgen konnte?“

Natürlich wusste ich das nicht. Aber das hinderte ihn nicht, wieder eine kleine Spannungspause einzulegen.

„Die Karte wanderte auf meinem Display direkt in Richtung Süden und der Kontakt brach ungefähr acht Kilometer nördlich von Karlsruhe ab. Gar nicht weit von Ihnen entfernt. Und sie ist danach nicht wieder aktiv gewesen."

Das passte ja wie die Faust aufs Auge zu meiner Verfolgungsaktion nach Eggenstein. Die Entfernungen stimmten absolut perfekt überein. Er hatte mit seinen Ermittlungen in die Tiefen des Internets ins Schwarze getroffen. Und auch der Abbruch des Kontaktes in diesem Bereich war für mich absolut logisch mit der speziellen Örtlichkeit zu erklären.

„Herr Doktor Petersen, Sie ahnen nicht, wie gut das passt. Sie haben mir sehr geholfen."

Wir verabschiedeten uns nicht ohne mein Versprechen, ihn auf dem Laufenden zu halten.

Eva Krauss hatte sich im Laufe des Tages auch mehrfach mit Petersen kurzgeschlossen und die Einzelheiten seiner Nachforschungen erfragt. Ich berichtete ihr von meiner Verfolgung und dem Ziel der Aktion. Mit einer etwas dubiosen Erklärung für den Grund war sie zufrieden, weil sie sich voll auf die Informationen des Experten stürzte: Mögliche Beeinflussung der Justiz durch Erpressung. Eine ungeheure Vorstellung. Nachdem sie alle Informationen verifiziert hatte, informierte sie umgehend Justizminister Guido Fuchs.

„Er lässt Ihnen Grüße ausrichten", teilte mir Krauss zu meiner Verblüffung mit. „Er hätte Ihre erfolgreiche Arbeit im letzten Jahr mit Interesse verfolgt."

Tatsächlich hatte ich im Zusammenhang mit der Verurteilung des gefährlichen rumänischen Straftäters Kontakt zu ihm gehabt.

Die aufwendige Vorbereitung für diesen Einsatz war problem- und geräuschlos über die Bühne gegangen. Die Hauptkommissarin verstand ihr Geschäft und von der Seite des Justizministeriums wurde Druck gemacht. Das MEK, zwei Einsatzgruppen, war aus Stuttgart angerückt. Es war unklar, mit wem man es genau zu tun habe und ob der Gegner gefährlich sei.

Der schwarze Eingang zum riesigen Bunker drüben in der verwitterten, finsteren Wand wirkte fast bedrohlich. Aus dem runden, vergitterten Loch seitlich davon fiel kein Lichtschein.

Ich fröstelte, obwohl es nicht besonders kühl war.

Erneut musste ich an die furchtbaren Zeiten denken, die dieser Ort schon erlebt haben mochte. Die Kämpfe, hier am „Ettlinger Riegel“, die Abwehr gegen die westlichen Verbündeten zum Ende des Zweiten Weltkrieges und ungefähr zweihundertfünfzig Jahre vorher, gar nicht weit entfernt, auf den Verhauen und Schanzen der eigenartig fast wortgleichen „Ettlinger Linie“, Verteidigungsanlage gegen die Franzosen im Spanischen Erbfolgekrieg. Heute fuhren nur ein paar Kilometer entfernt Autos mit entspannten Menschen über die Grenze, vielleicht ohne überhaupt zu bemerken, dass sie von einem Land in das andere wechselten.

Es waren sicher nur wenige Minuten vergangen, seitdem die Elitepolizisten vorgerückt waren, aber mir kam es wie eine Ewigkeit vor.

Ich hatte keine Kenntnis davon, wie die Männer vorgehen würden. Der Einsatz erschien mir in den für sie unbekannten Räumen mit der Gefahr von Sprengfallen und anderen „Überraschungen“ äußerst schwierig. Kurz vorher hatte ich mich mit dem Einsatzleiter unterhalten und er schien sich des Erfolges sicher. Ich hoffte sehr, dass es gerechtfertigt war.

Plötzlich, ich fuhr erschrocken zusammen, ertönte von drüben ein scharfer Knall und ein greller Lichtschein fiel aus den Öffnungen. Die Aktion war offenbar mit einer Blendgranate eingeleitet worden.

Einen Augenblick war es danach noch vollkommen still. Dann ertönte über ein Megaphon ein lautes: „Hier ist die Polizei! Kommen Sie heraus! Hier ist die Polizei!“ Die Anweisung wurde noch einmal wiederholt.

Ich trat aufgeregt etwas vor, aber drüben vor dem Gemäuer war absolut nichts zu sehen. Und nichts geschah.

Ich wollte weiter vorschleichen, aber Krauss schnappte mich an meiner Jacke und hielt mich zurück. „Sind Sie wahnsinnig? Bleiben Sie hier!“

Nach einem kurzen Augenblick ertönte die Aufforderung der Polizei erneut. Aber mitten in den Befehl hinein gab es eine gewaltige Explosion. Der Boden unter mir zitterte.

Ich stolperte vor Schreck noch weiter zurück und brachte dabei auch Hautkommissarin Krauss fast zu Fall. Jetzt quoll Rauch aus der Türöffnung und dem runden Loch. Befehle wurden gebrüllt und Personen stürzten auf die Lichtung vor der Bunkeranlage. Drüben am Waldrand leuchtete ein Scheinwerfer auf und tauchte die Vorderseite des Bunkers in grelles Licht. Die Polizisten in ihren schwarzen Einsatzmonturen pressten sich jetzt rechts und links vom Eingang mit den Waffen im Anschlag an die Betonwand.

Alle starrten gespannt auf die Öffnung. Der Qualm daraus ließ allmählich nach. Und nach einigen Minuten war uns bewusst, dass niemand herauskommen würde.

Zwei Stunden später war allmählich alles geklärt. Wir bekamen die Mitteilung, dass ein Mann widerstandslos auf der Rückseite der Festungsanlage bei einem Fluchtversuch festgenommen worden war. Die zweite Einsatzgruppe hatte den ganzen Komplex nach hinten und seitlich abgesichert. Der Täter hatte keine Angaben gemacht und war direkt in die Vollzugsanstalt Bruchsal gebracht worden. Ich hielt mich dabei lieber aus dem Blickfeld.

Zwei Beamte hatten ein Knalltrauma erlitten. Daneben gab es einige Abschürfungen und Hämatome, keine ernsthaften Verletzungen. Die Elitepolizisten waren durch ihre Ausrüstung gut geschützt gewesen.

Eine Untersuchung der jetzt weiträumig abgesperrten und gesicherten Anlage war für die nächsten Tage vorgesehen. Ich hatte Krauss, die mit der Polizei nach Eggenstein gekommen war, nach Karlsruhe zurück mitgenommen. Wir waren beide durch die Ereignisse so aufgewühlt, dass sie einverstanden war, mich in meine Stammkneipe auf einen Absacker zu begleiten.

„Knall, ich muss schon sagen, in Ihrem Umfeld geht es immer wieder ganz schön wild zu!“ Sie schmunzelte, hielt mir ihr Grappaglas entgegen und sagte: „Eva!“

„Maximilian“, gab ich zurück und stieß mit ihr an.

Olga hatte uns zum Bier ihr feinstes Getränk aus den Tiefen des Kühlschrankes serviert.

Einen Augenblick schwiegen wir. „Als ich in der ersten Nacht am Bunker vorsichtig zurückschlich und mich dabei seitlich am Beton abstützte", begann ich nach einer Weile, „spürte ich immer wieder Vertiefungen in der Wand. Das waren Einschüsse aus dem letzten Weltkrieg. Lange her natürlich, aber vielleicht auch durch meine Aufregung irgendwie brutal nah."

Eva nickte nur, sagte aber nichts dazu.

„Weißt du eigentlich, dass ich bei der Bundeswehr war? Sie haben mich nach dem ersten Semester aus dem Studium geholt." Sie schüttelte mit dem Kopf.

Ich erzählte weiter, dass es zuerst ziemlich krass war. „Dann hatte ich mich aber daran gewöhnt. Und es gab auch ganz außergewöhnliche, spezielle Situationen."

Nachdenklich blickte ich einen Moment vor mich hin. „Ich war Funker und saß oft in langen Nächten im Spähpanzer am Funkgerät. Die irgendwie bizarren Unterhaltungen in den Stunden nach Mitternacht mit Hilfe der Taste. Das monotone Geräusch der Signale. Und ich war wirklich gut. Wenn ich jemand in der Ferne fand, der auch fix mit der Taste war, unterhielten wir uns mit den Morsezeichen, als würden wir miteinander sprechen." Ich war einen Moment in meine Erinnerungen versunken.

Wir überlegten, wie lange wir uns schon kennen, und was wir bereits miteinander erlebt hatten. Sie wollte bei einer Freundin in Karlsruhe übernachten, und ich würde später mit dem Taxi nach Hause fahren.

Gerade hatte ich es geschafft, den gestrigen Abend etwas von mir zu schieben und mich wieder auf diesen üblen und äußerst unübersichtlichen Bauprozess zu konzentrieren, den ich in der nächsten Verhandlung über die Bühne bringen musste, als mein Telefon klingelte.

„Herr Doktor Knall. Herr Bickert bittet Sie in sein Büro." Die Stimme von Frau Steiner, der Sekretärin des Präsidenten, klang etwas steif.

Etwas unwillig sagte ich: „Ich bin mitten in der Verfahrensvorbereitung. Was gibt es denn? Muss das sein?"

Sie antwortete zurückhaltend: „Ich weiß nicht, worum es geht. Aber Sie sollen sofort kommen."

Wir kennen uns gut. Ich merkte, dass sie sich nicht wohlfühlte.

Im Vorzimmer zeigte sie ohne ein weiteres Wort auf die Tür zu ihrem Chef.

Nachdem ich eingetreten war, blickte ich mich erstaunt um. Links an der Wand saß der Leiter des Einsatzkommandos und winkte mir kurz zu. Gegenüber lächelte mich Hauptkommissarin Eva Krauss an. Sie wirkte erstaunlicherweise vollkommen frisch.

Präsident Bickert wies, ohne etwas zu sagen, auf einen Stuhl auf der anderen Seite. Ich setzte mich.

Nach einem Augenblick runzelte er die Stirn und bewegte die Hände, als wollte er einen Basketball greifen. „Herr Knall, ich weiß wirklich nicht, was ich dazu sagen soll. Sie arbeiten doch hier als Richter am Landgericht und dürften damit eigentlich wirklich ausgelastet sein. In der Vergangenheit haben Sie trotzdem immer wieder eine ziemliche Aufregung verursacht. Ihre Kollegen sitzen friedlich in ihren Büros und gehen abends zu ihren Familien nach Hause. Aber um Sie herum passieren immer wieder unglaubliche Dinge."

Er machte eine Pause.

„Und jetzt sind Sie, wie ich gehört habe, irgendwie mit dafür verantwortlich, dass am Rhein ein alter Wehrmacht-Bunker in die Luft gesprengt wurde!" Er schüttelte den Kopf und sah mich ungläubig an.

Mir hatte es ziemlich die Sprache verschlagen. Aber ehe ich antworten konnte, setzte sich Eva Krauss kerzengerade auf in ihrem Stuhl: „Herr Präsident, das entspricht nicht ganz den Tatsachen."

Ihre Stimme wurde sehr energisch: „Ihre Vorwürfe gegenüber Herrn Doktor Knall sind unberechtigt! Herr Knall hat sich sowohl in der Vergangenheit als auch jetzt wieder große Verdienste erworben. Er hat sich auch außerhalb des Gerichtssaales für die Verfolgung von Unrecht eingesetzt. Aus meiner Sicht und aus der des Landeskriminalamtes großartig! Und Einsatzleiter Hauptkommissar Wagner informiert Sie gerne über den erfolgreichen Einsatz."

Sie lehnte sich zurück und hielt ihren Blick weiterhin auf Bickert gerichtet.

Dem Präsidenten hatte es etwas die Sprache verschlagen. Besonders oft passierte ihm so eine Zurechtweisung nicht. Aber er fasste sich schnell. „Dann muss ich mich wohl bei Ihnen bedanken, dass Sie einen meiner Richter loben, und bei Ihnen entschuldigen, Herr Knall."

Der Leiter der Einsatzgruppe berichtete einerseits, dass die Verletzungen seiner Beamten erfreulicherweise geringfügig gewesen seien. Andererseits habe man im Bunker außer dem Angeklagten keine weiteren Personen angetroffen. Er halte es auch für ausgeschlossen, dass jemand der Überwachung entkommen sei. „Der Mann ist ein Einzeltäter."

„Und der schweigt und ist ziemlich störrisch", nahm die Hauptkommissarin den Faden auf. „Ich bezweifle, dass wir aus ihm irgendwas herausbekommen werden."

Sie schüttelte mit dem Kopf. „Und er kann sich auch ziemlich sicher fühlen. Er war für einen derartigen Angriff perfekt vorbereitet. Die Explosion hat sämtliche Computer vollkommen zerstört. Der erste Eindruck der KTU, der kriminaltechnischen Untersuchungsstelle, ist, dass kaum etwas wiederhergestellt werden kann. Die Festplatten und damit die Daten sind vernichtet. Und entsprechend leider auch alles, was ihn belasten könnte."

Sie hatte mich bei dieser Erklärung nicht angesehen. Aber vielleicht wäre ihr mein Lächeln, das ich nicht ganz unterdrücken konnte, auch entgangen. Sollten irgendwelche Fotos mal existiert haben, so hatten sie sich ja wohl mit den Computern in Rauch aufgelöst.

14

Ich zuckte erschrocken zusammen und fuhr herum, als mir jemand von hinten auf die Schulter schlug. Die Nacht in den Rheinauen hatte offenbar doch Spuren in meinem Nervenkostüm hinterlassen.

Nach der Besprechung beim Präsidenten war ich intensiv bis in den Abend hinein mit meinen Akten für die nächste Kammersitzung beschäftigt gewesen, hatte umfangreiche Schriftsätze von Anwälten gelesen, deren Mandanten natürlich alle zutiefst von der Rechtmäßigkeit ihrer Ansprüche überzeugt waren. Aber im Prozess konnte naturgemäß immer nur eine Partei gewinnen, was die Verliererseite wahrscheinlich veranlassen würde, über die absolute Unfähigkeit der Gerichte herzuziehen.

Es war schon dunkel geworden. Ich war seitlich vom Gericht in die Stephanienstraße hinausgetreten und hatte gerade überlegt, ob ich noch irgendwo ein Bier trinken könnte.

„Ich wollte dich wirklich nicht erschrecken, Maximilian." Vor mir stand Ana Tobogen, hübsch anzusehen, in einem komplett schwarzen Outfit und dazu ihre langen blonden Haare.

Ihr Lächeln wirkte ein bisschen verkrampft und sie trat einen Schritt zurück. „Du hast mich offenbar vollkommen vergessen. Du warst doch in Hamburg und wolltest dich kümmern?"

Eine halbe Stunde später saßen wir in meiner Wohnung in Ettlingen vor dem Computer und warteten darauf, dass er einsatzbereit war.

Als ich ihr von der Fotoserie des Einganges zum „Mordhaus" erzählte, war sie sofort bereit, mich zu begleiten. Während der Fahrt berichtete ich, wie ich an die CDs gekommen war, und weiter von meinen übrigen Nachforschungen in Hamburg und dass ich sie nun wirklich nicht vergessen hatte.

Die Überlegungen, die mich veranlasst hatten, Staatsanwältin Schwarz auf weitere Ermittlungen anzusprechen, verschwieg ich lieber.

Ich öffnete die Fotoübersicht, setzte mich seitlich etwas zurück, aber so, dass ich ihr Gesicht beobachten konnte. Merkwürdigerweise beschlich mich ein komisches Gefühl. Irgendwie war ich noch immer misstrauisch ihr gegenüber.

Angespannt, fast ängstlich, klickte sie sich durch die Aufnahmen. Ich hatte ihr die Übersicht eingelegt, die den Zeitraum um den fraglichen Tag zeigte.

„Da, das bin ich." Sie drehte sich zu mir hin. Es war ein Foto, das ich auch schon ihr zugeordnete hatte.

Sie blätterte weiter zurück. Plötzlich schreckte sie hoch und starrte wie gebannt auf ein Bild.

Es war eine der Aufnahmen, auf der der Eingang zum Haus durch den Lieferwagen verdeckt war. Darauf war eine Person von hinten zu sehen, im Weggehen, schon einige Meter vom Fahrzeug entfernt. Ana blätterte weiter. Aber auf dem nächsten Foto war die Gestalt schon um die Ecke verschwunden.

Sie drehte sich um zu mir. Ihr Gesicht war total bleich geworden. Ich merkte, dass ihre Hand auf der Computermaus zitterte.

„Ist das Berthold?" wisperte sie. „Der ist doch tot!" Sie starrte mich an und blickte dann zurück auf den Bildschirm. Sie hatte wieder das Foto mit der Person von hinten vor sich.

Ich rückte näher an sie heran. „Kannst du ihn erkennen? Man sieht den Mann doch gar nicht richtig und außerdem von hinten."

„Diese Beine, ein bisschen O-Beine ... Ich fand das sexy, jedenfalls am Anfang." Ihre Stimme zitterte. „Ich glaube, er ist es." Sie hob beide Hände vor ihr Gesicht.

Ana Tobogen hatte richtig Angst. Jetzt erkannte ich es ganz klar. Große Angst.

Ich fasste ihren Arm.

„Wenn er es tatsächlich ist, dann lebt er. Hast du ihm denn wirklich den Tod gewünscht?“

„Ich dachte ... das viele Blut ... Und die Polizei hat es auch gesagt.“ Sie schloss ihre Augen. Einen Augenblick blieb sie so sitzen, dann drehte sie sich wieder zu mir. „Ich hatte, bevor er verschwand, große Angst vor ihm.“ Sie stockte. „Ich war so ... glücklich, als er tot war. Er hat mich gequält. Es war schlimm.“

Plötzlich durchzuckte sie ein Gedanke. „War das Berthold nachts an meinem Bett? Hat er mich im Schlaf fotografiert? Wie grässlich.“

Mir ging das alles etwas zu schnell. „Du weißt doch überhaupt nicht, ob das unzweifelhaft Berthold ist. Und gibt es denn ganz sicher klare und eindeutige Gründe für deine Angst?“

„Er hat mich nicht nur einmal geschlagen, wie ich dir erzählt habe. Er hatte sich in der letzten Zeit verändert. Aber schon vorher war es schlimm für mich.“

Ich ließ sie weitersprechen, denn ich war gespannt, was sie mir noch erzählen würde.

„Es begann damit, dass er einmal zusammenbrach und einige Augenblicke bewusstlos war. Er weigerte sich, zum Arzt zu gehen, auch als das danach und in Abständen mehrere Male erneut passierte. Er hatte unklare Symptome, aber wollte nicht darüber sprechen. Es ging ihm nicht gut damit. Seine Psyche veränderte sich. Er wurde aggressiv. Aber am schlimmsten war für ihn“, sie zögerte einen Augenblick und sah mich mit großen Augen an, „dass er schließlich nahezu sexuell unfähig wurde.“

Sie machte wieder eine Pause. „Die Folge war, dass er mich äußerst eifersüchtig kontrollierte, obwohl er mich gleichzeitig über alle Maßen liebte, wie er sagte. Er beobachtete mich ständig und sperrte mich manchmal ein. Wenn ich mich schön gemacht hatte, verwüstete er meine Frisur, verschmierte mein Make-up und versuchte, jeden Kontakt zu verhindern. Es wurde immer grauslicher. Und dann kam im letzten Jahr, bevor er verschwand, noch der Stress mit seiner Arbeit dazu. Aber, das habe ich ja schon erzählt, auch darüber sprach er nicht.“ Sie machte wieder eine Pause.

„Ich wollte fortgehen. Er schrie mich an, wenn ich ihn verlasse, bringt er mich um!“

Sie fasste meine Hände. „Irgendwie habe ich das jetzt ein bisschen geahnt. Immer hatte ich im Kopf, dass er vielleicht noch lebt. Ich glaube, deswegen habe ich dich gebeten, mir zu helfen.“ Sie fing an zu weinen. Die Tränen flossen. Der Gedanke, der sich in meinem Kopf ausbreitete, war ein bisschen paradox, aber: In ihrem Unglück sah sie ungeheuer attraktiv aus.

Ana tat mir leid, aber etwas an der ganzen Situation stimmte für mich nicht. Ich wusste nur noch nicht genau, was es war. Vielleicht war es die Routine meiner Gerichtsverhandlungen, in denen es auch immer wieder weinende Angeklagte gegeben hatte, die meinten, den Richter dadurch in ihrem Sinne beeindrucken zu können. Ich war immer noch misstrauisch, aber gleichzeitig unsicher, ob ich ihr Unrecht tat.

Schließlich beruhigte sie sich etwas. Uns beiden war klar, dass es keine weitere Möglichkeit gab herauszufinden, wer diese Person auf dem Foto war.

Einige Zeit später brachte ich sie zu ihrem Haus in der Eisenlohrstraße, lehnte es aber ab, bei ihr zu übernachten. Ich versprach ihr, sie auf dem Laufenden zu halten, falls sich etwas ergeben würde. Bevor sie ausstieg, fragte sie mich, ob ich die Informationen über die Fotos schon an die Polizei weitergegeben hätte. Ihren Gesichtsausdruck auf meine negative Antwort konnte ich nicht recht deuten.

Sie umarmte mich kurz zum Abschied und lächelte mir traurig zu. Ich wartete im Auto, bis die Haustür sich hinter ihr geschlossen hatte.

Als ich anfuhr und noch mal einen Blick zur Seite warf, fiel mir etwa zwanzig Meter vom Zugang zum Haus entfernt eine dunkle Person auf, halb verdeckt, reglos hinter einem Baum. Ich bremste ab und schaute durch das Rückfenster hinüber. Als ich die Fahrertür öffnete und ausstieg, ging der Kerl mit schnellen Schritten davon und bog vorne nach rechts in die Seitenstraße.

Verdächtig oder nicht, irgendwie fand ich den Vorfall auffällig. Und außerdem grübelte ich, allerdings ohne Erfolg, die ganze Rückfahrt nach Ettlingen darüber nach, was mich bei dem Treffen mit Ana an ihrem Verhalten irritiert haben könnte.

Manchmal passieren eigenartige Dinge.

Am nächsten Morgen bei der ersten Tasse Kaffee konnte ich mich nicht recht auf meine Zeitung konzentrieren, weil ich intensiv an Staatsanwältin Schwarz und die von ihr geforderten Ermittlungen denken musste. Und mir ganz unklar war, warum ich eigentlich Ana Tobogen diesen Kontakt verschwiegen hatte.

Genau in diesem Augenblick klingelte mein Telefon. „Schwarz hier, hallo, Herr Doktor Knall."

„Ach, Frau Schwarz, das war jetzt fast Gedankenübertragung; gerade habe ich an unser kurzes Gespräch zum Schluss gedacht. Gibt es was Neues? Haben Sie etwas herausfinden können?"

„Ich bin tatsächlich auf interessante Dinge gestoßen. Sie haben den Anstoß dazu gegeben."

Nach ihrem kurzen Zögern beim Treffen in Hamburg war die Staatsanwältin nämlich bereit gewesen, meiner Anregung folgend, zu ermitteln. Das war heikel, denn für sie war der Fall eigentlich abgeschlossen und im Übrigen ja vom Landeskriminalamt übernommen worden. Die Geschichte von der großen Blutlache und der fehlenden Leiche war mir von Anfang an eigenartig vorgekommen.

„Sie haben gemerkt, dass es mich ziemlich geärgert hat, dass ich damals ausgebootet wurde. Deswegen hat es mich in der Tat gereizt, ein bisschen nachzuforschen."

Sie berichtete, dass sie in diversen Arztpraxen und Krankenhäusern nachgefragt hatte. Die Auskünfte seien zum Teil verweigert worden, aber schließlich war sie fündig geworden.

„Eine Krankenschwester konnte sich genau daran erinnern, weil alles ziemlich ungewöhnlich war. Sie hat mir erzählt, dass es einen Patienten gab, der über zwei Jahre zu mehreren Blutentnahmen kam. Im Prinzip eine nicht unübliche Maßnahme, um im Notfall Eigenblut zur Verfügung zu haben. Im Einzelfall ja, aber für diverse Operationen? Extrem ungewöhnlich. Und es war bei der Menge des Personals wirklich ein besonderer Zufall, dass gerade immer diese Schwester beteiligt war. Deswegen hat sie das mitbekommen. Als ich der Schwester ein Foto von Berthold Kraan zeigte, hat sie ihn tatsächlich wiedererkannt. Was aus dem Blut geworden ist, konnte sie nicht sagen. Aber das Ganze lässt den ‚Mord' doch wohl in einem besonderen Licht erscheinen."

Da musste ich ihr wirklich recht geben. Beide hingen wir einen Moment unseren Überlegungen nach. Schließlich sagte sie: „Ich halte es für ausgeschlossen, dass eine Privatperson, ein Privatpatient, so etwas ohne eine Hilfe von außen durchführen kann. Da steckt irgendwas anderes dahinter. Aber ich bin nicht weiter gekommen. Mit dem Landeskriminalamt möchte ich mich nicht anlegen, und auch mein Behördenchef wäre über meine Aktivitäten, wenn er davon Kenntnis bekäme, nicht sehr glücklich."

Sie ließ mich mit meinen Gedanken zurück, über diesen mysteriösen Fall von vor fast zehn Jahren, aber auch über die Person Berthold Kraan.

Auf der Fahrt ins Gericht überlegte ich mir, wie ich weiter vorgehen könnte. Diese vielfachen Blutentnahmen waren schon verdächtig. Aber war es möglich, es zu lagern, um es dann zur Vortäuschung einer Straftat einzusetzen? Und hätten nicht die Gerichtsmediziner herausfinden müssen, dass es sozusagen altes Blut war?

Mir wurde immer mehr klar, dass ich ohne Informationen vom Landeskriminalamt Hamburg nicht weiterkam. Es war ja wirklich bemerkenswert, dass der Staatsanwaltschaft der Fall abgenommen wurde.

„Na, Maximilian, ich vermute, du willst wieder mal irgendwas von mir. Soll wieder ein Bunker gesprengt werden?" Im Gegensatz zu ihren Worten war die Stimme von Eva Krauss fröhlich. Ich hatte sie nach mehrfachen Versuchen endlich erreicht.

„Eva, ich brauche deine Hilfe. Ich komme nicht weiter." Ich berichtete ihr in möglichst knappen Sätzen das ganze Berthold-Kraan-Drama und versuchte, auch die Rolle von Ana sachgerecht einzufügen.

„Jetzt stehe ich vor einer Mauer. Ich brauche nähere Informationen über Kraan und darüber, was damals wirklich passiert ist."

Eva hatte konzentriert zugehört. Nach einer Pause fragte sie: „Und was hat das Ganze mit mir zu tun? Weshalb erzählst du mir das alles?"

„Ich habe eine große Bitte an dich. Du bist beim Landeskriminalamt. Du hast doch sicher Verbindungen zu Kolleginnen und Kollegen auch im Norden. Kannst du versuchen zu klären, was damals in Hamburg sozusagen im Inneren passiert ist? Warum sind der Staatsanwaltschaft Hamburg die Ermittlungen abgenommen und warum ist die Akte gesperrt worden? Das ist doch alles sehr eigenartig."

Einen Augenblick war Schweigen in der Leitung. „Also, Maximilian, das ist nicht dein Ernst, oder? Glaubst du wirklich, dass mir jemand Auskunft gibt über ein gesperrtes Verfahren? Und dazu noch über eines, das fast zehn Jahre zurückliegt?"

„Ich weiß, Eva. Aber vielleicht könntest du es über einen privaten Kanal versuchen. Die Informationen würde ich vertraulich behandeln. Bitte denk darüber nach."

Ihre Verabschiedung war etwas frostig, und ich bereute schon, sie eingeweiht zu haben.

Es half nichts. Ich nahm mir wieder den Stapel der grauen Akten vor.

Der Anruf kam spät am Abend. Ich hatte es mir in meiner Wohnung in Ettlingen am Vogelsang bei einem Glas Rosado vom „Campo Viejo" gemütlich gemacht. Auf mein „Hallo" fragte eine energische, männliche Stimme: „Spreche ich mit Doktor Maximilian Knall?"

„Ja, Knall hier. Wer will das wissen?"

„Mein Name ist Stefan Just, Landeskriminalamt Hamburg."

Ich setzte mich kerzengerade auf. „Herr Just. Das ist aber eine Überraschung! Ich hatte nicht damit gerechnet, dass ich bei Eva Krauss mit meinem Anliegen Erfolg habe."

Er lachte leise. „Na ja, ich bin auch nicht so ganz sicher, ob es richtig ist, dass ich Sie anrufe, und vorsichtshalber telefoniere ich nicht vom Büro aus. Aber Eva hat mich über Ihre unglückliche Verstrickung in einen alten Fall informiert und mir Ihre absolute Verschwiegenheit und Verlässlichkeit zugesichert. Eva ist eine gute Freundin seit vielen Jahren."

„Ich bin Ihnen sehr dankbar. Ich weiß, es ist nicht gerade üblich, dass ein Richter ermittelt. Ich habe mich irgendwie in die Sache verbissen und ich komme nicht weiter."

„Auch das hat Eva mir gesagt – dass Sie nicht der Standardrichter sind. Und jetzt wollen Sie von mir mehr über einen gewissen Berthold Kraan hören?"

Es war für mich erfreulich, wie schnell er zur Sache kam.

„Ja, genau. Berthold Kraan und Ana Tobogen. Deren Vergangenheit und Beziehung zueinander interessiert mich."

Er begann sehr konzentriert: „Haben Sie vor Jahren von dem riesigen Kokainfund im Hamburger Hafen gehört? Zwei Komma sechs Tonnen, Straßenverkaufswert dreihundertfünfzig Millionen Euro? Versteckt hinter Bananen. Eine Lieferung aus Ecuador."

Ich hatte tatsächlich etwas darüber gelesen.

„Gab es nicht danach einen spektakulären Prozess gegen die Drogendealer? Und zwar auch gegen Personen, die in der Hierarchie höher standen?"

„Genau. Und da kam Berthold Kraan ins Spiel."

Er berichtete weiter, dass Kraan über Jahre als Buchhalter für die ecuadorianische Mafia gearbeitet hatte. Das Landeskriminalamt ermittelte damals im grenzüberschreitenden Drogenhandel und stieß auf ihn, weil er daneben in umfangreicher Weise Versicherungsbetrügereien beging. Er wurde dabei erwischt und bei Durchsuchungen kam seine Verbindung zum Drogenkartell heraus. Mit dem Versprechen der Straffreiheit und der Übernahme in das Zeugenschutzprogramm wurde er dazu gebracht, seine Kenntnisse auszuplaudern und vor Gericht auszusagen.

„Der Prozess war ein großer Erfolg, und Kraan verschwand anschließend im Zeugenschutz. Die Mafia hat danach ein großes Kopfgeld auf ihn ausgesetzt. Er hätte also gut daran getan, weiter verborgen zu bleiben. Aber vor ungefähr drei Wochen ist er plötzlich abgetaucht, war für uns verschwunden. Damit lebt er jetzt in

Lebensgefahr. Wir haben Informationen, dass das Kartell immer noch nach ihm sucht."

Er machte eine Pause.

„Dass er gegen die Auflagen verstoßen hat, ist übrigens mit der Grund, dass ich Ihnen so freimütig alles erzähle."

Das waren ja Neuigkeiten. Berthold Kraan im Zeugenschutz.

„Aber die Ehefrau weiß doch von allem nichts, wie sie mir sagte. War das Ganze nicht mit ihr abgesprochen?"

„Ana Tobogen ist eine notorische Lügnerin. Die beiden sind ein ziemlich übles Pärchen. Er ist gewalttätig, übrigens auch ihr gegenüber, dazu ein Betrüger und Drogendealer, und sie lügt und trickst, wo sie nur kann. Keine erfreulichen Zeitgenossen. Sie haben sich mal getrennt und waren dann wieder zusammen. Sie misstrauen sich auch gegenseitig. Aber wir brauchten ihn und sie weigerte sich, mit ihm in das Schutzprogramm zu gehen."

Ich war ganz erschlagen von diesen Informationen. Der eine ein Drogendealer und die hübsche Ana ein mieser Vogel.

„Aber sie dachte, er ist tot? Die Bluttat in Hamburg?"

„Von dieser Aktion wusste sie tatsächlich nichts. Das haben wir deswegen gemacht, um Kraan ein sicheres Abtauchen zu ermöglichen. Offiziell war er damit tot. Ob uns das ohne Leiche geglaubt wurde, war uns immer unklar. Tobogen hat sogar einmal angefragt, ob ihr Mann wirklich tot sei. Sie hat darauf natürlich keine konkrete Antwort bekommen."

Alles ein großer Bluff.

Ich war platt, lehnte mich zurück.

„Das ist eine unglaubliche Geschichte. Klärt für mich einiges. Stellt allerdings auch meine Menschenkenntnis, was Ana Tobogen angeht, ziemlich in Frage."

„Frauen sind unser Schicksal", sagte er etwas überraschend für einen Kriminalhauptkommissar und beendete damit das Gespräch.

Nach dem Gespräch mit Stefan Just dauerte es nicht lange, bis ich aktiv wurde.

Samantha wurde durch meinen späten Anruf offensichtlich nicht aus dem Schlaf geschreckt. Im Hintergrund hörte ich Stimmengewirr. „Hallo Maximilian, willst du auch noch kommen?“ Sie kicherte.

Nach einigem Hin und Her rückte sie die private Telefonnummer ihrer Hamburger Kollegin Ines Schwarz heraus.

Bei der klingelte das Telefon ewig, bis sie sich verschlafen und unwillig meldete.

„Frau Schwarz. Hier ist Maximilian Knall. Bitte entschuldigen Sie die späte Störung. Ich brauche unbedingt noch eine Information von Ihnen.“

Ich berichtete ihr von dem Gespräch mit dem Beamten des Landeskriminalamtes Hamburg.

„Und jetzt drängt sich mir geradezu die Befürchtung auf, dass der Versicherungsbetrüger Kraan gemeinsam mit seiner Frau einen weiteren lukrativen Betrug geplant haben könnte und zwar im Zusammenhang mit der Übernahme in das Zeugenschutzprogramm. Sie haben erzählt, dass Ana Tobogen verdächtigt wurde, weil Kraan kurz zuvor eine hohe Risikolebensversicherung zu ihren Gunsten abgeschlossen hatte.“

Nach kurzem Zögern sagte Schwarz: „Ja, das stimmt. Aber durch eine Zeugin wurde sie entlastet.“

„Genau, das haben Sie mir schon mitgeteilt. Aber wissen Sie noch, bei welcher Versicherung und mit welcher Versicherungssumme der Vertrag abgeschlossen wurde?“

Tatsächlich konnte sie mir die gewünschte Auskunft geben. Ich beglückwünschte sie zu ihrem perfekten Gedächtnis und entschuldigte mich noch einmal.

Für mich lichtete sich der Nebel mehr und mehr. Ich bekam eine Ahnung davon, was geschehen sein könnte.

Ana Tobogen hatte mich wohl massiv hereingelegt. Wahrscheinlich war alles getürkt. Vielleicht schon angefangen mit dem Treffen vor der Majolika bis zu ihren Weinkrämpfen. In mir stieg eine gewaltige Wut auf.

Zehn Minuten später saß ich in meinem Lancia und brauste die Ettlinger Straße hinunter Richtung Karlsruhe. Die Uhrzeit war mir jetzt egal. Ich würde sie herausklingeln und zur Rede stellen. Kurz zuvor hatte ich noch den Kriminaldauerdienst angerufen,

Kommissar Nielsen auch erreicht und den Sachverhalt kurz erläutert. Er versuchte, mich davon abzubringen, in die Eisenlohrstraße zu fahren. „Knall, Sie wollen wieder selbst ermitteln. Sie wissen doch gar nicht, ob ihre Theorien stimmen. Bleiben Sie weg da! Lassen Sie uns das machen!"

Etwa hundert Meter vor Tobogens Haus fand ich einen Parkplatz. Ich sprang aus dem Auto und lief mit eiligen Schritten vor, als ich direkt am Eingang einen großen, kräftigen Mann bemerkte, der gerade dabei war, sich an der Tür zu schaffen zu machen.

In meiner Verärgerung rief ich ihm zu: „He, was machen Sie denn da?"

Er drehte sich blitzschnell um, trat auf mich zu und hob, bevor ich mich dagegen wehren konnte, mit der rechten Hand einen Gegenstand seitlich an meinen Hals. Es wurde schwarz um mich.

Das Erste, was ich sah, war Samanthas lächelndes Gesicht. „Na, Maximilian, bist du wieder unter uns?"

Ich blickte mich um. Offenbar lag ich in einem Krankenbett. Seitlich über mir pendelte ein Infusionsbehälter, verbunden mit meinem linken Handrücken.

„Was ist passiert?" Ich fasste an meine Stirn. Um meinen Kopf war ein Verband gewickelt.

„Du hast Berthold Kraan dabei überrascht, wie er mit einem Nachschlüssel ins Haus der Tobogen wollte. Der hat dir einen Elektroschocker an den Hals gedrückt, und du bist zusammengebrochen. In dem Augenblick ist Kommissar Nielsen mit einer Streifenbesatzung um die Ecke gebogen. Das war wirklich ein Riesenglück! Wer weiß, was der Kerl sonst noch mit dir angestellt hätte. Nielsen hat Kraan, der übrigens ziemlich renitent war, sofort festgenommen. Er sitzt jetzt in der Vollzugsanstalt. Und du, du hast eine Gehirnerschütterung."

„Das war Kraan? Der wollte also tatsächlich wieder in das Haus von Ana Tobogen einbrechen? Und was wollte er dort?"

Samantha hob mir eine Hand entgegen. „Warte mal ab!"

Sie berichtete, dass Berthold Kraan bei der Festnahme unflätig auf seine Frau geschimpft habe. Er würde sie fertig machen. Die

Informationen sprudelten voll Wut auf sie nur so aus ihm heraus. Das Ganze sei doch sein Plan gewesen.

„Es hat sich Folgendes herausgestellt: Als Kraan in das Zeugenschutzprogramm kommen sollte, haben die beiden tatsächlich die Gelegenheit beim Schopf ergriffen und einen Versicherungsbetrug geplant. Deswegen wurde die Risikolebensversicherung abgeschlossen. Nach Ablauf einiger Jahre würde er ja als verschollen gelten und die Versicherungssumme könnte geltend gemacht werden. Die Monatszahlungen wurden von einem Konto ausgeführt, das Kraan vorher dafür eingerichtet hatte.

Als sich dann aber diese Bluttat ereignete, ging Tobogen davon aus, dass er tot ist und witterte ihre Chance. Aber sie war natürlich zuletzt verunsichert, weil sie befürchten musste, dass ihr Mann doch noch am Leben war."

Und weil Kraan seine Frau nun büßen lassen wollte, habe er weiter gestanden, dass sie nach ungefähr zehn Jahren gemeinsam die Sache in die Hand nehmen und ins Ausland verschwinden wollten. Deswegen brach er das Schutzprogramm ab. Er habe sich zuletzt einige Zeit in einer Hütte in den Gärten über Ettlingen verborgen, immer in großer Angst vor den Mafiatypen. Er könne sich auf niemand verlassen. Auch Ana habe er misstraut.

Er sei voll Hass gewesen, weil er kurz zuvor erfahren habe, dass es ihr tatsächlich drei Monate vorher gelungen war, beim Amtsgericht Hamburg, seinem letzten Wohnsitz, eine Todeserklärung zu bekommen und bei der Versicherung einzureichen.

„Ihm war damit klar, dass seine Frau so schnell wie möglich versuchen würde, an das Geld zu kommen. Und dann wäre sie weg. Deswegen wollte er zu ihr ins Haus. Und von dir hatte er mitbekommen, dass du sie unterstützt. Er vermutete, du machst gemeinsame Sache mit ihr. Er wollte dich fertig machen und veranlasste die Drohaktionen."

Ich versuchte, mich zu sammeln. „Und was ist mit Ana Tobogen? War die im Haus?"

Samantha machte eine nervige Pause. „Nein, die war über alle Berge! Die Versicherungssumme in Höhe von eins Komma zwei fünf Millionen Euro der Risikolebensversicherung wurde ihr tatsächlich nach wochenlangen Verhandlungen gerade an diesem Tag per Scheck ausgezahlt!"

Dieses Bündel an Informationen machte mich vollkommen fassungslos. „Das darf doch nicht wahr sein! Diese Frau hat mich von vorn bis hinten belogen und nur benutzt. Und jetzt ist sie mit dem Geld auf und davon! Verschwunden, wie schon vor zehn Jahren. Ich glaube es nicht."

Sie drückte mich in die Kissen zurück und lächelte mich etwas ironisch an. „Das scheint dich ja persönlich besonders zu treffen, dass ‚deine Ana' dich schon wieder verlässt."

Ich versuchte einen vernichtenden Blick auf Samantha, aber sie schien nicht besonders beeindruckt.

Sie rekelte sich in ihrem Stuhl hin und her und machte es, offenbar mit Vergnügen, wieder etwas spannend. „Du kannst beruhigt sein. Nielsen hat noch in der Nacht eine deutschlandweite Fahndung ausgelöst. In Frankfurt wurde sie in letzter Sekunde aus einem Flieger nach Dubai herausgeholt. Ana Tobogen sitzt jetzt auch im Knast."

Ich schüttelte mit dem Kopf und schloss die Augen. Leise wurde die Tür geschlossen. Samantha hatte gemerkt, dass ich mit meinen Gefühlen allein sein wollte.

Am nächsten Tag hatte ich mich selbst aus dem Krankenhaus entlassen. Als ich ins Landgericht kam, traf ich im Gang Präsident Bickert. „Herr Knall, was machen Sie denn hier? Sie sind doch absolut dienstunfähig nach dieser Katastrophe!" Dankenswerterweise verkniff er sich die üblichen weiteren Anmerkungen zu meinem außerdienstlichen Verhalten, aber er bestand darauf, dass ich meine nächste Kammersitzung verschieben und mindestens eine Woche Urlaub nehmen sollte.

Als ich kurz danach Paquita in Spanien anrief und ihr sagte, dass ich am nächsten Abend bei ihr sein würde, herrscht zuerst einmal Schweigen. Als sie sich nicht rührte, sagte ich: „Du weißt, ich habe es dir versprochen."

Ich hatte die um diese Jahreszeit sehr friedliche Fahrt auf der französischen und spanischen Autobahn gut hinter mich gebracht. Mein Lancia H.P. Executive fühlte sich offenbar wohl in südlichen Gefilden. Es war schon später Nachmittag, als ich den breiten, träge fließenden Ebro überquerte. Links glitzerte das Mittelmeer in der Sonne. In einer Stunde würde ich in meinem geliebten Alcossebre sein und wenige Augenblicke später die gewundene schmale Straße nach El Pinar hinauffahren. Ich fühlte mich inzwischen besser, aber die Erinnerung an das Drama in Karlsruhe rumorte noch immer in mir.

Immer wieder ging mir die ganze Geschichte durch den Kopf. Und natürlich fragte ich mich auch, wie ich mich so hatte auf Ana Tobogen einlassen können. Dass ich ja immer wieder ein unklares Misstrauen gefühlt hatte, konnte mich nicht trösten. „Frauen sind unser Schicksal", hatte doch kürzlich irgendwer zu mir gesagt.

Nachdem ich Paquita meine Ankunftszeit mitgeteilt hatte, begleitete mich ab der spanischen Grenze natürlich eine CD mit den Liedern von Joaquin Sabina.

Wesentlich entspannter brauste ich wenig später durch das schon abendlich sich verdunkelnde Alcossebre und eine kleine Straße hinauf in die Ausläufer der Sierra d`Irta. Oben auf der Kuppe schwenkte ich nach rechts den Kamm entlang, vor bis zur Ermita Santa Lucía.

Ich hielt an, stieg aus und ging an dem alten Gemäuer aus dem sechzehnten Jahrhundert vorbei bis zum Eisengeländer und fasste es mit beiden Händen. Schon viele Jahre fuhr ich bei meiner Ankunft als Erstes hierher und war jedes Mal wieder von diesem unglaublichen Blick entlang der Küste und über die weite Wasserfläche beeindruckt. Rechts hinüber in der Ferne Oropesa und links die blinkenden Lichter der Hafeneinfahrt von Peñíscola. Direkt unter mir der schimmernde, weiße Leuchtturm von Alcossebre. Dazu diese fast unwirkliche Stille und über mir ein großartiger Sternenhimmel.

Hier ging es mir gut, ich konnte alles hinter mir lassen.

Wenig später lenkte ich den Wagen durch das hohe, weit geöffnete Tor im Bogen vor das alte Haus über Hafen und Meer. Der Scheinwerfer schwenkte kurz über eine schlanke, weißgekleidete Gestalt. Paquita, lässig an die Hauswand gelehnt, schaute mir strahlend entgegen. Genau dort, wo sie bei meinem Abschied im Sommer vor dem Motorradunfall gestanden hatte, als ich den Berg hinunter davongefahren war. Es war, als wäre die Zeit stehen geblieben.

* * *

176 Seiten
Paperback
3. Auflage
ISBN 978-3-88190-910-5
12,95 Euro

Der etwas aus dem Rahmen fallende Karlsruher Strafrichter Maximilian Knall logiert seit geraumer Zeit zwischen eigenartigen Dauergästen im Dachgeschoss eines Hotels. Einen Tag nach dem Einbruch in sein Mansardenzimmer wird er Opfer eines Hinterhalts. Hat der Überfall etwas mit einem laufenden Rotlichtprozess zu tun? Die Untersuchungen der Polizei bleiben erfolglos. Knall entschließt sich, zum Entsetzen eines befreundeten Privatdetektivs, die Hintergründe der mysteriösen Vorfälle selbst aufzuklären und nimmt die Spur der Täter auf. Seine gefährlichen Recherchen führen ihn zu einer attraktiven deutsch-spanischen Juristin und zu Ermittlungen in die Region Valencia nach Spanien.

„Juristerei als unterhaltsame Randnotiz. Sehr kurzweilig."
STADER TAGBLATT

lindemanns-web.de

196 Seiten
Paperback
2. Auflage
ISBN 978-3-88190-986-0
12,95 Euro

Die nächtliche Gestalt in der Schlafzimmertür – Traum oder Wirklichkeit? Maximilian Knall wird verdächtigt, den Überfall auf eine Sparkasse verübt zu haben, bei dem ein Mann lebensgefährlich verletzt wird. Auch der Anschlag auf einen Kollegen nur wenige Tage später wird ihm zur Last gelegt. Die Indizien sprechen gegen ihn. Versucht ihm jemand aus Justizkreisen die Taten anzuhängen? Das LKA schaltet sich ein. Mysteriöse Hinweise des Täters können nicht entschlüsselt werden. Knall wird bedroht, sein Leben ist in Gefahr. Er nimmt die Ermittlungen in die Hand. Eine Spur führt ihn nach Norddeutschland. – Ein Kriminalroman, der auch ohne durchgeschnittene Kehlen für große Spannung sorgt.

„Hebt sich wohltuend aus dem Regionalkrimi-Einerlei ab.“
BADISCHE NEUESTE NACHRICHTEN

lindemanns-web.de

208 Seiten
Paperback
ISBN 978-3-96308-031-9
12,95 Euro

Maximilian Knall hetzt durch die Berge der Sierra d'Irta. Er wird verfolgt von zwei Männern mit Hund. Die spanische Ruhe, in der er sich auf einen schwierigen Prozess vorbereiten wollte, weicht bedrohlichem Schrecken, als in seine Unterkunft eingebrochen wird. Wonach suchen die Täter? Knall nimmt eigenständig gefährliche Ermittlungen auf. Sie führen ihn nach Freiburg im Breisgau und nach Karlsruhe. Ein spannender Krimi, der ohne Leichenteile und bluttriefende Wände auskommt. Die erste Auflage seines Debütromans „Die Trüffel-Connection" – inzwischen in der dritten – war nach wenigen Wochen vergriffen. Nach seinem zweiten Krimi „Knall 2" legt er nun Fall 3 vor.

„Spannend aber nicht blutrünstig, Ein Lesevergnügen."
DIE RHEINPFALZ

lindemanns-web.de

„Stimmungsvoll. Unterhaltsam, flüssig, spannend.“

DIE RHEINPFALZ

MP3-CD
Dauer: 06:03:45
ISBN 978-3-96308-084-5
12,50 Euro

Unter dem Titel „Der Ton des Richters“ schreiben die Badischen Neuesten Nachrichten: „Es sind Sätze, wie zum Hören gemacht!“ Vielleicht hat Harald Kiwull diese Feststellung zum Anlass genommen, sein drittes Buch als Hörbuch zu besprechen. Soweit bekannt, hat damit in Deutschland erstmals ein Strafrichter sein eigenes Buch zu Gehör gebracht. Die durch viele Urteilsverkündungen geschulte exakte, intensive Sprache des Autors macht das Anhören des spannenden, kurzweiligen Richter-Krimis zum Vergnügen. Kiwull schildert packend den Gerichtsalltag und begleitet den aus dem Rahmen fallenden Protagonisten auf unrichterlichen Wegen in kriminelle Niederungen.

„Ein hörenswertes, packendes Ohrkino.“

KLAPPE AUF

lindemanns-web.de

Lindemanns Bibliothek, Band 407
herausgegeben von Thomas Lindemann

Lektorat: Sabine Hofbauer
Redaktionelle Mitarbeit: Kurt Fay
Illustrationen & Titelbild:
Wolfgang Blanke, Wiesbaden

© 2023 · Lindemanns GmbH
Alle Rechte vorbehalten.
Nachdruck ohne Genehmigung
des Verlages nicht gestattet.
ISBN 978-3-96308-178-1

www.lindemanns-web.de